KB220464

어느 별에서 전해 온 이상한 소식

# 어느 별에서 전해 온 이상한 소식

## 그리고 헤르만 헤세의 수채화

헤르만 헤세 지음
홍석연 옮김

문지사

몬타뇰라 전경(헤르만 헤세, 1924)

## 이 책을 쓰면서

내 생애를 회고해 보면 그렇게 행복했던 것 같지는 않다. 여러 가지 잘못된 일은 많았지만, 그렇다고 불행한 삶이라고 단정적으로 말할 수도 없다. 우리의 인생에 대해 지나치게 행복과 불행을 따진다는 것은 매우 어리석은 일이다.

자신의 생애에 가장 불행한 시절이 있었다 할지라도 그것을 잊어버린다는 것은 갖가지 즐거웠던 한때를 버리는 것보다 더 괴로운 자기 과오이다.

피할 수 없는 운명을 지혜롭게 인내하면서 행복의 순간과 불행의 순간을 두루 경험하고 나서 외적인 운명과 내적인 본래의 운명을 획득하는 것이 인간 생활의 필요조건이라고 한다면, 결코 내 생애는 가난하지도 불행하지도 않았다.

어린 시절, 나는 시인이 되기를 갈망했다. 시인들은 어린 시절을 보낸 고향의 상쾌한 그늘이나, 가장 오래된 추억에 대한 애착, 그리고 영혼의 생명수인 그리움의 샘물까지 일상생활 속에 스며들게 하여 하나의 아름다운 작품을 탄생시킨다.

내 어린 시절에 대해서는 아름다웠다든가 즐거웠다는 단순한 표현 밖에는 다른 어떤 말로 설명할 수 없다. 그러나 이러한 생각은 어린 시절이 너무도 깜찍하고 신선해서 내 스스로 그것을 망가뜨릴 수 없는 소중한 보물로 지금까지 남아 있다.

나라는 존재는 알맞은 취미와 재능을 스스로 발견하고,
때로는 가장 큰 기쁨이나 고통도 만들며, 장래에 대한 문제도
양친으로부터 내려오는 압력에 의해서가 아니라, 하나의
희망으로서 내 자신의 획득물로 여길 수 있는 자유가 보장되어 있는
비교적 행운아였다.

그래서 나는 아무런 간섭도 받지 않는, 탐탁지 않은, 특별한
재능이 없는 학생으로서 서너 군 데의 학교를 옮겨 다녀야만 했고,
무엇보다도 다른 어떤 사람의 충고와 감화를 받아들일 것 같지
않았기 때문에 결국에는 마음대로 하도록 내버려 둔 속 편한
학생이었다.

내 나이 예닐곱 살이 되던 무렵이었다. 눈에 보이지 않는 능력
가운데서 가장 강하게 내 마음을 끌어당겨 사로잡는 것이 음악이란
사실을 처음으로 깨달았다. 그때부터 나는 나만의 독특한 세계와
피난처와 천국을 갖게 되었다. 누구도 이 세계를 빼앗는다든가
침범할 수 없었으며, 동시에 이것을 어느 누구와도 나누어 가지거나
공유하고 싶지도 않았다.

나는 음악가였다. 그렇지만 열두 살이 되기 전에는 악기
다루는 법을 배운 일이 없었으며, 또 장래에 음악으로 생계를
이어나가리라고는 생각조차 하지 못했다.

그 후부터 본질적인 변화 없이 그런 상태가 계속되었다. 따라서
내 생애는 그렇게 다채롭지도 다양하지도 않았으며, 처음부터
기본음에 맞추어져, 단 하나의 별을 향해 항해하고 있었을 뿐이다.
다른 분야에서는 좋은 일도 궂은 일도 있었지만, 깊은 내적

생활만은 변하지 않았다.

한편, 나는 여러 가지 방법으로 영혼에 대한 구원과 망각과 자유를 찾아 방황하기도 했다. 또 신과 삶에 대한 인식, 때로는 평화에 목말라 있었지만, 이들 모두를 충족시켜 줄 수 있는 유일한 통로는 오직 음악뿐이라는 사실을 차츰 깨닫게 되었다.

아, 음악! 한 소절의 멜로디가 내 머릿속에 떠오른다. 나는 소리를 내지 않고 마음속으로 노래 부른다. 그러자 몸과 마음이 멜로디에 젖어 들면서 온 힘과 움직임을 빼앗았다.─한 소절의 짧은 멜로디가 내 마음속에 살아 있는 동안은 우연한 것, 나쁜 것, 거친 것, 슬픈 것, 그 모든 것을 씻어버리고 세계를 공명시키며, 무거운 것을 가볍게 하며 마비된 것을 풀리게 해주었다.

이처럼 짧은 멜로디가 내 가슴 속에서 생명력을 얻어 모든 것을 변화시킬 수 있는 힘을 갖고 있었다. 이를테면 종소리와도 같은 음향으로 순수하게 조화된 상쾌한 빛처럼 마음을 부드러움과 즐거움으로 가득 채우며, 소리가 더 깊어질 때마다 가슴에 불을 지펴서 다른 어떤 쾌락과도 비교할 수 없을 만큼 환희에 젖어 들게 하는 위대함이 깃들어 있었다.

아, 어찌하여 인생은 이토록 혼란스럽고 조화롭지 못하며 허위로 가득 차 있는 것인가. 아무리 하찮은 노래라도, 아무리 소박한 음악이라도 맑게 조화된 소리의 순수함과 하모니의 유희가 천국의 문을 열어준다는 불변의 진리를 더할 수 없이 분명하게 설명해 주고 있음에도 자신의 착한 의지를 가지고 삶을 통해 어떠한 노래도, 순수한 음악도 만들어 낼 수 없다는 사실에 자신을

탓하거나 분노하지 않을 수 있겠는가. 그러나 내 생활은 우연과
부조화로 가득 차 있어서 어느 쪽으로 몸을 돌려도, 어느 곳을
두드려도 순수하고 맑은 소리는 들려 오지 않았다.
　이러한 비현실적인 음악에 대해서는 잠시 이별을 고하고 다른
이야기나 하자.
　지금 나는 누구를 위해 이 글을 쓰고 있는 것일까. 누가 나에게
고백을 강요하며, 견고한 고독을 깨뜨릴 수 있을 만한 힘을 주고
있는가. 지금 회한에 찬 가슴으로 지난날을 회고해 보면, 한 사람의
그리운 여인의 이름을 떠올리지 않을 수 없다.
　그 이름이야말로 숱한 삶의 역경 속에서도 운명의 일대 전기를
에워쌀 뿐만 아니라, 별처럼 혹은 지고의 상징처럼 모든 것 위에
분명히 우뚝 솟아 있다고 단언할 수 있다.

　그녀의 이름은 엘리자베트!
　당신은 희고 아름답고 멀리 있습니다.
　엘리자베트여!

　구름은 가고, 또 흘러 헤메이는데
　당신의 마음은 구름에 있지 않습니다.
　그러나 어두운 밤이 오면
　구름은 당신의 꿈속을 찾아갑니다.

　떠가는 저 구름은 눈부신 은빛을 남기고
　잠이 깨면 언제나

당신은 흰 저 구름에
달콤한 향수를 뿌릴 것입니다.

엘리자베트여!

지금은 어느 뒤안길로 사라져 버린 내 젊은 날의 시간 속에서
6월의 하늘 너머로 활활 타올랐던 꿈의 향연을 기억해 주기
바라노라.
　때로는 본 적도 없는 미지의 고장들에 대한 향수, 한번도
맡아본 기억이 없는 화려하지만 묵직한 향기, 어설픈 행동에 관한
작은 이야기와 아직 만나보지 못한 그대 엘리자베트의 상상의
모습을 그림 그리고 쓰고 싶지만, 이 모든 것이 허위가 아니라는
사실을 고백하고 싶은 것이다. 그리하여 나는 어떠한 겉치레나
수치심 없이 이 책을 쓰기에 열중했다.

## 차례

제1부 **나는 별이다**

## 제2부 삶의 나그네

## 제3부 어느 별에서 전해 온 이상한 소식

# 제1부 / 나는 별이다

# 나를 위한 자화상

어느 시점에서 내 일생을 돌이켜보면, 나 역시 다른 대부분의 사람들의 삶과 마찬가지로 사랑의 시간과 불행한 시간이 공존하면서 기나긴 인생의 여정을 나그네처럼 걸어왔다. 참회하고 용서를 받으며 홀로 앉아 있는 공간, 그리고 끝없는 무감각과 공허의 시간 속에서 하늘의 새로운 별들을 향해 내일을 꿈꾸는 것이다.

지금은 내 가슴 속에 폐허가 된 청춘의 뒤안길로 몸을 떨면서 되돌아가 보자. 산산조각이 난 희망과 꺼져버린 열정, 내가 쳐다볼 수 있는 것은 모두 과거가 먼지투성이 속에서 뒹굴고 있다. 아는 체 하기조차 부끄럽다는 듯 많은 친구들은 내 옆을 그대로 지나쳤다.

훨씬 그 이전에 바로 내가 생각해냈던 뚜렷한 하나의 상이 나를 빤히 바라보는가 하면, 마치 수백 년 동안 나와는 아무 관계가 없고 본 적도 없다는 듯이 침묵하고 있을 뿐이다.

내 삶이란 하수도에 쏟아지는 더러운 오수처럼 쓸모가

없는 시간의 낭비였다. 그것은 구제받을 수 없을 정도로 깨져버린 것이었고, 신앙심마저 팔아먹은 듯한 달콤한 것들은 모두 부패해 있고, 모든 고상한 것은 빛을 잃고 있었다.

내 삶의 순수한 빛은 어두워져 갔고 아름다움에 대한 모든 예감은 가을날의 빛바랜 낙엽처럼 허공을 헤매이고 있었으며, 그저 먼 길을 도보로 한 걸음씩 걷기만 할 수밖에 없는 고달픈 일상들이었다.

그리워할 아무것도, 기여할 아무것도 나에게는 없었다. 심지어는 미워할 대상조차 없었다. 성스러운 것, 훼손되지 않은 모든 것들이 아직 남아 있었으나 그것들은 이미 빛과 소리를 잃고 있었다. 그 러므로 내 인생의 파수병들은 모두 깊은 잠에 빠져버린 것이다.

내가 건너야 할 다리는 이미 끊긴 지 오래였고, 나를 기다리고 있는 먼 푸른 지평선은 쳐다보기를 단념할 수밖에 없게 되어 있었다.

이렇듯 황홀한 것과 사랑할 만한 가치 있는 것들까지 사라져 버리자, 나는 난파당한 배처럼 항로를 잃고 절망에 놓이게 되었다. 끝내는 의식도 불분명해져 눈을 감고 무거운 육체를 이끌고서 떠난다는, 말도 없이 문도 닫지 않은 채 밤이면 집을 비우는 몽유병자처럼 방랑했다. 마침내 과거의 속박에서 벗어난 것이다.

누가 땅 위를 밟고 서서 고독의 얼굴을 본 일이 있는가? 누가 이 세상을 금단의 땅이라고 말할 수 있는가? 마치 높은 절벽에서 그 아래를 내려다보듯 내 시선은 어지러웠고 끝간 곳을 알 수 없었다.

금단의 땅을 방황한 끝에 나는 지쳐 쓰러졌다. 그러나 내가 걸어가야 할 길은 아직도 멀고 무한히 뻗어 있었다. 때로 조용한 밤이 찾아와 나를 위로하고 위안을 주면 서글프게 잠들어 버렸다.

깊은 수면과 꿈은 귀향하는 친구처럼 예고 없이 나를 찾아와서 나그네의 남루한 짐을 어깨에서 벗겨 주었다.

"당신은 어느 날, 망망대해 한복판에서 타고 있던 배가 난파당한 경험을 갖고 있습니까? 그리하여 육지로부터 당신을 구조하려는 사람이 헤엄쳐 오는 장면을 목격한 경험이 있습니까? 몹시 몸이 아플 때 정원에 나가 신선한 공기를 마음껏 들이마시고 상쾌해진 기분으로 맥박이 다시 뛰는 것을 느껴본 일이 있습니까?"

이제 먼 삶의 여정에서 돌아온 나에게는 치료받고 상처받은 감사의 마음속에 새로운 빛이 나를 감싸고 있다. 알 수 없는 어떤 힘이 나에게 친절히 인사를 하는 밤이면, 나는 모든 것을 새롭게 깨달을 수 있었다.

이것이 바로 지난날 내 삶의 소용돌이였다.

하늘은 그 어느 때보다 다른 모습을 하고 있었다. 별들의 윤회와 순례는 이미 결정되어 있는 친구와 같은 유대감을 내 삶의 내부에 심어주었다. 나는 거친 벌판에서 가꾸어진 삶 속에서 하나의 금빛 자리를 발견한 것 같은 힘을 느꼈다.

그것은 하나의 힘이었고 법칙이었다. 엄청난 경이로서 내가 받아들인 것과 같이 미래와 과거의 시간은 모두 보석처럼 빛나며 내 마음속에 빛으로 남아 있었다. 그것은 이 세상의 온갖 사물과 놀라움과 구원으로 하여 다시 태어나지 않으면 안 되었다.

이제 나는 새롭게 태어날 것이다.

마치 기적처럼 조용하고도 부지런히 그리고 아주 유능한 재산의 소유자가 된 것이다. 하지만 가장 높은 가치에 대해서는 아직도 나는 알지 못한다.

꽃이 시들 듯이
청춘이 늙듯이
인생의 단계도, 지혜도, 사랑도 모두 그때그때
꽃이 피는 것처럼 영속은 허락되지 않는다.

삶의 외침을 들을 때마다 마음은
용감하게 슬퍼하지 않고
새로운 다른 속박을 받아
작별과 재출발의 각오를 해야만 한다.

일의 시작에는 마력 같은 것이 깃들어 있다.
그것은 우리들을 지키고 살아가는 데 도움을 준다.
우리들은 공간을 하나씩 명랑하게 뚫고 나가야 한다.
어느 장소에도 고향을 마주한 듯한 집착을 가져서는

안 된다.

우주의 정신은 우리를 속박하려 하지 않고 제한하지도
않으며
우리를 한 단계씩 높이려고 한다.
어느 생활권에다 뿌리를 내려
유쾌하게 살게 되면 탄력을 잃기 쉽다.

출발과 여행의 각오가 되어 있는 사람만이
습관의 일상에서 벗어나게 될 것이다.
임종의 순간에도 여전히 우리는 새로운 공간으로
향하여
건강하게 보내게 될지 모른다.
우리들이 부르짖는 삶의 외침은 결코 끝나는 일이 없을
것이다.
마음이여, 이별을 생각지 말고 건강하게 되어라!

숲 속의 오두막(헤르만 헤세, 1923)

# 나를 향해 떠나는 시간

어느 날 오전 시간, 나는 나 자신을 위해 탈출하는 데 성공하였다. 그것은 사회적인 의무와 책임 속에서 완전히 벗어날 수 있는 순간이었다. 일상생활의 모든 잡다란 일과를 잠시 그대로 두어도 좋았다.

대체 나는 이 지루하고도 피곤한 일상의 도구를 삶의 한 방편으로 계속 움직여 나가야 할 의무가 있다는 말인가.

출판사로부터 끊임없이 보내어 오는 교정본도 기다려야 하고, 이번 겨울에 강연을 해 달라고 몇 번이나 초청한 보쿰과 도르트문트에 있는 시민들도 만나야 할 것이다. 또한 나라 안 어디서나 예고 없이 날아오는 대학생들과 여학생들의 편지도 기다려야 하고, 멀리 베를린과 취리히에서 온 방문객과 문학청년들과 정신적인 귀부인들도 기다려야 한다.

하지만, 지금 나는 이 모든 것으로부터 탈출했다. 이제 몇 시간 동안은 책은 물론 서재에서 멀리 떨어져 있을 것이다.

그저 빛나는 태양과 나, 무한히 밝고 초록 빛깔로 반짝거리는 9월 아침의 보드라운 하늘, 그리고 불볕의 여름을 견디어온 뽕나무와 포도 넝쿨의 가을 잎에 깃든 갈색만이 나를 기다릴 뿐이었다.

나는 그림 그리기에 알맞은 야외용 작은 의자를 손에 들고 있었는데, 그것은 때때로 내 마술의 도구로써 아니면, 파우스트의 망토로 변모하여 그 도움을 받은 나는 수천 번이나 이 바보스런 현실과의 싸움에서 승리를 얻을 수 있었던 것이다.

그리고 배낭을 메고 있었는데, 그 속에는 조그만 화판이며 수채화 물감이 준비된 팔레트, 작은 물병, 질이 좋은 이탈리아제 켄트지 몇 장, 그리고 시거 담배와 복숭아 한 개가 들어 있었다. 정확히 10분 후면 도착하게 될 우편배달부를 피해 집을 나섰다. 마을 한복판을 힘껏 걸어가면서 옛날 이탈리아 군가를 높이 불렀다.

'병영이여, 영원하라.
우리는 이제부터 긴 이별이다.'

그러나 나는 멀리 가지 않았다. 포도밭 어두운 그늘 속에서 지난 여름 제멋대로 자란 잡초가 이슬방울로 아직까지도 축축하게 젖은 채 서 있는 작은 오솔길로 접어들자마자 벌서부터 한 폭의 그림을 그려야 한다는 강렬한 열망에 사로잡혔다. 그것은 너무나도 아름답고 신비스러운 광채로 나를 바라보고 있었다.

오래된 상록원에는 붉은 주목과 종려나무, 큰 목련과 실측백나무 그리고, 수많은 관목들이 산기슭에 가득 펼쳐져 있었다. 실측백나무의 날카로운 가지들이 불꽃처럼 하늘을 향해 마음껏 뻗어 있었다. 그러나 무엇보다도 저 아래의 검은 초록빛 숲의 바닷속에는 눈부실 정도로 핏빛 파도 모양을 한 벽돌 지붕이 그림자를 깊게 드리운 채 불타고 있었다.

또한 저쪽 높은 곳에는 깊은 잠에 빠져 있는 듯 꿈꾸는 고요한 정원과 나무의 천국으로부터 밀려난 밝은 별장이 외롭도록 요염하게 모습을 드러냈다.

마을의 변두리나 다름없는 이곳에 내가 자리를 잡고 풀 속에 두 다리를 뻗고 앉아 있다는 것은 전혀 어울리지 않았다. 그러나 이제는 별도리가 없었다. 그 빨간 지붕과 굴뚝 밑에 깃든 짙은 청록색의 그림자, 테라스에서 나부끼는 나뭇잎의 설레임, 강물 속에 감도는 깊고도 신비스런 파란색이 나를 매료시켰으며 결국, 난 그것을 그리기로 작정했다.

나는 보조 의자를 펼쳐 놓았다. 그것은 집으로부터 야외로, 의무로부터 오락으로, 문학에서 미술로 변모하는 내 소풍의 동료이자 산책의 친구였다.

나는 조심스럽게 의자에 앉았다. 천막 천으로 만든 작은 의자가 내 몸의 중량을 감당하기 어렵다는 듯 약간 삐걱거리는 소리를 내며 다시 자제해 줄 것을 경고하고 있었다.

사실 나는 어제 의자의 약한 부분을 손질해 두어야 한다는 것을 그만 깜빡 잊어버렸던 것이다. 무슨 일로, 무엇 때문에 그랬던 것일까? 독일에서 온 방문객과 시간을 보내느라고 까맣게 잊었던 것이다. 그는 휴가를 보내기 위해 남쪽 지방에 머물면서 시골 사람들을 상대로 문학에 대해 두서없는 말로 떠들어대면서 아까운 시간을 낭비하는 것 외에는 어떠한 재치 있는 일도 할 줄을 몰랐다.

"빌어먹을, 아예 다리나 부러져라."

아니, 절대로 그래서는 안 되었다. 좀 더 심사숙고하는 마음가짐으로 베를린 같은 대도시에 머물러 있는 편이 그에게는 더 좋은 기회가 되었을 것이라는 생각이 들었다.

내 의자는 다시 한번 나지막하게 신음하듯 삐걱거렸다.

나는 배낭을 풀섶에 내려놓고 서둘러 연필과 종이를 끄집어냈다. 여백으로 꿈꾸는 듯한 켄트지를 무릎에 올려놓고 지붕이며, 짙은 그림자가 드리운 굴뚝과 먼 산의 아련한 능선, 떠 있는 듯한 별장의 호화로운 광채, 실측백나무의 검은 꽃불, 사방으로 우루루 달려가고 있는 듯한 관목들의 모습과 푸른 그림자 속에서 경이롭게 반짝이고 있는 햇빛을 받아 금세 타오르듯 밝은 밤나무 줄기를 그리기 시작했다.

나는 긴 시간을 보내지 않고 곧 끝을 냈다. 오늘은 소묘를 대부분 생략한 채 색감에 중점을 두기로 했다. 다음 기회에 다시 그리기로 하고 지금 화폭에 담지 못한 나뭇잎들까지 미련을 버리면서 중도에서 그만두기로 마음먹었다.

오늘은 그저 욕심 없이 색채만으로, 즉 시냇물처럼 넉넉하고 충만한 빨강, 그 속에 깃들어 있는 파랑과 보라색 그리고, 검은 숲속에서 반짝이는 밝은 집이 중요한 대상이었다.

나는 서둘러 그 조그마한 팔레트의 오목한 곳에 약간의 물을 부은 다음 붓을 담갔다. 하지만, 그때 나는 몹시 당황했다. 내 팔레트의 물감 자리가 대부분이 비어 있었기 때문이다. 아니 완전히 깨끗이 닦여 있어 물감 찌꺼기도 남아 있지 않았다. 그런데 그 없어진 색깔 중에는 빨강 물감도 들어 있었던 것이다.

이렇듯 바로 그 신비한 빛깔 때문에 내가 스케치를 했을 뿐만 아니라, 내가 너무나도 좋아했던 색이었던 것이다. 빨강 물감 없이 어떻게 저토록 화려한 물결 모양의 지붕을 그릴 수 있단 말인가!

정말, 하나님! 대체 무엇 때문에 빨강 물감이 없어져 버린 것일까요? 어떤 이유에서 그 소중한 빨강 물감을 깨끗이 닦아버린 것일까요?

나는 금방 그 이유를 알아냈다. 이삼일 전의 일이었다. 그림 그리기를 끝마치고 집으로 돌아와서 몸을 씻고 휴식을 취하지 않고 곧바로 팔레트의 빈 물감 구멍 몇 개를 다시 채워 넣으려고 했던 것이다. 짙은 하늘색과 빨강색, 그리고 초록색 몇 가지를 긁어내고 닦고 하여 손에 온통 물감을 묻힌 채 새 물감을 꺼내오려는데 누군가가 문을 두드렸다.

아주 멋진 운동복을 입은 방문객이 찾아온 것이다.

그는 화려한 호텔과 멋진 고급의 자가용차 냄새를 풍기고 있었으며, 가까운 루가노에 머물고 있었기 때문에 내가 살고 있는 마을에까지 차를 몰고 와서 내가 쓴 『황야의 이리』를 읽었다며, 그 자신 역시 근본적으로 일종의 황야의 이리와 같은 성격을 가진 존재라는 점을 알려 주고 싶어서 방문했다는 것이다. 그의 말씨로 보아 모습 또한 그러했다.

나는 내 그림 도구를 재빨리 배낭에 도로 쑤셔 넣고 그 사나이의 이야기를 15분쯤 들은 다음에 문까지 그를 데리고 가서 내보낸 후, 문을 걸어 잠갔다. 그러나 나는 그와 이야기를 하느라고 물감을 잊어버렸던 것이다.

그리하여 다시 그림을 그리고 싶은 새로운 열정에 사로잡혀 저 빨간 물결 모습의 지붕에 반해 버린 채 앉아 있으면서 빨강 물감을 넣는 것을 그만 잊어버렸던 것이다.

어쨌든 낯선 사람을 집 안으로 들어오게 해서는 안 된다, 그리고 책을 써서도 안 된다, 그렇기 때문에 일이 생긴 것이다.

나는 그만 화가 치밀어 올라 잠시 동안 안정을 잃기까지 했다. 하지만 기분만으로 예술이 되는 것은 아니다. 필연적으로 재능도 있어야 한다. 그런 생각을 떠올리며 나 혼자 말했다.

"빨강 물감 없이도 그림에 필요한 색깔을 만들어 낼 수 없다면 차라리 그림 그리는 것을 포기하라."

나는 짙은 주황색을 사용했고 푸른빛이 도는 적색을

혼합했다.

여러 가지 색을 혼합했으나 원하는 색채가 나타나지를 않아서 나는 최소한 조화라도 잘 시키기 위해 시냇물 주변을 파란색에서 노란색이 강한 초록빛으로 칠해 주었다.

나는 오랫동안 색을 혼합하느라고 인내심을 가지고 일에 열중했으나 계속 긴장한 탓에 결국 빨강 물감을 잊어 버렸던 것이다.

또한 낯선 사람들과 문학과 세상의 번거로운 일을 잊어버렸으며 서로 어울려 아주 특이한 음악이라도 들려줄 것 같은 이 몇 가지 색판과의 은밀한 투쟁 이외에는 아무 것도 존재하지 않았다. 마침내 내 화폭은 아름다운 색조로 가득 채워졌으며, 그런 동안 한 시간이라는 시간이 지나가 버렸다.

그러나 물감으로 젖은 화지를 말리기 위해 풀 위에 놓고 잠시 바라보니 아무것도 이루어진 것이 없고 그 어떤 것도 성취되지 못했다는 것을 즉시 알 수 있었다. 오직 별장 지붕 밑의 그림자만이 유일하게 아름다웠다.

그 그림자는 약간의 푸른색을 섞어 그려야만 했었는데도 드높은 하늘과 너무나 잘 어울렸다. 그러나 주위 전경은 모두가 더럽혀졌고 실패작이었다. 결국 나는 빨강색을 만들 능력이 없었던 것이다.

아! 예술의 세계란 비범한 능력만을 요구하는구나! 이 세상 사람들이 무슨 말을 하고 싶어 한다 할지라도 예술에 있어서의 결정을 짓는 능력이란 요행이 아니라 천부의 재능임을 깨달았다.

하지만, 때때로 나 자신은 그 반대적인 생각만을 하기
도 했다. 한 인간이 자기의 정신세계와 삶을 통해 무엇을
할 수 있고, 얼마나 열심히 자기 예술을 추종하느냐가
중요한 것이 아니라, 자기 마음속에 무엇을 품고 있으며,
무엇을 말할 것인가를 가지고 있는 것이 무엇보다도 중요한
것이라고 주장했다.

그러나 그것을 영원히 침묵해 버리거나 말을 더듬거리지
않고 언어, 빛깔, 음악으로 표현한다는 것이 무엇보다도
중요한 것이다.

그러므로 아이헨도르프는 위대한 사상가가 아니었고,
분명 르노와르 역시 심오한 인간은 아니었다.

그들은 오직 자신의 일을 완벽하게 해낼 수 있었다.
또한 그들은 많든 적든 간에 자신이 말하고자 했던 것들을
기꺼이 표현했던 것이다. 만일 그런 일을 할 수 없다면
붓과 펜을 미련 없이 던져버려야 한다. 아니 그보다는 계속
해서 인내심을 갖고 끊임없는 연습을 되풀이해야 하며,
무엇인가를 완성할 수 있을 때까지 절대로 포기해서는 안
된다.

이렇듯 인생이라는 것은 자기 자신을 표류시킬 때 불행
의 늪에 빠지는 것이다. 다시 짐을 쌀 때, 나는 이 두 번째의
삶의 길을 택하기로 결정했다.

나무 뒤의 집들(헤르만 헤세, 1922)

# 은빛으로 쓰는 일상의 그림자들

나는 오늘 하루 종일 나룻가에 놓여 있는 작은 초록빛 벤치에 앉아 있었다. 그것들은 뽀얀 먼지투성이의 자갈 사이에 적당한 간격을 두고 장난감처럼 여기저기 흩어져 있었다.

저녁이 조용히 내릴 무렵이면 떠돌이 부랑인들이며 낯선 이방인들이 약속이나 한 듯이 어디서부터인가 흘러와 저마다 자리 잡고 앉아 있는 이 딱딱하고도 바보스런 벤치 중 하나에 앉아 일상 속을 유영하듯 휴식을 취하고 있다.

나는 여러 해 동안을 호수가 있는 이 도시에서 떠나고 싶은 간절한 마음속에 머물고 있으면서, 가끔 몇 달은 꼼짝도 않고 죽은 사람처럼 셋방에 틀어박혀 있었지만, 이렇게 부랑인들 틈에 섞여 지루한 벤치에 앉아 있으리라고는 한 번도 생각해 보지 않았다.

이렇듯 나는 하루의 정지된 시간 속에서 혼자만의 꿈을 꾸는 듯한 일상의 습관에 길들어지면서 한 시간 동안을 홀로 끈질기게 앉아 있었던 것이다.

저쪽 공기보다도 더 투명한 듯한 찬란한 빛으로 하여 두 눈을 깜박이면서 길고 먼 강둑 뒤로 밝고 깊은 푸른 녹색의 선을 이룬 호수가 반짝이는 것을 보았다.

그러자 멀리에서 돛단배 두 척이 마치 공중에서 휴식하고 있는 것처럼 호수 위에 엷은 그림자를 드리우고 흔들거리고 있었으며, 초록빛의 강둑은 억센 팔로 호수를 휩싸듯 껴안고 있었다.

남쪽 하늘은 밝은 여름 구름 사이로 눈 덮인 산의 희미한 모습을 간직한 채 잔잔히 헤엄치고 있었다.

지금 시간은 거울처럼 조용하다.

때로는 반쯤 졸면서 눈을 깜박거리고, 이따금씩 멀리 있는 돛단배의 움직임을 꿈꾸듯 추적하면서 나는 벤치 한구석에 홀로 앉아 있었다. 가까이에 생명의 움직임이란 거의 없었다. 조금 전에 털로 짠 원색의 스웨터를 입은 건강한 젊은이가 지나갔다. 잘 생긴 그 젊은이는 긴 머리카락을 보드라운 바람에 날려 아련한 영상감을 주었다.

그리고 한 번은 일곱 살이나 여덟 살쯤 된 키 작은 소년이 지나갔는데, 그는 자갈길을 걷지 않고 위험스런 부두의 담벽 난간 위로 거만하게 걸어갔다.

오른쪽 손에 장난감 권총을 들고 계속 장전하는 흉내를 내면서 다섯 발짝을 정확히 떼어놓으면서 쏘아대곤 했다. 전쟁 영화나 책에서 본 영웅, 용감한 인디언의 꿈이 소년을 그토록 리듬에 맞추어 끝없이 뻗어간 강둑 위로 달려가게 했을 것이다.

그 작은 소년의 모습이 차츰 작아지더니 마침내는 불분명하게 되기 시작하고 멀리 어린 반점만이 아득히 남았을 때, 나는 갑자기 환호하듯 날씨가 그림 그리기에 아주 좋다는 생각에 주의를 기울이기 시작하였다.

온 세상이 회화적인 날로 공기와 물, 대지와 생물들은 마술의 놀라운 입김으로 자비로운 조화 속에 사로잡혀 있는 듯이 보였다. 화가들은 자기들이 그리고자 하는 대상물에 완전히 반해 버려서 모든 것이 마술에 걸려 있는 것처럼 아름답게 보이고, 모든 것들이 자기를 그리도록 유혹하고 있었다.

또한 가장 생소하고 가장 무미건조한 것들까지도 고요한 신의 빛처럼 주위에 향기와 매력을 떠돌게 하는 그런 날 중의 하루였다.

아, 나는 얼마나 오랜 시간을 그토록 그렇게 그림을 그리지 못했던 것일까! 몇 달 동안을 나는 이러한 행복을 맛보지 못하고 지내온 것일까!

도시 생활의 무미건조함 속의 지루함과 회색빛 겨울날의 빛의 빈곤 속에서, 잦은 여행의 조급함과 압박감에서, 끊임없는 원고 청탁과 뭔가 써야만 하는 일 속에서 나는 거의 반년 이상이나 그림을 그리지 못했고, 색채의 영감에 사로잡히지도 못했으며, 고요히 자신을 흥분시키는 투쟁을 시도해 보지도 못했던 것이다. 여행을 하는 동안 잠시 머무는 도시에서는 그림을 그릴 수가 없었다.

내가 그림을 그리기 위해서는 절대적으로 시골의 전원

생활과 여유로운 많은 시간, 자연 속에서의 고독한 방황, 영원히 가라앉은 듯한 침잠의 분위기가 필요하다.

그런데 갑자기 지금, 이 회화적인 공기가 불어와서 나를 다시 일깨웠을 때, 지난 여름에 만끽한 화가의 행복이 그리웠던지, 그렇다면 나는 얼마나 오랫동안을 나의 작업장으로부터 멀리 떨어진 도시에서 시간과 기회를 낭비하고 있으니 바보스런 일이 아닌가? 또 한편 많은 봄날과 그 황홀한 일상들을 즐기지도 못한 채 잊어버렸던 것은 아닌가?

이제 나는 모든 것을 평온한 마음의 눈을 열고 회화적으로 바라보았다. 그러자 바로 내 발밑에 깔려 있는 자갈들은 보드라운 장밋빛 광채를 띠기 시작했고, 호수에 떠 있는 돛단배에서는 엷은 갈색과 오렌지색이 반짝거렸다. 수면에는 잔물결이 영상의 물감을 산더미처럼 풀어 놓으면서 풍부하게 서로가 서로에게 녹아드는 색채의 혼합으로 뒤덮인 채 저 멀리 둥실 떠 있듯 놓여 있는 팔레트의 한 조각과도 같이 현란하게 보였다.

물의 청록색 빛깔은 높은 금속성 음향처럼 밝고 아름다운 음조로 노래하고 있었다. 햇볕이 떨어지듯 비치는 집들의 담벽은 유난히 반짝이는 밝은 나무들의 초록빛 잎사귀 사이로 따스하고 정답게 이야기를 나누고 있으며, 바로 나무 밑에는 짙은 그림자가 어둡게 깔려 있을 뿐이었다.

하지만, 이곳에서 즉, 이웃 도시의 삭막한 부둣가에서 부랑아나 이방인들의 틈에 끼어 그림을 그린다는 것은 생각만 해봐도 끔찍스런 일이었다.

아! 내가 지난날의 어느 시간처럼 테씬의 밤나무숲으로 에워싸인 그림자 지붕 아래 앉아서 그림 도구를 곁에 두고 있었더라면 나는 감격의 순간을 또다시 음미해 볼 수 있을 것이다.

그러나 이것은 쓸데없는 바램이었다. 지금 나는 여행자로서 이 도시에 머물고 있으며, 내가 묵고 있는 작은 여인숙에는 몇 달 전부터 내버려 둔 채 먼지투성이가 되어버린 초라한 팔레트가 하나 쓸모를 잃은 모습으로 나뒹굴고 있을 뿐이었다.

조금은 어둡고 울적한 기분으로 여인숙을 향해 발걸음을 옮겨 놓았다. 본격적으로 그림을 그릴 마음이 우러나길 조금 더 기다려야만 한다면, 나는 그동안에 수채화 물감을 가지고 유희를 즐기고 싶었다.

어느 다정한 친구나 수집가를 위해 짧은 위안의 글을 쓰고 예쁜 그림이 그려진 동화나 풍경화의 꽃들이 담긴 한 편의 시를 쓰고 싶은 마음뿐이다.

그리하여 그리움에 젖고 호수 저 멀리 흔들거리는 빛깔의 조화에 가득 차서 새로움에 대한 욕망에 가슴 설레이며 나는 서둘러 집으로 돌아왔다.

밝은 태양 속으로부터 서늘한 그림자가 깃들어 있는 현관과 돌계단, 어두컴컴한 복도를 지나갔다. 내 방 안에는 정밀하도록 고요하고 약간 서늘한 빛과 짙은 회색 그림자가 바깥의 햇볕이 비치는 푸르름에 보드랍고 아름답게 대조를 이루고 있다는 것을 알았다. 그리고 방 한가운데 놓여 있는 책상 위에서는 경이로운 일이 벌어지고 있었다. 몹시 사랑스러운 색채의 물결이 일면서 아주 차분한 음조의 협주곡이 연주되고 있었다.

그것은 갓 피어난 세 송이의 목련꽃이었다. 한 송이는 너무 만발하여 막 꽃잎이 떨어질 지경에 이르렀고, 또 한 송이는 이제 막 피어나기 시작했으며, 나머지 하나는 꽃봉오리 그대로였다.

꽃의 바깥쪽은 붉은색에 가까운 보랏빛이고 안쪽은 아주 섬세하게 빛을 반사하는 명주 같은 부드러운 색이었다.

이렇듯 커다란 세 개의 꽃송이는 엷은 회색의 공간 속에서 매혹될 정도로 아름다운 모습을 하고 있었고, 영혼이 깃든 채 움직이지 않고 있었다. 심연 속에 놓여 있는 밝고 투명한 수정, 바로 그것이었다.

깜짝 놀라고 너무 황홀한 나머지 나는 이 꽃 앞에 숨을 죽이고 서 있었다. 사실 나는 이 꽃의 존재에 대해 까맣게 잊어버리고 있었던 것이다.

바로 어제 한 친구 집 정원에서 기쁜 마음으로 이 꽃을 꺾어가지고 돌아와서 어느 정도 생명이 깃들어 있고 색채가 있는 것을 내 방으로 가져왔다는 사실이 즐거워서 조심스럽게 꽃병에 꽂아 놓았던 것이다. 그런데 이 꽃은 얼마나 아름다움을 자랑하고 있는 것인가? 또 얼마나 화려한 빛깔의 율동이 흐르고 있는 것인가?

활짝 핀 탐스러운 꽃송이는 얼마나 감미로운 죽음의 예감을 안고 넘쳐나도록 저렇게 피어 있는 것일까.

아! 왜 이토록 보드랍게 선을 늘어뜨리고 가볍게 말려 들어간 꽃잎의 가장자리에서는 보랏빛이 장미색을 뛰어넘어 고요하고 슬프도록 싸늘한 희빛으로 변색되어 가고 있는 것일까.

그러나 이 아름다움은 얼마나 순간적인 미의식을 보여 주는 것이며, 또 무상의 세계를 말해 주는 것일까.-우리는 이러한 것을 그림으로 표현할 수 있고, 그 표현된 것을 색채로 미화시켜야 한다. 아주 성급히 탐욕적으로 그려야만 하리라.

그러나 어리석은 나는 지난 어제도, 바로 오늘 아침까지도 그것을 깨닫지 못했고, 집으로 돌아와 꽃들을 발견한 순간에야 비로소 깨달았던 것이다.

나는 쓰고 있던 모자를 미련 없이 의자 위에 던져버리고 물을 한 잔 떠 가지고 와서는 결국 수채화용 팔레트를 끄집어냈다. 그런 다음 젖은 헝겊으로 먼지가 덮여 있는 물감들을 다시금 깨끗이 닦아냈다. 황색과 초록색, 빨강 물감을 차례로 짜 넣자, 그것들이 녹아들며 반짝이는 것을 바라보았다.

나는 자리에 앉아 이탈리아제 켄트지를 한 장 펼쳐 놓고 붓을 물에 담가 손가락으로 문질러서 분홍색과 희색을 엷게 혼합해 놓고 세 송이의 말 없는 아름다운 꽃봉오리에 탐닉했다. 마침내 너무 빨리 젖어 찢어진 종이와 씨름을 하다가 그것을 내버리고 새로 한 장을 꺼냈다.

책상 위에 놓여 있는 꽃 옆에는 우편물이 나를 기다리고 있고, 저녁 초대와 연회를 알리는 초대장, 하드 커버와 레이스로 장정된 두 권의 신간 서적이 함께 놓여 있었다. 나는 그것들을 외면해 버렸다.

지금의 이 순간만큼은 세 송이의 목련꽃과 내 켄트지 이외에는 아무것도 존재하지 않았으며, 미소를 짓는 듯 밝은 초록빛을 띤 종이에 물감을 칠하는 것과 재빨리 배경을 어둡게 스케치하는 것 이외엔 어느 것도 중요하지 않았다.

이제 행복감에 사로잡힌 나는 또 다른 긴장감에 들뜬 채 탐욕적으로 색색의 물감을 종이 위에 칠했다. 꽃봉오리의 녹아드는 듯한 심연 속을 탐욕적으로 바라보면서 붓을 황급히 푸르고 붉게 만든 물잔에 담갔다.

한 번은 밖으로 나가 새 물을 떠 왔고, 다시 일어나서 이번에는 책장 바로 위에 있는 작은 선반에서 흰색 물감이 들어 있는 튜브를 끄집어 내왔는데, 물감 없이는 유감스럽게도 그림을 그릴 수가 없었기 때문이다. 그 외에는 한 시간 이상 아무런 중단도 없었고, 어떠한 휴식도 취하지 않았다. 또한 이성도 자의식도 없었다.

나는 색칠하기에 몰두했고 붓을 자주 물에 담그고 그 아름다운 꽃을 표현해 보려고 부단히 노력했다. 약간의 파란색과 노랑색을 첨가하였다가 곧 다시 젖은 붓으로 엷게 하였다.

아! 이 세상에는 그림 그리는 것보다 더 아름답고 더

소중하며 보다 더 마음을 행복하게 하는 것은 아무것도 없을 것이다. 다른 것들은 모두가 바보스런 짓이며, 시간을 낭비하는 일이며, 부질없는 행동인 것이다. 그림 그리는 일은 세상을 정복하는 것보다 훌륭하다. 그림을 그리는 것은 진리를 탐구하는 작업이다.

마지막으로 나는 배경을 좀 더 확실하게 표현하려 하다가 다소의 어려움에 부딪혔으며 회색 물감이 담뿍 묻은 붓을 물기가 많은 곳에 갖다 댔다. 그러자 금방 빛깔이 확 번지기 시작하면서 우울한 색의 가는 줄기가 사방으로 뻗치기 시작하여 나는 절망감을 느끼면서 그것을 닦아냈다.

그와 동시에 방안 이곳저곳에서 악마가 뛰쳐나왔다. 그러자 딱딱하고 흉하게 굳어버린 가장자리 색이 발견되고, 한쪽에서는 놀랍게도 밝은 색채로 남겨둔 작은 공간이 회색으로 불결해진 것이 보였다. 나는 급히 붓을 담가 두려운 마음으로 그것을 색칠해 버렸다.

"그림 전체가 너무 빨강색으로 된 것은 아닌가?"

"파랑색과 쓸쓸한 빛이 너무 적은 것은 아닐까?"

"흰색을 사용하지 않은 것이 어리석은 짓은 아니었을까?"

아! 어찌하여 이 짙은 남색을 꽃잎 그림자와 배경에 사용했던 것일까? 여전히 닦아내고 칠을 하는 동안에는 잘못된 부분이 자주 눈에 띄었다. 그래서 너무 서두른 나머지 그림을 망쳐버렸으며 작업을 포기하지 않으면 안 되게 되었다.

나는 붓을 내던지고 그림이 완전히 마를 때까지 기다린 다음에 다시 보기로 했다.

마침내 그림이 말랐을 때, 나는 갑자기 눈을 떴다. 아! 이처럼 놀랄 만큼 아름다운 꽃에서 난 도대체 무엇을 만들어 놓은 것일까. 보기에도 흉한 얼룩이 종이 위에 칠해져 있었다. 종이나 물감에게 미안한 마음이 들었고, 결국은 내가 이 엉터리 그림을 그리노라고 더럽힌 물이 정말 보기에도 안 되었다.

그림을 그리는 일보다 더 어렵고 더 위험하며 더 실망적인 것이 또 이 세상에 있을까? 보다 더 까다롭고 절망적인 일이 또 있을까?

나는 천천히 물감을 칠한 종이를 조각조각 찢어서 휴지통에 던져버렸다.

저 아름다운 목련꽃을 그리려고 하는 탐욕스런 생각 속에서 주제넘은 시도와 비교해 볼 때『돈키호테』나『햄릿』과 같은 작품을 쓴다는 것은 사소한 일이며 어린아이 같은 장난이 아닐까?

이런 격렬한 생각을 하는 동안 나는 거의 무의식중에 화판에 새 종이를 얹어놓고 두 개의 붓마저 깨끗이 빨았으며, 새 물을 가득 채워 놓고 마음을 가라앉히고 다시 그림을 그리기 시작했다.

백일홍(헤르만 헤세, 1927)

# 그림 속을 걸어가면

정오가 되자, 나는 벌써부터 오늘 저녁에도 그림을 그리게 되리라는 것을 예감할 수가 있었다. 며칠 동안 계속해서 바람이 불어 아침 하늘에도 구름이 끼었으나 오후가 되면서부터는 언제나 수정처럼 맑았다. 더구나 노을이 타오르는 저녁 한때는 이루 말할 수 없이 아름다웠다.

물론 이 밖에도 그림을 그리기에 알맞은 날씨가 있고, 또한 날씨야 어떻든 간에 언제나 그림은 그릴 수 있다. 그 나름대로의 아름다움은 있기 마련이니까. 비가 올 때도 그렇고 또 마파람이 부는 오전의 유리알 같은 투명한 창문을 통해서 사물을 관찰할 때도 그렇다. 그러나 오늘 같은 날은 유별나게 다른 느낌을 주었으므로 '그림을 그릴 수 있는 것'이 아니라, 꼭 '그려야 한다'는 마음이다.

멀리 푸른 초원에는 빨강, 아니면 황토색 반점들이 점점이 반짝이고 있다. 해묵은 포도나무 가지들은 하나같이 생각에 잠겨 그림자를 드리운 채 멋지게 침잠해 있으며, 또 깊은 그늘 속에서도 빛깔 하나하나가 뚜렷하고 강렬하게 빛나고 있었다.

어린 시절 방학 동안에 즐겼던 그러한 일들을 나는 지금도 생생하게 기억하고 있다. 그때는 중요한 관심거리가 그림이 아니라 낚시였지만, 낚시 또한 필요하면 언제나 할 수 있었다. 그렇지만 그때도 어떤 일정한 바람과 일정한 냄새와 습기, 그리고 일정한 종류의 그림자가 따르는 날씨가 있었다.

그럴 때면 하루의 일을 예상하고 오늘 오후에는 아래쪽 다리 밑에서는 잉어가 몰릴 것이고, 저녁에는 대리석 공장 옆을 끼고 도는 냇물에서 농어가 잘 물릴 것이라는 것을 정확히 알아낼 수 있었다.

그 후 세상이 바뀌고 나의 인생 역시 많은 변화를 가져와 소년 시절에 그처럼 즐기던 낚시질과 항상 풍요롭던 기쁨이나 행복감은 이제 전설처럼 추억 속에 남아 있으며, 거의 믿을 수 없는 것으로 되어버렸다.

그러나 사람 그 자체는 그다지 변하지 않기 때문에 어떠한 형태의 것이든 간에 기쁨이나 즐거움을 가지고 싶어한다. 그래서인지 요즘 나는 낚시 대신에 즐겨 그림을 그린다. 그것도 수채화를 그린다. 그래서 날씨를 중요시 하고 그림 그리기에 좋은 아름다운 날을 예견하게 되면 나의 노쇠한 가슴 속에는 저 화려한 소년 시절 방학 때 맛보았던 희열과 기대와 모험심의 끝없는 여운을 드리운 그림자를 가볍게 느끼곤 한다.

그런 날이 찾아오면 나는 오후 늦게 화구가 든 배낭을

메고 접는 간이의자를 들고 집을 나서 일찍부터 미리 생각해 두었던 장소로 간다. 그곳은 마을 뒤에 있는 가파른 기슭으로 전에는 너도밤나무들로 빽빽이 들어서 있었으나 지난 겨울에 벌채된 곳인데 내가 그동안 몇 번인가 그림을 그렸던 장소였다. 그러나 아직도 약간의 향기가 나는 나무 그루터기가 남아 있었고, 마을 동쪽이 훤히 내려다보였다.

나무 기와를 얹은 어두운 빛깔의 낡은 지붕들과 밝은 빨간색으로 새로 칠한 지붕들이 몇 채 보이고, 오랫동안 단장을 하지 않아 헐벗은 담벽과 곳곳에 서 있는 나무들과 조그마한 정원이 보였다. 또한 여기저기에 희고 푸른 빛깔의 빨래가 조금씩 바람에 펄럭거렸고, 맞은편으로는 장밋빛 봉우리에 보랏빛 그림자를 늘어뜨린 크고 높은 푸른 산들이 첩첩이 늘어서 있고, 바로 그 아래 한 조각 호수가 구름처럼 떠 있었으며, 그 건너편에는 환하게 반짝거리는 몇 개의 마을이 아주 작게 보였다.

그러자 해가 서서히 기울어지고 지붕과 담장 위에 내린 빛이 조금씩 따뜻해지고 좀 더 황금빛을 더해 가는 동안 나에게는 두 시간 정도의 시간이 남아 있었다.

스케치를 시작하기 전에 나는 호수까지 뻗어간 풍요로운 골짜기를 한참 동안 내려다보았다. 어느 사이에 일 미터 가량 자란 곁순이 돋아나 있는데도 아직은 빛깔이 그대로 연한 나무 그루터기가 남아 있는 먼 마을과 들판의 전경, 그리고 그사이에 햇빛을 받아 유난히 반짝거리는 암석이며, 장마철에 생긴 깊게 파인 자국이 드러나 있는 건조한 붉은

밭과 마을을 바라볼 수 있었다.

담벽과 합각머리[A자 모양을 이룬 각] 지붕으로 구성된 선이며, 벽면 하나하나를 오래전부터 잘 알고 있었으며, 그 모습을 수십 번이나 눈으로 그려보았고 스케치했었다.

전에는 어두운 갈색이었던 큰 지붕 하나가 칠을 다시 하려고 새로 이어놓은 것이 보였다. 지오반니의 집이었다.

가을이면 속껍질을 벗긴 누런 옥수수자루들을 줄줄이 엮어 매달린 지붕 밑에 확 트인 넓은 테라스가 있었는데 거기를 막아버리고 지붕 전체를 이어 덮었다.

몇 달 전에 이 마을에서 제일 나이가 많은 그의 아버지가 돌아가시자 그가 상속을 받아 부자가 되었으므로 온통 집 안팎을 고치고 새로 단장한 것이다.

그것은 분명한 사실이다. 집을 가지고 있고, 새로 집을 짓는 사람, 결혼을 하여 아이를 낳는 사람, 저녁이면 문 앞에 나와 앉아 담배를 피우고 일요일이면 보치아 놀이를 하는 사람, 면의원에 선출되는 사람도 있는 것이다.

저 집들 모두가 그 누군가의 소유이고, 누군가의 손으로 지어졌으며, 그 누군가가 그 안에서 생활하며 먹고 잠자고 아이들이 자라는 것을 보고 돈을 벌거나 빚을 지고 있을 것이다.

그리고 작은 꽃밭 하나하나와 나무 한 그루 한 그루, 목초지 포도원, 월계수 숲과 밤나무숲 한 구역 한 구역이고 누군가의 소유로 팔리고 상속되며 기쁨을 주고 또 근심을 줄 것이다.

젊은이들은 새로 세워진 큰 학교로 가서 꼭 필요한 것들을 배우고 여름이면 석 달간의 방학을 즐기기 위해 고향으로 돌아오고, 그다음에는 다가오는 삶을 향해 용감하게 달려가 다시 새로운 집을 짓고 결혼을 하고 낡은 담장을 헐고 나무를 심어 빚을 지면서까지 태어난 아이들을 학교에 보낼 것이다.

　그러나 지금 내가 이곳에 와서 고향의 마을을 바라다보는 것을 그 사람들은 보지 못한다. 저 뒤쪽 군데군데 낡아 떨어지는 퇴색한 회벽이 하늘의 푸른색을 빨아들이며 땅 위로 물결쳐 가게 하는 모습을 아무도 보지 못한다.

　저쪽 박공집 벽의 분홍빛이 어려 있는 미모사의 푸른 잎새 사이에서 얼마나 부드럽고 따뜻한 웃음을 미소 짓고 있는지, 아다미네 집의 짙은 황토빛이 산의 가라앉은 푸른색을 배경으로 얼마나 아담하게 자리 잡고 있는지, 또한 신다코네 집 정원의 관상수들이 얼마나 재미있게 구름진 나뭇잎을 만들고 있는지 아무도 보지 못한다. 바로 이 시각에 모든 빛깔이 가장 순수하고 가장 감미로운 음조를 띤다는 사실을 아무도 보지 못한다.

　그리하여 집을 짓고 또다시 헐고, 숲을 키우고 숲을 베고 창문에 페인트칠을 하고 꽃밭에 씨를 뿌리는 사람이 있게 마련이다. 아마 이 모든 것을 바라보는 모든 인간의 활동을 관망하는 사람, 이 담장과 지붕들을 자신의 눈과 마음에 담아 그것을 사랑하며 그려보는 사람이 있어야 할 것이다.

나는 훌륭한 화가는 아니다. 단지 애호가에 불과할 따름이다. 그렇지만 이 넓은 계곡에서 변화하는 네 계절과 하루하루와 시간이 지니고 있는 많은 얼굴들이며 산들의 주름과 강둑의 모양, 푸른 벌판에 제멋대로 가물거리며 뻗어난 오솔길을 나처럼 알고 있으며 사랑하고 아끼는 사람은 아무도 없을 것이다.

그것들을 가슴에 품고 그것들과 일상을 같이 하며, 그것들과 더불어 살아가는 사람은 한 사람도 없을 것이다. 그런데 지금 여기에 밀짚모자를 쓰고 배낭을 메고 접는 의자를 가진 화가가 와 앉아 있는 것이다.

그는 언제든지 이 포도원과 들판을 배회하며 모든 소리에 귀를 기울였으며, 나이 어린 초등학교 학생들은 언제나 약간 웃음거리로 그를 바라보았다. 그는 때때로 다른 사람들의 집과 정원, 부인과 아이들, 그리고 기쁨과 슬픔을 부러워하기도 한다.

나는 하얀 화선지 위에 연필로 선을 몇 개 보이지 않을 정도로 긋고 팔레트를 꺼내 물을 따랐다. 그리고는 약간의 황색 물감에 물을 묻힌 붓으로 가장 밝은 반점을 찍어 놓는다. 그것은 저기 바라보이는 맨 뒤쪽 윤기 흐르는 무화과나무 위로 솟은 박공집의 빛을 정면으로 받는 앞면이 되는 것이다.

그러면 이제 나는 지오봔니에 대해서도 카봐디니에 대해서도 모두 잊어버리게 되어 그들을 부러워하지 않는다. 그들이 나의 근심을 걱정하지 않듯이 나도 그들의 괴로움에 마음 쓰지 않으며 잔뜩 긴장을 한 채 녹색과 황색으로 화선지 위에 마을의 한 조각을 채색시킨다.

때로는 먼 산 위로 젖은 붓을 가볍게 휘두르며 푸른 잎새들 사이에 빨강색을 가볍게 눌러주고 그 곁에 파랑색도 살짝 넣어주며 마리오네 빨간 지붕 밑의 그림자 모습에 신경을 쓰고, 무엇보다도 그늘진 담장 위로 솟은 둥그스름한 뽕나무의 황록색에 거듭 시선을 주면서 표현하려고 애를 쓰는 것이다.

우리 마을 위의 산기슭에서 보내는 이 저녁 시간의 한 때, 이 작열하는 짧은 시간 속에서 나는 다른 사람들이 살아가는 삶을 결코 관망하지 않는다.

또한 그들의 생활을 부러워하지도 않고 거기에 대해서는 모두 잊어버린 채 나의 일에 몰두하고 나만의 즐거움에 빠진다. 남들이 그들 나름의 도락에 빠져 있듯이 나도 그만큼 탐욕적으로 어린애같이 즐기는 것이다.

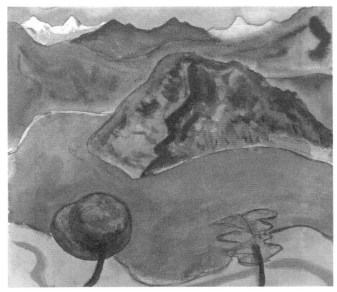

카스라노 산(헤르만 헤세, 1928)

# 구름, 그 아름다운 이별

　내가 쓰고 있는 거실 겸 서재의 동쪽 벽에는 테라스로 통하는 좁은 문이 나 있었다. 그 문은 늦은 봄 5월부터 가을이 지나가는 9월까지 항상 열려 있다.
　그 앞에는 한 걸음밖에 안 되는 아주 작은 석제 발코니가 매달려 있었는데, 이 발코니를 나만이 사용하고 있다. 이 발코니 때문에 나는 몇 년 전부터 이곳에 눌러있기로 작정했고, 또 먼 여행에서 돌아올 때마다 항상 감사한 마음 같은 것을 느끼며, 다시 이곳 테씬의 집으로 돌아오곤 했다.
　집을 아름답게 꾸미고 사는 것, 그리고 창문을 통해 멀리 트인 전망을 바라보는 것은 언제나 나의 자랑이요, 예술 바로 그것이었다. 예전에 내가 즐겼던 그 어느 전망도 이곳만큼 아름답지는 못했다. 그 대신 벽에서는 횟가루가 떨어지고 융단이 군데군데 낡고 삭아 너덜거렸으며, 여러 가지의 문명 시설은 없었으나 이 전망 때문에 나는 지금껏 여기서 살고있는 것이다.
　발코니 앞에는 오래된 과수원이 산기슭을 따라 경사진

채로 펼쳐져 있었다. 나무 꼭대기가 두터운 부채 모양을 하고 있는 종려나무, 미모사, 동백나무 등등 또 참동넝쿨로 완전히 덮여 있는 붉은 주목들이 늘어서 있다. 덩굴장미를 받침대로 올린 좁다란 테라스도 몇 개 시야에 들어왔다.

이 꿈꾸는 듯한 해묵은 과수원은 나와 세상 사이를 연결하는 사슬이었다. 또한 여기서 내려다보면 그 꼭대기만 보이는 밤나무숲이 울창한 작은 계곡도 그렇다.

밤나무숲에서는 밤낮을 가리지 않고 나뭇잎이 바람에 흔들리는 소리가 들려왔고, 저녁이면 부엉이 울음소리가 외로웠다. 이 숲은 세상으로부터 집과 사람과 소음과 먼지로부터 나를 보호해 준다. 그러므로 나는 아주 세상을 등진 것도 아니고 그러고 싶은 마음도 없었다. 나는 그런대로 적절한 보호를 받고 있는 셈이었다.

하여튼 내가 살고있는 동네로 올라오는 길이 있어서 매일 규칙적으로 다니는 우편차가 배달해 줘도 반갑지 않은 편지나 안 와도 좋을 방문객을 이곳까지 실어다 주었다. 그중에는 이따금 반가운 편지와 정다운 손님도 있긴 했다.

현관문을 잠가두는 시간에는 세상의 어떠한 부름에도 나는 응하지 않는다. 그것은 대개 오후의 몇 시간에 불과했으나 때로는 저녁 시간까지 연장되기도 했다. 그럴 때면 대문에는 굳게 빗장이 걸려 있고 초인종조차 울리지 못하게 장치해 두었다.

그러므로 정원을 발아래 두고 낮은 발코니에 앉아 있을 때면 어떤 사람도 나를 방해할 수가 없었다. 그럴 때 나는 잠시 눈을 들어 정원과 숲의 계곡 저 너머에 신의 모습이, 그리고 바로 그 뒤에 자비로운 성모상이 서 있는 것을 본다. 풀레짜 강에서부터 길게 뻗쳐 반짝이는 지류와 코머 호수 저편에 이른 봄 늦게까지 눈이 덮여 있는 산들을 바라본다.

이따금 저녁 무렵에 이렇게 앉아서 저 건너 바로 내가 앉아 있는 만큼의 높이에서 떠다니고 있는 장밋빛 저녁 구름을 건너다보고 있노라면 나는 알 수 없는 충만감을 느끼는 것이다.

나는 저 밑에 잠자는 듯한 세상을 바라보며 깊은 상념에 잠긴다. 누가 내게서 세상을 빼앗아가도 좋다고 마음속으로 절규해 본다. 나는 지금까지 살아오면서 이 세상에서 별로 성공을 거두지 못했고, 세상과도 잘 어울리지 못했다. 세상 역시 나의 혐오에 충분히 응수를 하고 복수를 하였다. 그러나 나의 목숨을 빼앗아가지는 않았다. 아직도 나는 살아있고 세상과 싸우면서도 견뎌온 셈이다.

성공을 거둔 사업가나 영화배우, 아니면 챔피언 자리에 오른 권투선수는 못 되었지만, 이미 열두 살 때 머릿속에서 영혼을 바라보는 시인이 되었다. 그리고 나는 무엇보다도 세상이라는 것이 사람들에게 있어 크게 바라지 않고 그저 조용히 주의 깊게 관찰하는 것만으로도 얻어지는 것이 많다는 사실을 깨달았다.

성공을 거둔 사람들, 즉 세상에서 말하는 속물들은 그것을 알지 못한다는 것도 알았다. 관망한다는 것은 탁월한 기교이기도 하다. 세상이란 살면서 얻어지는 것이고

치유력이 있으며 가끔은 매우 유쾌한 재주를 우리에게
가져다준다.

나는 이러한 재주를 저녁 구름으로부터 배웠다. 저녁
나만의 시간에 이렇게 작은 발코니에 앉아 있으면 나는
언제나 구름과 함께였다.

제일 높은 곳에 자리 잡고 있는 새 둥지 같은 나의 집
은 언제나 구름의 한가운데를 들여다보고 있다. 비가 올 때
나 이 지방 특유의 거칠고 사나운 바람이 불 때는 구름이
방안으로 흘러들어왔다. 그뿐만 아니라 발코니의 난간에
걸리면서 신발 속까지 기어들어 왔다.

한편 창문 밖에서는 구름들이 사방으로 흩어지며 번개
가 칠 때마다 소스라쳐 놀라면서 환하게 모습을 드러내는
물먹은 푸른 산골짜기로 달려가고 있었다. 또 구름은 차
갑고 어두운 호수 속으로 가라앉는 듯하다가 높푸른 하
늘로 다시 치솟았다.

그러나 하늘이 조용해지면서 날씨가 좋아지면 호수는
다시 파랗게 반짝이고 보랏빛 저녁 그림자를 짙게 드리울
때면, 그리고 멀리 떨어져 있는 마을의 창문들이 노을빛으로
타오르고 서쪽 산기슭이 투명한 장밋빛으로 빛날 때면
구름도 아주 다양한 빛깔을 띠며 더욱 부드러워져서 여러
시간 동안 둥둥 떠다니면서 아이들처럼 유희를 즐긴다.

지난날 젊었을 때엔 구름에 대해 어느 정도는 경건
하고 엄숙한 마음을 가지고 있었다. 그러나 차츰 나이를
먹어감에 따라 구름을 전과 같이 그렇게 진지하게 생각하

지 않게 되었다. 구름은 어린아이와 같은 면이 있다. 어린아이란 부모만이 진지하게 보살필 따름이지 다른 사람들은 그렇게 관심을 기울이지는 않는다. 늙으면 어린아이가 된다는 노인들조차도 그토록 진지하게 여기지 않는다. 자기 자신을 생각하는 것보다 더 진지하게 생각할 수 없기 때문이다.

정열이란 정말 멋진 것이다. 그것은 때때로 젊은 사람들에게 너무나 잘 어울리는 말이다. 그러나 나이 든 사람들에게 잘 어울리는 말은 유머요, 웃음이다. 스스로가 덧없는 저녁 구름의 유희 같은 존재인 것처럼 모든 일을 순수하게 받아들이는 일, 세상을 항상 관장하여 비유로 변용시키는 일, 사물을 조용히 바라보는 일이 무엇보다도 중요하다.

그렇지만 내가 붓을 든 주제라는 것만은 잊지 않도록 한다. 장마가 막 끝났으나 습기가 남아 있으면서도 유난히 맑고 화창했던 어제 저녁의 구름은 놀랄 만한 모습이었다. 조금 전까지도 긴 층을 이루고 하늘 복판에 가로놓여 있던 구름이 흩어졌다가는 부드러운 덩어리가 되어 낮게 드리우는가 하면 거센 바람에 날려 이상한 형상을 이루었다.

그러다가는 금세 온 하늘이 싸늘한 녹청색으로 밝아지면서 비어버려 맑기만 했다. 그리고 구름은 조그맣고 보잘것없는 모습으로 지평선 저쪽으로 몰려가 바위 덩어리처럼 단단하게 떠 있었다.

바로 이 순간 장밋빛과 노을빛이 산봉우리를 떠나자 대지는 모두 그 빛을 잃어버렸고 하늘에만 아직 대낮의 빛이 조금 남아 있어 잠시 꿈꾸듯 빛나고 있었다.

　닻을 내린 배처럼 구름은 거센 바람이 부는데도 겉으로 보아서는 꼼짝도 하지 않고 산등성이 바로 위에 정박해 있어서 싸늘하게 식어가는 그들의 빛깔에 아직은 빨강과 갈색이 조금 섞여 있었다.

　시시각각으로 변하는 구름을 바라보며 어떤 교훈을 얻으려면 마파람이 불고 있다고 할지라도 구름을 놓치지 말고 잘 보고 있어야만 했다. 구름이 굳어져서 그대로 바위처럼 떠 있는 것처럼 보이지만, 실은 그들의 형태가 줄곧 안에서 겉으로 혹은 내부에서 이리저리 흐르고 있는 것이다.

　우리들이 구름을 보기에는 성스럽고 부드러운 것 같지만, 금방 꾸지람을 듣고서도 그 자리를 벗어나면 다시 장난질을 치는 아이들과 같다. 마치 학교 담벽에 붙어 서 있다가 선생님께 갑자기 모자를 벗고 달려 나오며 인사를 하는 학생들과도 같다. 그러나 선생님이 눈을 돌리자마자 담장 뒤로 달아나며 깔깔거리는 웃음소리와 같다.

　그러는 동안, 기다란 형상을 갖고 있던 구름들 중의 하나가 다른 구름들 사이로 헤엄쳐 올라가 녹청색 하늘 속에서 노을빛으로 저 혼자 떠돌다가 -이 구름도 겉으로 보기에는 꼼짝도 않고 흡사 바윗덩어리같이 보이지만- 갑자기 밝은 금빛으로 아주 예쁜 고기 모습으로 변했다.

　그러다가 밝은 빛으로 활활 타오르면서 한 마리 거대한 금붕어가 되어 푸른빛 도는 지느러미로 죽음의 물결 속을 헤엄쳐 가고 있었다. 그것은 마지막 빛이 사라져 가는 중이었기 때문에 구름인 나의 금붕어는 더 살아있을 시간이 없어져 버렸던 것이다. 차츰 금붕어의 꼬리 쪽에서부터 어두운 갈색이 짙어져 오고, 배부분은 더 파래져 그 밝은 금빛은 등어리 맨 위쪽에서만 빛을 발하고 있었다.

그러자 한순간에 금붕어는 번개같이 꼬리를 오므라뜨리고 머리를 쳐들어 아주 동그랗게 모습을 바꾸어 버렸다. 그러더니 한 점 빛마저 꺼져버리면서 금붕어는 돌돌 말려 공만해지더니 그 공에서 마치 영혼을 다 뿜어 내리는 듯 잿빛 구름으로 흩어지면서 사라져 버렸다.

아직도 나는 이렇게 기지에 가득 찬 황홀한 자살을 본 적이 없다. 그 금붕어 구름은 덩어리로 변모하면서 자신의 영혼을, 자신의 실체를 저 혼자의 힘으로 뿜어내고 비 실체 속으로 사라져버렸던 것이다. 일찍이 나는 저 아래 세상에서 살고 있으면서 많은 것을 체험했던 것이다.

이제 금붕어는 어디로인가 떠나갔다. 그리고 오늘의 내 기쁨도 아무 기대감도 주지 않고 사라져버렸다. 방에서는 아름다운 책이 나를 기다리고 있었지만, 나는 얼마 동안만이라도 내 금붕어와 함께 헤엄치고 싶은 생각에 자리를 뜨지 못했다.

정원 속의 집(헤르만 헤세, 1924)

# 늦여름 꽃 중에서

    빠른 속도로 기울어져 가는 여름의 시간 속에는 독특한 광채가 깃들어 있다. '회화적'이라는 화려한 낱말을 화가들이 쉽게 그릴 수 있다는 뜻으로 풀이하지를 않는다면, 나는 이런 광채를 '회화적'이라고 표현하고 싶다.

    그러나 이러한 광채를 그리기란 대단히 어렵다. 그러면서도 붓으로 이를 아름다운 색채로 표현하고 예찬하고 싶다는 매력을 무한히 느끼게 되는 감정은 어디서 오는 것일까.

    이는 빛깔이 이토록 깊고 마술적인 빛의 힘과 주옥과도 같은 색감을 가지지 못하고, 그림자들이 보다 엷어지지 않고는 이렇게 보드라운 색채를 결코 띠지 못하는 것이다.

    식물에게도 이미 가을의 색감이 약간 스며 있으면서도 아직 본격적인 가을의 빛깔이 풍성해지지 않는, 지금보다 더 아름다운 빛깔이란 존재하지 않기 때문이다.

    그러나 정원에는 지금 아름다운 빛깔을 자랑하는 한 해의 꽃들이 그리움처럼 서 있으며, 여기저기에 마지막 정열을 불태우듯 빨갛게 석류꽃이 피어 있고 또 다알리아와 철쭉, 모란, 백일초, 그리고 매력적인 산호 푹시아가 피어 있다.

그러나 한여름과 초가을을 대표하는 색채, 환희의 정수는 뭐니 뭐니 해도 백일홍이다!

가을이 오면 나는 이 꽃을 언제나 방 안에 꽂아 놓고 있다. 다행스럽게도 백일홍은 인내와 끈기가 강한 꽃이다. 그러한 백일홍이 싱싱할 때부터 시들어버릴 때까지의 변화를 나는 비할 데 없는 행복감과 호기심으로 지켜본다.

꽃의 화려한 세계에서 순수하리만큼 싱싱한 백일홍보다 광채를 발하고 더 소박한 것은 다시 없을 것이다.

그것은 아주 강렬하게 빛의 폭음을 울리고 빛깔의 환호성을 울리는 야한 노랑과 오렌지색, 가장 밝게 웃는 빨강과 너무나 경이로운 빨간 보라, 이는 순진한 시골 처녀들의 리본과 일요일의 야회복 빛깔처럼 보일 수 있다.

우리는 이 격렬한 빛깔들을 한 데 꽂아 놓고 마음대로 섞을 수도 있다. 이들은 언제나 황홀하게 아름답고, 언제나 강렬한 광채를 발할 뿐만 아니라 서로를 아끼듯 이웃으로서 서로를 찬양하며 기도하듯 승화시킨다.

지금 나는 새로운 이야기를 하는 것은 아니다. 내가 백일홍의 아름다움을 발견한 사람이라고 자부하지도 않는다. 다만, 이 꽃들이 오래전부터 나에게 가장 편안하고 안일한 감정을 빛깔로 보여주기 때문에 내가 이 꽃들에 매료되었다는 점만을 이야기하고 싶은 것이다.

무엇보다도 약간 시들었을는지는 모르지만 결코, 연약하지 않은 연모의 정을 지니고 있는 이 꽃이 마지막 생명을 불태우고 있다!

화병에 꽂힌 채 천천히 색이 바래면서 죽어가고 있는 백일홍을 보며 죽음의 무도회를, 즉 반쯤은 슬프고 반쯤은 유쾌한 무상의 상태에 대한 것을 느껴본다. 어쩌면 가장 무상한 것이 가장 아름다운 것이며, 죽는다는 것 자체가 너무나도 아름답고 꽃피는 것과 같은 사랑스러움일 수 있기 때문이다.

친구들이여!

8일이나 10일쯤 된 백일홍 꽃다발을, 여러 날 동안 계속해서 퇴색해 가며 여전히 아름답게 피어 있는 것을 관찰하고 하루에 몇 번씩 자세하게 관찰해 보라!

그러면 싱싱했을 때 생각해 낼 수 있는 가장 화려하고, 유혹하리만큼 화려한 빛깔을 지녔던 이 꽃들이 지금은 너무나 섬세하여 지친 듯한 모습으로 아주 세밀한 부분까지 바랜 빛깔이 되었다는 것을 알게 되리라.

어제의 오렌지색이 오늘은 노란색이 되고, 이틀 후면 엷은 청색이 섞인 회색이 될 것이다. 시골을 느끼게 해주는 즐거운 청적색은 어두운 그림자처럼 서서히 담청색으로 바뀌며, 가장자리부터 시들어가고 있는 꽃잎의 여기저기에서 보드라운 주름을 지우고 있다. 그러다가 퇴색한 흰색과 완전히 색이 바랜 할머니의 명주옷처럼 옛날의 수채화에서 볼 수 있는 형언할 수 없을 정도로 감상적이며 슬픔에 젖어 있는 듯한 적회색을 보여 줄 것이다.

친구여, 이 꽃잎의 아랫부분을 자세히 관찰해 보아라!

줄기의 빛깔이 변하면서 놀랍게도 꽃봉오리 자체보다도 더욱 짙은 향내를 풍기고 더욱 정신적인 것으로의 승천이, 즉 죽음이 완성되고 있음을 볼 수 있을 것이다.

지금껏 꽃의 세계에서 발견해 내지 못하는 잊혀진 빛깔을, 즉 높은 돌산이나 바위, 이끼와 해초의 세계에서 볼 수 있는 이상스럽게도 금속성이고 광물적인 빛깔인 회색과 흰색이 섞인 엷은 녹색, 청동색의 변조가 꿈꾸고 있는 것을 볼 수 있을 것이다.

이때 당신들은 불현듯 이런 생각을 할 것이다. 고귀한 포도주의 진귀한 향기라든가 복숭아 껍질의 잔잔한 빛깔이나 아름다운 여인의 피부에 돋아난 솜털 등을 높이 평가하듯 내가 어느 권투선수보다 더 세련된 감각과 영혼이 깃든 체험의 가능성을 가졌다는 이유로 해서 죽어가는 백일홍의 빛깔에 열광하던 감상적인 낭만주의라자라는 비웃음을 당하지 않아도 좋을 것이다.

그러나 친구여!

우리는 불과 얼마 안 되는 사람들로 이 세상에 남아 있으며, 우리와 같은 성격의 소유자들은 조금씩 퇴색해 가고 있는 꽃처럼 완전히 사라질 위험에 처해 있다고 할 것이다.

한 번쯤은 가장 현대인이라고 자부하고 있는 미국 사람들에게 시도해 보라. 그들의 음악성이 축음기를 소유하는 데에 필요하고 락카칠이 잘된 자동차를 아름다움의 세계로 착각하고 있는—그런 것에 만족하고 있고 만족하기 쉬운 야만인에게 시험 삼아서 물어보라.

　꽃의 죽음과 장미색이 밝은 회색으로 변하는 모습을 가장 생생하고 자극적인 것으로, 모든 생명과 모든 아름다움의 비밀로 함께 체험하도록 그 기교를 강의해 보라! 그러면 당신은 그 엄청난 신비로운 변화에 깜짝 놀라게 될 것이다.

　　쉴새 없이 바람결에
　　꽃이 핀 가지가 흔들린다.
　　쉴새 없이 어린아이같이
　　나의 날씨와 흐린 날의 사이를
　　욕망과 단념과의 사이를
　　꽃잎은 바람에 모두 날아가고
　　가지에 열매가 맺히는 날까지
　　어린아이다움에 지친 마음이
　　안정을 얻어
　　생의 불안에 찼던 윤희도
　　즐겁고 헛된 것이 아니었다고 말할 때까지.

가면 무도회(헤르만 헤세, 1926)

# 잊혀진 나날들

    소년 시절에 나는 자주 높은 산정에 올라 홀로 서 있기를 즐겼다. 나의 눈길이 머무는 아득한 곳, 알 수 없는 미지의 세계가 깊고 푸른 아름다움 속에 꿈꾸듯 잠겨 있는 계곡 사이의 밝은 안개를 언제까지나 바라보며 서 있는 것이다.

    항상 열정에 사로잡히고 갈망에 메말라 있는 내 젊은 날의 사랑은 아낌없이 하나의 커다란 동경 속에서 녹아들어 한줄기 눈물로 나의 두 눈을 적셔 주었다. 그리하여 젖은 시선은 온화하게 먼 푸른 하늘빛과 계곡 너머로 사라지는 여린 숲의 그림자까지 빨아들이는 아픔을 맛보기도 했다.

    늘 내 가까이에 있는 것은 모두 냉랭하고 견고해 보이며, 너무나 분명해서 아무런 향기도 신비도 없는 것같이 생각되었다. 그러나 저 멀리 사라질 듯 아득히 펼쳐져 있는 것들은 제각기 부드러운 빛깔을 띠고 아름다운 음조와 비밀스러움, 유혹에 가득 차 있는 것 같았다.

    그 이후부터 나는 작은 방랑자가 되어 새벽의 여린 별빛이 사라지면서 서서히 안개가 피어오르고 있는 먼 계곡을 찾아 높은 산정을 향해 오른다. 그러면 가파른 암벽은 역시 냉랭하고 견고하며 분명했다. 또한 저편에는 훨씬 더 행복에 찬 푸른 모습이 빛나면서 기다리듯 누워 있었다. 한층 더 숭고하게 꿈꾸듯이 말이다.

그 후로도 많은 시간을 보내면서 자주 그 푸른 먼 곳이 나를 유혹하듯 손짓하는 것을 보았다. 나는 그 신비로운 힘을 거역할 수 없었다. 그 속에서 고향을 느꼈고, 산정에 오르면 언제나 타향 사람이 되는 그리움의 슬픔을 맛보았다. 마침내 나는 그것을 행복이라고 부르게 되었다.

지난날 어린 시절부터
나에게 행복을 약속한
하나의 음향이 나에게로 다가온다.
만일 이것이 없으면 살기가 너무 괴로울 것이다.
이 마력의 음향이 울리지 않는다면
나는 빛없이 서서
주위에 불안과 암흑만 바라볼 것이다.
그러나 슬픔과 죄에 다치지 않는 소리가
행복에 찬 달콤한 음향이 울린다.
슬픔과 죄악에도 파멸되지 않는 그 음향이.
너 사랑스런 목소리여
내 집의 불빛이여
다시는 꺼지지 말고
그 푸른 눈을 감지 말고

그렇지 않으면 세계는
부드러운 빛을 모두 잃고
크고 작은 별들이 차례로 떨어져
나만 홀로 남게 될 것이다.

저녁 무렵, 저 멀리 아련한 넓고 푸른 들판을 바라보며
냉랭하고 견고한 현실을 잊어버리는 것, 이것이 행복의 느낌
이다. 물론 이 충만된 감정은 내가 소년 시절에 생각했던
것과는 다소 다른, 좀 더 조용하고, 좀 더 쓸쓸한 것이어서
비록 성숙된 아름다움을 담부할 수는 있었지만, 갈증과
같은 기쁨은 맛볼 수 없었다.

이렇듯 나만이 간직할 수 있는 조용한 은둔의 행복에
서 다음과 같은 지혜를 배웠다. 그것은 인생이란 여정을
걸어가면서 삶의 간격이라는 거리를 둔다는 것, 그리고
모든 것들에 차갑고 잔혹한 고통의 빛을 비추지 않는
일이다. 이 모든 것들을 일상 속에서 엷은 금박을 씌운 소중
한 물건을 만지듯이 조심스럽게 그리고 겸허한 마음으로
접촉해야 한다는 사실이다.

아무리 귀중한 보석일지라도 함부로 만지거나 난폭하
게 다루면 귀중품은 빛을 잃게 된다. 즉 품위를 떨어뜨리게
된다는 것이다. 그러므로 이 세상에는 완벽하게 아름다운
것이란 없다. 또한 그렇게 고귀한 작업도 없고, 그렇게
위대한 예술가도 없고, 그렇게 혜택받은 사람도 없다.
그러므로 부단히 노력하는 것도 하나의 삶의 방법인

듯하다.

즉, 우리들로부터 멀리 떨어져 있는 사물의 아름다움에 대해서 아낌없이 찬사와 경외심을 보낼, 때 또한 가까이서 친숙해진 것들에게까지도 똑같은 사랑을 베풀어야 한다는 것이다.

아침의 밝은 태양이나 어두운 밤하늘의 별들에게 변함없는 경외심을 가지는 한편, 사물을 보석처럼 소중히 다루고, 부드럽게 대하면서 모든 존재하는 것들의 그 고유한 아름다움을 손상시키지 않는다면, 우리는 일상생활을 통해 늘 만나볼 수 있는 가장 가까운 것과 가장 사소한 것에 대해서까지 부드러운 향기와 빛, 의미를 부여할 수 있다. 그러나 난폭한 행위를 일삼는 사람들은 스스로 품위를 떨어지게 한다. 그들 앞에 놓인 사물은 항상 위험하나, 처음에는 초대받은 낯선 손님처럼 다루어진 사물은 언제 까지나 그 가치를 상실함 없이 우리를 한층 고상하게 해 준다.

그것을 배우는 가장 좋은 곳은 바로 불편을 참는 학교만이 가능하다. 당신은 이 땅에서 예정된 삶을 살면서 어느 것 한 가지도 만족할 수 없다는 말인가? 그렇다면 당신은 좀 더 아름답고 풍부하면서 따뜻한 나라를 알고 있다는 말인가? 그렇다면 당신은 그것을 찾아 서슴없이 길을 떠나야 한다. 그리하여 당신은 아름답고 더욱 빛나는 다른 나라들을 방랑해야 한다.

당신의 마음은 한층 드넓게 열리면서 부드러운 하늘이 당신의 새로운 행복을 뒤덮을 것이다. 바로 그곳이 당신의 낙원이다. 그러나 그곳을 찬양하기 전에 잠시 기다려 보아라. 2년 3년, 최초의 기쁨이 사라지고 소년 시절이 지나갈 때까지 잠깐만 기다려 보는 여유를 가져라. 그러면 진정한 삶의 기회가 찾아올 것이다.

그때 당신은 산으로 올라가서 당신의 옛 고향, 그 아래에 펼쳐져 있는 먼 곳을 다시 바라보게 될 때 비로소 하늘의 방향을 알게 될 것이다. 그곳의 계곡과 들판이 얼마나 부드럽고 푸르른가를 더욱 깨닫게 될 것이다.

그곳에는 지금도 어린 시절에 뛰어놀던 정원과 집이 있고, 그곳에 소년 시절의 신성한 추억이 깃들어 있고, 그곳에 당신이 사랑하는 어머니가 잠들어 있다는 것을 깨닫게 될 것이다.

당신에게 있어 고향은 언제나 먼 곳이면서도 정다운 길과 같은 것이다. 그러나 새로운 방랑에서 얻는 고행은 낯설면서도 한없이 가까운 곳이 된다. 이것은 우리의 가엾고 불안정한 생의 모든 소유와 관습에 대해서도 변함없는 진실이다.


나의 고향은 어디에 있을까?
나의 고향은 아주 작은 곳이다.
이곳에서 저곳으로 옮겨 다니며
내 마음을 함께 안고 간다.
나에게 슬픔과 기쁨을 주고
나의 고향은 바로 너다.

카사 카무치 근처의 풍경(헤르만 헤세, 1927)

# 괴로운 길

나는 망설이며 협곡 입구 어두운 바위문 옆에 서서 다시 뒤를 돌아다보았다.

그 상쾌한 초록빛 세계에는 태양이 밝게 빛나고, 넓은 초원에는 아름다운 빛깔의 꽃들이 바람에 흔들리며 반짝반짝 빛나고 있었다.

이처럼 아름다운 경치를 바라보고 있는 내 젊음은 넘쳐 흐르는 부드러운 향기와 빛 속에서 타는 듯한 강렬한 날갯짓을 하는 호박벌처럼 몹시 만족해하며 부르짖었다. 이런 것들을 버리고 산속으로 올라가는 나는 필시 바보 같은 녀석이라고 말할 것이다.

그때 안내인이 살며시 내 팔을 잡았다. 나는 기분 좋은 욕탕에서 금방 나온 사람처럼 멋진 경치에서 시선을 돌렸다. 그러자 바로 내 눈앞에 또 다른 모습을 한 협곡이 해가 비치지 않는 암흑 속에 엎드려 있는 것이 보였다. 그곳에 끊어질 듯 이어져 있는 시냇물과 그 옆에 퇴색한 풀이 작은 다발을 이루며 자라고 있었다. 작은 시냇물 속에는 거므스레한 바위가 동물의 뼈처럼 생기 없이 깔려 있었다.

"좀 쉬었다 가는 게 어떻겠어요?"

나는 안내인에게 말했다.

그는 너그러운 미소를 띠었다. 우리는 그곳에 잠시 머무르기로 하고 적당히 자리를 골라 앉았다. 그곳은 시원했다. 그리고 바위문으로부터 차고 음침한 기운이 희미하게 흘러나왔다.

정말 싫었다. 이런 길을 꼭 가야만 하는가! 불쾌한 기운이 감도는 바위문을 고통스러워하며 지나고, 찬 시냇물을 건너고, 무엇 때문에 좁고 험악한 골짜기를 끝까지 올라야 하는가!

"길이 너무 험한 것 같군요."

나는 망설이며 또다시 말했다.

나의 마음속에는 신념이 없고 모순된 희망이 작은 등불처럼 흔들리고 있었다. 되돌아갈 수 있을지도 모른다는, 안내인을 설득시킬 수 있을지도 모른다는 막연한 패배감이 나를 망설이게 했다. 그렇다, 도대체 왜 할 수 없다는 걸까? 우리가 떠나온 저쪽은 몇 배나 아름답지 않았는가. 그곳에서의 생활은 더 밝고 따뜻하고 정답지 않았는가. 나는 약간의 행복과 밝은 생활, 그리고 푸른 하늘과 꽃에 충족된 가치를 요구할 권리를 가진 인간, 덧없는 목숨의 대가를 가진 존재가 아닌가.

아니, 난 그곳에 안주하고 싶었다. 나는 영웅이나 순교자 역할에는 흥미가 없다. 골짜기에서 벗어나 밝은 양지에 있을 수 있다면 평생 만족할 생각이었다.

나는 벌써 한기를 느끼기 시작했다. 여기서 더 이상 있을 수 없었다.

"추운 것 같습니다. 차라리 걷는 게 낫겠소."

안내인은 내 기색을 살피며 이렇게 말하면서 먼저 일어서서 기지개를 켠 후 미소를 띤 채 나를 바라보았다.

그 미소엔 조소도 동정심도 엄격함도 없었다. 거기엔 이해와 통찰만이 있을 뿐이었다. 그는 미소로 말하고 대답하고 있었다.

'나는 당신의 뜻을 알고 있고, 당신이 느끼고 있는 불안을 알고 있단 말이오. 어제와 그저께 당신이 하던 호언장담을 나는 결코 잊고 있지 않소. 그러나 당신의 영혼은 지금 겁 많고 절망적인 한 마리 토끼가 생각하는 마지막 도약을, 저곳의 상큼한 햇빛에 보내고 있는 추파도 모두 나는 속속들이 잘 알고 있단 말이오.'

이러한 의미를 담은 미소를 띠며 안내인은 나를 쳐다보고는 어두운 계곡으로 한 발을 내디뎠다. 나는 그를 미워하지만 사랑했다. 선고받은 사람이 죽음을 저주하며 연민의 정을 느끼듯이 말이다. 그러나 무엇보다 나는 그의 지식과 안내인다운 식견, 그리고 냉담함과 강인함을 미워하고 질투했다. 내 자신 스스로가 그를 올바르다고 시인하면서도 그를 따르려 하는 일체의 것을 거부하고 미워했다.

그는 벌써 몇 발자국이나 나보다 앞서서 바위 모퉁이를

돌아 내 시야로부터 방금 사라지려고 했다.

"기다려요."

나는 외쳤다.

너무 불안한 나머지 이것이 꿈이었으면 하는 생각에 걷잡을 수 없는 마음이 되어 더욱 큰 소리로 외쳤다.

"도저히 따라갈 수가 없어요. 아직 준비가 안 되었어요."

안내인은 멈춰 서서 조용히 내 쪽을 보았다. 비난하는 듯한 표정은 아니었으나, 모든 걸 다 알고 있다는 듯한 이해심이 담겨 있는 그런 얼굴이었다.

"그렇다면 돌아가는 게 낫겠소?"

하고 그가 물었다. 그가 불평을 말하기 전에 난 반감에 차서 "아니오."라고 대답하지 않으면 안 된다는 이유를 깨달았다. 이와 함께 마음속 한편에서는 이렇게 외치고 있었다.

"그렇다고 말해, 어서!"

나는 돌아가고 싶다고 외치고 싶었다. 그러나 그렇게 할 수 없다는 것을 분명히 알면서도 말이다.

그때 안내인은 손을 들어 뒤쪽의 골짜기를 가리켰다. 나는 다시 한번 미지의 곳을 돌아다봤다. 계곡과 평야는 지친 태양 아래서 빛이 바랜 채 기운이 빠진 것처럼 누워 있었다. 대부분의 빛깔은 병자의 신음처럼 카랑카랑한 소리를 내고 있었다. 그림자는 거무스름했으며 힘을 잃고 있었다. 일체의 것으로부터 배반당한 듯 매력도 향기도 없었다. 아아! 어떻게. 난 이것을 깨달았으며 두려워하고 증오해야 하는 것일까?

내가 사랑하는 것들은 언제나 무가치하고 때로는 영혼과 정신을 유출시켜 향기를 메마르게 하고 이 세상의 빛깔을 잃어버린 채 언제나 동반자와 같은 안내인까지 두려워해야 하는 나의 불성실함, 아, 나는 알고 있었다. 어제는 포도주였던 것이 오늘은 식초가 되었다는 것을. 그리고, 식초는 결코 다시는 포도주가 되지 않는다는 사실을 말이다.

나는 묵묵히 그리고 슬픈 표정으로 안내인의 뒤를 따라갔다. 그의 태도는 역시 옳았다. 여느 때와 마찬가지로 변함없이 그는 자기가 해야 할 일을 성실하게 수행하고 있었다. 다만 잠깐 사이에 갑자기 모습을 감추고, 그 쌀쌀맞은 음성만을 남기고 나 혼자만 남겨두지 않는다면 만족할 수 있었다.

나는 묵묵히 말을 잃고 있었으나 한편, 내 마음은 열렬히 그를 갈망하고 있었다.

"제발 내게서 멀어지지 마시오. 따라갈 테니까!"

작은 시냇물 속의 돌은 미끈미끈했다. 그 돌 위를 하나하나 짚으며 걸어가는 데 힘에 겨워 현기증이 날 정도였다. 게다가 작은 시냇물은 갑자기 오르막길이 되기도 했다. 암벽은 점점 좁아져서 거의 길을 막고 있었다. 영구히 퇴로를 끊은 듯한 산의 음험한 음모로 보였다. 이미 머리 위에 하늘이 보이지 않았다.

나는 안내인을 따라서 앞으로 나갔다. 불안과 반감 때문에 종종 눈을 감고 싶을 정도였다. 풀숲에 한 그루의 어두운 꽃이 피어 있었는데 빌로드처럼 검고 슬픈 눈을 하고 있었다. 꽃은 아름답게 우리에게 허물없이 말을 걸어왔다. 그러나 안내인은 더욱 걸음을 빨리하여 걷기 시작했다.

나는 느꼈다. 내가 잠시 멈춰 서서 한순간이라도 이 슬픈 빌로드의 꽃을 주시하자, 비애와 절망적인 우울이 너무나 무겁게 그리고 참을 수 없을 정도로 다가오는 것이었다. 마침내 나의 정신은 무의미와 광기의 굴욕적인 아픔에 격렬히 몸을 떨지 않을 수 없었다.

나는 계속 그의 뒤를 따라갔다. 젖은 암벽이 바로 머리 위로 다가왔을 때, 안내인은 위로의 노래를 부르기 시작했다. 그가 내게 힘을 북돋워 주고 용기를 갖게 하여 이 지옥과 같은 방랑의 고통과 절망을 달래려고 한다는 것도 난 잘 알았다. 그리고 자기의 노랫소리에 맞춰 내가 따라 불러 주기를 그가 기다리고 있다는 것도 알았다. 하지만 이번에는 묘한 반감에 그에게 승리감을 허락하고 싶지 않았다.

안내인은 조금도 응하는 빛을 보이지 않고 계속 노래했다. 아, 나는 돌아갈 수 있는 마지막 기회를 놓친 채 안내인의 도움을 받아 벌써 암벽과 벼랑을 기어오르고 또 넘었다. 이제는 되돌아갈 방법이 없었다. 나는 금방이라도 울음이 터질 것같이 목이 메였다. 하지만 눈물을 보일 수 없었고 무슨 일이 있어도 결코 울어서는 안 된다는 마지막

자존심이 나를 지탱시켜 주었다. 그래서 나는 마음을 굳게 먹고 큰소리로 안내인의 노래를 따라 불렀다. 같은 박자와 같은 음조로, 그러나 그와 똑같은 가사는 아니었다. 이런 식으로 산을 오르며 노래한다는 것은 쉽지가 않았다. 마침내 숨이 차서 입을 다물 수밖에 없었다.

하지만 그는 전혀 피곤한 기색도 없이 계속 노래했다. 차츰 그는 나를 압도했기 때문에 그의 가사를 함께 따라 불렀다. 어느새 산정을 향해 오르는 것이 편해졌다. 지금 산을 오르는 것은 어떤 강요에 의해서가 아니라, 내가 실제로 하고 싶다는 새로운 욕망이 솟구쳤다.

그래서 내 마음도 밝아졌다. 마음이 밝아짐에 따라 미끈미끈하여 위태롭게 했던 바위까지도 친근감을 느끼게 해주었고, 머리 위에 파란 하늘이 다시 나타나면서 푸른 호수처럼 넓어졌다.

이제는 기대와 흥분이 나를 더욱 들뜨게 만들었다. 하늘은 점점 넓어지고 좁은 길은 더욱더 걷기가 쉬웠다. 난 아무런 고통도 없이 안내인과 나란히 서서 거의 달려가다시피 했다. 그러나 뜻밖에도 태양이 내리쬐는 대기 속에 산의 정상이 우뚝 치솟아 있는 것이 아닌가! 바로 머리 위에 찬란히 빛이 쏟아지는 한가운데 우리는 서 있었던 것이다.

산꼭대기 바로 아래에서 우리는 좁은 틈 사이를 통해 기어나갔다. 태양이 나의 눈 속으로 깊이 스며들었다. 잠시 후에 다시 눈을 떴을 때 숨이 막힐 듯한 생각에 무릎이 떨렸다. 왜냐하면 내가 끝없는 천공과 푸른 심연에

둘러싸인 곳에 서 있었기 때문이다. 좁은 산꼭대기가 사다리처럼 좁게 앞으로 치솟아 있었다. 그러자 하늘과 태양이 나타났기 때문에 우리는 최후의 험악한 곳까지 한 걸음 한 걸음 입술을 악물고 이마에 주름을 모으며 올라갔다. 마침내 우리는 좁은 정상에 오르게 되었다.

기묘한 산, 이상한 정상이었다. 이렇게 끝없이 적나라한 암벽이 솟아오른 이 산꼭대기 암반 위에 거센 비바람에 제대로 자라지 못한 한 그루의 작은 나무가 매달리듯 서 있었다. 나무는 상상도 할 수 없을 정도로 쓸쓸하고 묘한 모습을 하고 바위 속에 단단히 박혀 있었으며, 가지 사이로는 차디찬 푸른 하늘을 올려다보며 서 있었다. 그리고 나무 꼭대기에는 한 마리의 검은 새가 앉아서 메마른 목소리로 노래 부르고 있었다.

지상을 초월한 높고 짧은 휴식의 조용한 꿈, 태양은 거침없이 붉게 타오르고 이 고독한 나무는 전혀 움직일 줄 모르고, 새는 쉰 목소리로 노래하고 있었다.

그 메마른 목소리로 부르는 노래는 '영원!'이라고 속삭이고 있었다. 계속 검은 새는 노래했다. 그 반짝반짝 빛나는 눈은 우리를 검은 수정처럼 바라보고 있었다. 그 검은 눈과 노래는 참기가 어려운 절망감을 느끼게 해주었다. 무엇보다도 산정의 쓸쓸함과 공허함, 그리고 황량한 천공의 아찔한 공간이 무서웠다.

죽음은 상상할 수 없을 정도의 환희이며, 더 이상 이곳에 머물러 있다는 것은 말로 표현하기 어려운 고통을 주었다. 무슨 일이 일어나지 않으면 우리는 물론 온 세상이 공포에 사로잡힌 나머지 견고한 돌로 변하고 말 것이다. 나는 그와 같은 종말이 돌풍처럼 덮쳐 올 것이란 것을 예감하면서 뜨거운 열기가 심신에 감도는 것을 느꼈다.

그때 갑자기 새가 나뭇가지에서 몸을 솟구치며 공간으로 높이 날아올랐다.

그와 함께 나의 안내인도 푸른 하늘로 뛰어들어 경련하는 하늘 속으로 사라졌다. 이미 운명의 파도는 정상을 넘어서 나의 심장 소리도 없이 갈라놓았다.

그리고 나는 찬 대기의 소용돌이 속에서 행복과 환희에 젖어 무한한 공간을 뚫고 급강하했다. 마지막 어머니의 품을 향해서.

테씬 풍경(헤르만 헤세, 1923)

# 어떤 귀향

정말 다행스럽게도 나는 도시를 빠져나올 수 있었다. 짐을 꾸리고 낯선 이국의 도시를 떠돌아다니는 일을 끝내고 6개월간의 긴 여행에서 다시 집으로 돌아올 수 있었다. 언제나 반가운 고트하르트를 지나서 다시 차를 타고 가는 것은 커다란 즐거움 중의 하나였다.

나는 이런 여행을 틀림없이 백번 이상이나 해왔지만, 아직도 여전히 즐길 마음의 여유가 남아 있었다.

괴쉐넨에서는 하얀 눈이 펑펑 쏟아지는 것을 바라보고, 아이롤로에서는 끝내 눈과 작별을 나누고, 파이도에서는 처음 피는 초원의 꽃들과 만나고, 그리고 기오르니꼬 앞에서는 촘촘히 꽃이 핀 살구나무와 배나무를 바라본다는 것은 정말 아름다운 일이었다.

이윽고 루가노에 도착하자 마음은 잠시 어두운 감정에 빠져들었다. 오래전부터 부활절이 다가오면 다른 지방의 사람들이 메뚜기떼처럼 몰려와 지구상의 인구 과잉 현상을 실감 나게 느끼게 해주는 곳은 여기밖에 더 없을 것이다.

이 작은 도시 루가노 주민의 5분의 1은 베를린에서, 다른 5분의 1은 취리히에서, 그리고 5분의 1은 프랑크푸르트와 스튜트가르트에서 온 사람들이었다.

1평당 미터 당 약 열 사람의 인구 밀도라는 공식 집계가 나와 있고 매일매일 많은 사람들이 숨 가쁘게 생활하고 있지만, 결코 줄어들 기미가 보이지 않는다. 아니 오히려 도착하는 급행열차마다 5백 내지 1천 명의 새로운 손님을 실어 오고 있었다.

물론 그들은 매력적인 사람들로 아주 적은 것으로도 만족할 줄 알았다. 목욕탕만 한 방에서 세 명씩 새우잠을 자거나 어떤 때는 사과나무의 가지 위에서 피곤한 잠을 자면서도 감사하며 감동된 마음으로 도로의 먼지를 기꺼이 들이마시기도 했다.

그리고 무엇보다도 안타까운 것은 몇 년 전만 해도 가르마처럼 뻗어간 작은 사잇길로 밝은 햇빛을 받으며 자유롭고 다정하게 느껴지던 곳이 지금은 사람들 때문에 가시철망으로 둘러쳐져 있는 초원에 피는 들꽃을 커다란 안경을 통해 바라보아야 하는 아픔이다.

그러나 이 이방인들은 누구나 할 것 없이 매력적인 사람들이었다. 저마다 훌륭한 교육을 받았고 매사에 감사할 줄도 알았으며 겸손해 할 줄 아는 마음도 가지고 있었다.

서로의 실수로 자동차가 부딪쳐도 아무런 불평도 하지 않았으며, 어딘가 비어 있는 잠자리 하나를 찾으려고 종일토록 이 마을에서 저 마을로 뛰어다녔지만, 물론

허탕을 치고서도 그들은 이미 오래전에 자취를 감춘 테씬의 옷차림을 한 포도주를 파는 술집 아가씨들을 향해 환호성을 지르고 사진도 찍으며 이탈리아어로 그녀들에게 말을 걸어 보기도 한다.

이렇듯 그들은 모든 것을 매력적이고 황홀하게 여기고 있지만, 현대문명 속에서 아직도 존재하고 있는 중부 유럽에서 몇 개 안 되는 천국과 같이 아름다운 지방 하나를 해마다 급속도로 베를린의 교외와 같이 변화시키고 있다는 사실을 전혀 알아차리지 못한다.

또한 날이 갈수록 자동차들은 그 수를 더하여 호텔은 더욱 많은 투숙객들로 붐볐고 마음씨 착한 늙은 농부까지도 그의 초원을 짓밟아 놓는 관광객 홍수에 대해 할 수 없어 철망으로 저항하며, 초원은 조금씩 조금씩 그리고 아름답고 고요한 산림도 그 가장자리부터 하나하나 사라져가며 건축 작업장으로 변모되어 판자 울타리가 둘러쳐졌다.

돈과 산업, 기술과 현대정신이 얼마 전까지만 해도 매혹적이었던 이곳의 풍경을 이미 오래전에 파괴 점령해 버렸으며, 이 풍경의 오랜 친구요, 정통파이며 발견자인 마을 사람들은 변두리 쪽으로 밀려 아무 미련도 없이 뿌리째 뽑혀 버리는 구식 물건처럼 되어버렸다.

어쩌면 우리들 중에 맨 마지막 사람은 고목이 된 테씬의 밤나무가 건축업자의 손에 의해 벌목되기 전날, 그 나무에 목을 매어 죽을런지도 모른다.

물론 당분간은 그런대로 보호를 받을 수 있을 것이다. 첫째로 이 지방에는 아직도 장티푸스가 발생하는 몇몇 지역이 있고─지난해에도 내 친구 하나가 부인과 함께 테센 마을에서 장티푸스로 죽었다. 둘째로는 루가노의 경치는 4월에 가장 아름다우며─이때에는 장마철이었다.

여름에는 무더위 때문에 견딜 수가 없을 정도라는 이야기가 전해지고 있다. 그러므로 무더위와 함께 아직도 아름다운 여름이 우리에게 허락되고 있으며 그 계절을 즐기고 있는 것이다.

그러나 지금 봄철에는 한 눈을, 때로는 두 눈까지도 감은 채, 아니면 집 대문을 단단히 잠가놓고는 닫힌 덧문 뒤에 숨어서 검은 인간의 행렬을 바라본다. 그들은 거의 끝이 없는 장사진의 행렬을 이루어 매일매일 우리들 마을을 지나가며, 옛날에는 정말로 아름다웠던 몇 개의 남은 풍경 앞에서 감동적인 군중 예배를 올렸다.

지금 이 지구는 얼마나 만원이 되었는가! 우리들의 눈길이 닿는 곳마다 새로운 집과 호텔, 사람들을 실어 나르기 위한 정거장이 서고, 모든 것은 점점 비대해져 가고, 도처에서는 집을 한 층씩 높여 짓기에 공사가 한창 진행되고 있었다.

이처럼 인간의 무리에 부딪히지 않고 이 지구상에서 한 시간 동안만이라도 혼자서 산책을 한다는 것은 더 이상 불가능한 것처럼 여겨졌다. 저 멀리 고비 사막에서도 그렇고 원시의 투르케스탄에서도 그랬을 것이다.

아, 나의 이 협소한 생활에서도, 홀로 사는 홀아비 생활에서도 그러하다. 모든 것이 가득 차고 점점 더 많아지며, 아무 곳에도 홀로 설 자리가 없다! 벽이란 벽은 이미 오래전에 가득 찼으며 더 이상 그림을 붙일 자리가 없다.

많은 분량의 책들이 꽂혀 있고 쌓여 있는 서가도 삐걱거리고 비스듬히 기울어져 있다. 게다가 자꾸만 새로운 책들이 배달되어 오고, 작은 책상은 계속해서 소포들로 가득 쌓여 있다. 그 사이에서 나는 조심스럽게 발짝을 떼어 길을 찾아야만 한다.

그런데 무엇보다도 이상한 일은 몇몇 개의 잡동사니 같은 소포 다음에는 언제나 나를 열광케 하는 것이 나타나며, 우수한 책들이 근절되지 않는다는 점이다. 늘 마음을 다짐하고는 이제부터 전혀 새로운 것은 더 이상 읽지 않겠다는 내 결심은 번번이 출판업자들의 놀랄 만한 우편물로 하여 점령되어 버린다.

그래서 지금도 몇백 권의 책들을 없애버렸는데도, 내 서재에는 물론 책상 위에까지 내가 좋아하고 내 곁에 보유하고 싶은 아주 감탄할 만한 책들이 상당히 많이 남아 있어서, 나는 그것들을 억지로 삐걱거리는 서가에다 꽂아 놓는다.

내가 누추한 곳에 혼자 틀어박혀서 이 훌륭한 책들을 읽고 있는 동안 밖에는 다투어 핀 앵초꽃과 아네모네꽃들이 만발하고 이방인들의 검은 무리가 들판으로 몰려가고 있었다.

부활절이 되면 루가노를 여행하는 것이 오늘날의 유행으로 그들은 모두들 떼를 지어 이곳으로 몰려온다. 어쩌면 10년 후에는 멕시코나 혼두라스로 줄을 이어 가게 될 것이다.

아름다운 시와 소설 이야기를 읽고 지식을 터득하는 것이 유행이라면, 그들은 앞서 언급한 책들을 보기 위해 돌진하듯 달려들 것이다. 그러나 그런 일은 나에게 임무처럼 주어졌기에 나는 수백만 사람들의 대표적 독자로서의 기능을 발휘하고 있다.

그 대신 여름이 되어 모든 여행자들로부터 악평이 자자한 무더위가 이곳에 찾아들면, 나는 우리의 작은 영토인 산림과 평화가 펼쳐져 있는 초원의 오솔길 위에 다시 나만의 공간을 소유하고 산보하며 호흡할 수 있을 것이다. 그때면 이방인들은 베를린의 자기들의 집 안에서 아니면 높은 산악지대나 알지 못하는 그 어느 곳에 가 있을 것이다.

하지만, 그들은 언제나 자신들과 같은 사람들과 비어 있는 마지막 잠자리를 얻기 위해 밤늦게까지 싸워야만 하고, 그들 자신이 자동차 먼지 속에서 기침을 하며 눈을 깜박거려야만 하는 곳에 가 있으리라. 정말 지금은 참으로 이상한 세상이다!

코르티랄로(헤르만 헤세, 1923)

# 내 영혼의 별에게

욕망의 시선은 순수하지 못하고 언제나 삐뚤어진 것이다.

우리가 아무것도 탐하지 않는 곳에서 우리의 관찰이 순수한 관찰이 될 때에 비로소 사물의 영혼이랄 수 있는 아름다움이 전개되는 것이다.

내가 사색에 잠겨 있거나, 경작해 보려고 하거나, 벌목하려고 하건, 그곳에서 사냥을 즐기려고 하는 산을 바라볼 경우, 우리는 산을 바라보는 것이 아니라, 욕망과 우리의 계획과 근심, 혹은 우리의 경제 사정에 대한 관계만을 찾게 되는 것이다. 그럴 경우에 산은 울창한 나무로 뒤덮여 있기도 하고, 젊고 열정으로 솟아 있거나, 아니면 쓸모없는 황폐한 산, 병약해 있는 모습으로 보일 것이다.

그러나 우리가 그 산에서 어떤 것도 바라지 않는다면, 우리는 아무런 생각 없이 그 푸른 심연을 바라볼 수 있다. 그때에서야 산은 비로소 산림이고, 아름다운 모습으로 보일 것이다.

인간과 인간의 얼굴도 또한 그러하다. 우리가 어떤 욕구나 목적, 두려움이나 희망, 혹은 요구나 의도를 지니고 바라보는 인간은 인간으로 보이지 않는 것이며, 그 사람은 다만, 우리의 욕망의 불투명한 반영에 불과하다.

의식적이든 무의식적이든 간에 인간은 욕망의 불투명한 반영에 불과하며, 우리는 그 사람을 순전히 조바심과 의구심으로 바라보게 될 뿐이다. 즉, 그와 가까이 할 수 있을까? 그녀는 오만한 여자일까? 그는 나를 호의적으로 생각할까? 그의 도움을 받을 수 있을까? 그녀는 나의 예술을 이해해 줄 수 있을까? 이러한 바램과 의문을 지닌 채 우리는 우리가 부딪치게 되는 사람들을 바라보는 것이다.

그리고 우리는 그들의 인품이나 모습, 거동에서 우리의 의도에 어울리거나 혹은 모순되는 점을 찾아낼 수 있게 되면 스스로 세상의 모든 일을 터득한 듯이, 혹은 심리학자라도 된 듯이 자만해진다. 그러나 이러한 견해는 아주 비천한 관점이라고 할 수 있다. 이것은 자신이 스스로 비천한 심성을 갖고 있는 심리의 소유자라는 것을 드러내는 일인 것이다.

욕망이 사그라들고 순수한 관찰이 관조와 몰두로 승화되는 순간에는 모든 것이 달라진다. 그때 우리는 불순한 모든 것을 멈추게 된다. 그와 동시에 우리는 자연의 일부분이 되며 순수한 관조의 대상처럼 아름다워지고 신비로운 존재로 변모한다.

왜냐하면 관찰이란 연구나 비판이 아니기 때문이다. 관조란 바로 사랑이다. 관조는 영혼의 가장 숭고하고 바람직한 상태로서 아무런 욕망이 없는 사랑이라고 할 수 있다.

우리가 이러한 상태에 도달하게 될 때 그것이 오랫동안 지속되온 지난날과는 전혀 다른 인간의 모습으로 변모된다. 인간이 단지 욕망의 반영이 아니라, 자연 그 자체인 것이다. 아름다움과 추함, 노쇠와 젊음, 선과 악이 더이상 대립적이 아니며, 모든 사람이 아름답고 신비롭게 변모되는 것이다. 어느 누구도 더이상 멸시당하거나, 증오당하거나 오해를 당하지 않는 자연의 모습을 볼 수 있다.

면밀한 관점에서 볼 때 자연이란 불멸 생성하는 생명이 변화하여 나타나는 현상이며, 인간이 지닌 특별한 역할과 임무는 영혼을 그려내는 일이라 할 수 있다.

영혼이란 인간적인 것이냐, 아니면 동식물적인 것이냐 그 원인을 따지는 것은 무용한 일이다. 영혼이란 물론 어디에나 있으며, 어디에서나 요구될 수도 있고 예감될 수 있는 것이다.

그러나 우리가 돌이 아닌 동물을 운동체로 보고 느끼고 있듯이, 우리는 인간에게서 영혼을 찾고 있다. 또한 우리가 가장 분명하게 존재하고 괴로워하고 생동하는 곳에서 영혼의 모습을 보고자 노력하는 것이다. 그리고 인간만이 유일하게 문명화의 길을 걸어왔듯이, 이제 영혼을 더 높은 곳으로 끌어올리려는 존재로 믿게 되었다.

그러므로 모든 인간 세계는 영혼이 자리 잡고 있는 곳이라 할 수 있다. 우리가 산과 암벽에서 중압의 근원적인 힘을 느끼고, 동물에게서는 운동성과 무엇인가를 추구하는 자유로운 힘을 보면서 사랑을 느끼는 것처럼, 이 모든 것을 나타내는 인간에게서는 무엇보다도 우리가 '영혼'이라고 하는 생명의 형식과 발현 가능성을 보게 되는데, 이것이 바로 인간의 수많은 생명의 빛 중에서 가장 큰 빛이며, 또한 특별히 선택된 빛, 가장 발전된 빛으로 궁극적인 목표로 보이게 하는 것이다.

왜냐하면 우리가 유물론적이거나 유심론적이거나 혹은 또 다른 어떤 방법으로 생각하더라도 마찬가지이며, 영혼을 불멸의 것으로 우리 모두에게 가장 숭고하며 가장 가치 있는 단계이자, 동시에 모든 유기적 생명의 물결이라고 하겠다.

그러므로 우리들의 관찰에 있어서 동료들이 가장 귀하고 가치 있는 최고의 대상이 된다고 말할 수 있다. 모든 사람들은 이 자명한 가치의 평가를 자연스럽고 거리낌 없이 행하는 것은 아니다.

청년 시절에 나는 사람들보다는 자연 풍경과 예술 작품에 더 가깝고 친숙해져 있었다. 심지어는 몇 년 동안이나 인간이 아닌 공기와 대지와 물과 나무와 산, 그리고 동물들만이 등장하는 문학 작품에 대한 꿈을 꾸기도 했다.

나는 인간을 영혼의 궤도에서 완전히 이탈되어 욕망에 의해 지배를 당하고 있으며, 거칠고도 야비하게 동물적인 습성으로 원시적인 목적이나 추구하고 자질구레한 욕망에 시달리는 존재로만 생각했다. 그래서 영혼을 간직한 인간은 이미 소외되어서 사라져가는 것이며, 영혼이 흐르는 길은 다른 어떤 것 즉, 자연에서 찾아야만 할 것이라는 그릇된 관념이 일시적이나마 나를 지배했던 것이다.

우연히 조금 전에 알게 되었고, 서로 전혀 어떤 물질적인 것을 필요로 하지 않는 극히 평범한 현대인 두 사람이 어떻게 행동하는가를 한 번쯤 관찰해 볼 기회가 있다면, 우리는 거의 육감적으로 두 사람이 각각 강압적인 분위기와 자기 보호적인 벽과 자기 방어적인 벽으로 둘러싸여 있다는 것을 느끼게 될 것이다.

즉, 모든 사람은 비본질적인 목적을 겨냥하고 있으며, 다른 사람들로부터 서로 이탈되는 영적인 것으로부터의 전향과 두려움과 여러 가지 바램으로 짜여진 감정의 그물로 둘러싸여 있다는 것을 알 수 있을 것이다. 그것은 마치 영혼이란 것은 거론되어서는 안 되는 것이며, 두려움과 부끄러움의 높은 울타리로 둘러싸여져 있어야 하는 것으로 보이게 마련이다.

욕망이 없는 사랑만이 이 그물을 찢어버릴 수 있을 것이다. 그리고 이 그물이 찢어지는 곳 어디에서나 영혼이 흐르고 있음을 깨닫게 될 것이다.

전철 안에서 우연히 알게 된 두 젊은이가 서로 인사하는 장면을 눈여겨보기 바란다. 그들이 나누는 인사는 매우 이상스러우며 거의 비극적이라고 표현해도 과장은 아니다. 이 허물 없는 두 사람은 낯설고 냉랭한 먼 원방에서 즉, 항상 얼음으로 뒤덮여 있는 양극 지방에서 처음 서로 만나 인사를 나누는 것처럼 어설퍼 보인다.

그들은 모두가 오만과 불신의 성 안에 갇혀서 홀로 살아가는 것과도 비슷하다. 또한 그들이 지껄이는 대화란 완전히 난센스라고 할 수 있다.

그것을 겉모습으로 관찰해 본다면, 두 사람의 표정이란 영혼이 없는 세계의 석회질로 변해 버린 불가사의한 상형문자이며, 우리는 여기에서 끊임없이 생겨나서 곧 부서지는 얼음 조각들이 우리에게 달라붙는 것처럼 괴리된 슬픔을 맛보게 될 것이다.

일상적인 이야기에서 자신의 영혼이 표현되는 사람은 매우 드물다. 그러한 사람은 시인보다도 더 순수하며, 거의 성자의 경지에 이르렀다고 할 수 있다.

미개인들이 서로 만나는 경우에 나누는 인사를 통해 우리는 문명인들에게서 보다 더 영적인 것을 느낄 수 있다. 그러나 우리가 찾고 원하는 것은 그러한 영혼이 아니다. 아직 인간 소외도 느껴보지 못하고 신을 잃은, 기계 문명 속의 고뇌도 모르는 미개인들의 영혼은 참으로 소박하고 그만큼 유치하기도 하고 사랑스럽기도 하지만, 결코 우리의 목적은 아니다.

전철 안에 앉아 있는 우리들의 두 젊은이들에게 다시 시선을 돌리자. 이제 우리는 그들의 태도를 보아 많은 진전이 있음을 알 수 있다. 그러나 그들은 자신의 영혼을 뚜렷하게 나타내고 있지 않으며 영적인 것이 전혀 없음을 그들의 태도에서 엿볼 수 있다. 그들은 마치 조직화된 바램과 욕구와 계획과 의도로 짜여져 있는 것과도 같다. 그들은 돈과 기계와 불신의 세계 속에서 자신의 영혼을 잃어버렸던 것이다. 그들은 이 영혼을 다시 찾아야 하는 것이며, 만일 이 일을 자기의 삶에 게을리하게 된다면 병약해지고 괴로움에 빠질 것이다.

그러나 다음에 그들이 소유하게 될 영혼은 잃어버린 소아적 영혼이 아니라 섬세하고 보다 더 개성적이며 자유롭고 책임 능력이 있는 영혼과 만나게 된다. 그리하여 우리는 분별력이 낮은 어린아이나 미개인으로 되돌아가서는 안 되며 개성과 책임 의식과 자유의 세계로 발전해 나아가야 한다.

전철 안의 두 젊은이가 나누고 있는 의식적인 대화는 황량하기 그지없다. 그들의 말은 서로 정중하긴 하지만 그 음조는 서로의 언짢음을 나타내지 않으려고 하여 이상스럽게도 짧고 절제적이다. 그들의 대화는 다툴 만한 근거가 전혀 없으며, 오히려 누구도 나쁜 생각을 지니고 있지 않아 보이지만, 그러나 그 표정과 음조는 차가우며 너무나 현실적이고 사무적이다.

"앉아도 되겠습니까?"

"앉으시죠."

처음 이런 대화가 오갈 때 한쪽 금발의 사나이는 "앉으시죠"라고 말할 때 멸시에 가까운 무표정한 표정을 지었던 것이다. 물론 그는 그렇게 느끼지는 않았을 것이다. 그로서는 사회생활을 하는 동안, 영혼이 없는 교제를 하는 수십 년 동안, 그렇게 자기방어적으로 익히게 된 방식대로 행했을 뿐이니까. 그는 자신의 내면, 즉 자신의 영혼을 감추어야만 한다고 생각한 것이 그렇게 도식적인 인간으로 만들어 버렸던 것이다.

그는 영혼이란 드러내고 헌신하는 데에서만 성장한다는 것을 모르고 있었다. 그는 오만스러운 한 인간의 표본일 뿐이다. 그러나 그의 오만은 불행스럽게도 불안정하다. 그는 영혼과 보루를 쌓아야만 하고, 자기 주위에 방어와 냉담의 벽을 둘러야만 했다.

그러한 오만은 우리가 그에게서 미소를 얻어 내기만 하면 그는 곧 파멸되고 말 것이다.

소위 교양 있는 사람들 사이의 교제에서 나타나는 이 모든 냉담과 불안스러운 음조는 일종의 병을 시사해 주고 있는 바, 이는 폭력에 대해서 그런 징조 이외에는 달리 대항할 줄 모르는 필연적이고, 희망에 가득 찬 영혼의 병인 것이다. 이러한 영혼이란 얼마나 연약한 것인가.

이제 두 사람 중에 어느 한쪽이 본래 자기가 바라고 느끼는 바대로 행동하게 된다면, 아마도 그는 상대방에게 손을 내밀어 악수를 청하거나 어깨를 만지며 이렇게 말할 것입니다.

"감사하게도 참 날씨가 좋군요. 좋은 날입니다. 나는 지금 휴가 중입니다. 이번에 새로 산 건데, 제 넥타이 어떻습니까? 내 가방 안에는 사과가 좀 있는데, 하나 드시지 않겠습니까?"

그가 진심으로 이런 말을 한다면 상대방은 형언할 수

없을 정도의 기쁨과 감동 같은 것을, 미소 지을 수밖에 없는 그 무엇을 느끼게 될 것이다.

틀림없이 상대방은 그와 같은 감정을 느낄 것이다. 그러나 그것을 좀처럼 나타내지는 않는다. 그는 기계적인 방어를 하게 되고 아무런 뜻도 없는 말을, 그 흔하디 흔한 말들 중의 어느 한마디를 내뱉을 뿐이다. 그는 머뭇거리며 마지못해 대답한다.

"네에…, 음……, 거 좋군요."

과거와 같은 유사한 말을 하고서는 무언지 모욕당한 기분이 되어서 당혹감을 감추지 못해 시선을 얼른 다른 곳으로 돌릴 것이다. 아니면 이 구차스러운 사나이에 대하여 약간의 동정 이외에는 아무것도 줄 것이 없다는 표정을 지울지도 모른다.

좀 더 계속해서 차 안의 두 젊은이를 관찰해 보자. 영혼은 대화 속에도 없고, 표정에도 없고 목소리에도 깃들어 있지 않으나 그 어느 곳에도 존재하는 것이 바로 영혼의 모습인 것이다. 이제 그 금발의 사나이는 자신을 잊어버리고 다시 편안한 표정으로 돌아와 있다. 그가 차창 밖으로 멀리 풍경을 바라볼 때 그의 시선은 자유롭고 진실 그대로이며, 젊음과 소박함과 꿈으로 차 있다.

마찬가지로 나무랄 데 없이 신사인 다른 젊은이는 무릎 위에 놓은 가방을 토닥거려 보기도 하며, 자세를 달리해 보기도 한다. 한 시간가량 차가 달리는 동안 우리들은 이 두 젊은이를, 어느 정도 교양이 있는 오늘날의 보편적인 유형의 사람들을 나름대로 관찰해 보았다. 그들의 어떤 모습에서도 영적인 것을 느낄 수가 없었다. 단지 차창 밖으로 아름다운 풍경을 바라보던 몰아의 시선이나 사랑하는 이들을 위한 선물이라도 담긴 가방을 토닥거리는 모습을 제외하고는 인간의 영혼을 느낄 수 없다.

오, 수줍은 영혼들이여! 인간의 모든 행위에서 그 모습이 드러난다면 모든 일이 얼마나 아름다워질 것인가?

우리는 어떻게 자신의 영혼을 통해 삶을 이끌어갈 것인가? 또 우리는 영혼으로 하여금 우리의 모든 일을 영위할 수 있도록 할 것인가?

오, 위대한 영혼이여!

그대가 있는 곳에 혁명이 있고 새로운 길이 열리며 신이 있고 새로운 삶이 있노라. 영혼은 사랑이고 미래이다. 우리로 하여금 위대한 모습을 이루도록 하는 힘이다.

세상의 형세가 어떻게 변모해 간다 하더라도 그것은 어쩔 수 없는 일이다. 그러나 세상을 치유하는 정의로운 사람이나 평화주의자, 미래와 새로운 의욕을 언제나 우리들은 자신의 내면에서 즉, 늘 시달리고 연약하지만 파괴될 수 없는 우리의 안타까운 영혼 속에서만 발견하게 된다. 이 영혼 속에서 아무런 지식도 없고, 아무런 판단도 없고, 계획도 없다. 영혼에는 그저 욕구와 감성과 미래만이 존재할 따름이다.

위대한 인간들이란 모두 이 영혼의 안내를 따랐던 사람들이다. 그 따름을 통하여 그들의 길은 일상에서 시작하여 높디높은 곳까지 다다를 수 있었던 것이다.

국가라는 것은 꿀벌들도 이룰 수 있으며, 재산이란 생쥐들도 모으며, 전쟁이란 개미들도 하는 것이다. 우리는 인간이기 때문에 우리의 영혼을 다른 길로 모색하는 것이다.

그런데 그 인간의 영혼이 실패를 하거나, 우리가 그 영혼을 희생시킬 때 우리가 이루어가는 삶의 길에서의 행복은 피어나지 못한다.

왜냐하면 행복이란 오직 영혼만이 느낄 따름이며, 이성이 느끼거나 알 수 있는 것도 아니다. 또한 지식이나 위선이나 재산이 느끼는 것도 결코 아니다. 이제, 우리는 시간을 초월하여 우리에게 언제나 빛이 되어야 할 격언 한 마디를 새겨 보기로 하자.

"그대가 온 세상을 얻는다 할지라도, 그대 영혼에 해가 된다면 그 무슨 소용이 있으랴!"

제2부

# 삶의 나그네

마돈나 돈게로로 가는 교차로(헤르만 헤세, 1922)

# 꿈꾸며 방황하며

## 방랑의 길

이 근처에서 잠시 이별하기로 하자. 이제 얼마 동안은 이런 마을의 모습을 볼 수 없게 될 것이다.

왜냐하면 어느덧 국경인 알프스산이 가까워졌고 조국의 목가적인 풍경이나 향수어린 모국어, 그리고 대륙풍의 북방적인 건축물까지도 추억처럼 뒤로 남겨 놓지 않으면 안 되었기 때문이다.

이렇듯 국경을 넘는다는 것은 얼마나 행복하도록 멋진 일인가!

유목민이 농민보다 조금은 원시적인 것처럼 방랑자 역시 여러 면에서 원시인에 가깝다. 그렇지만 가정을 갖고 안주하고 싶은 안락함을 극복하고 꿈꾸면서 무수한 국경선을 넘나드는 방랑의 길은 한 인간으로서 내일의 또 다른 길을 발견하는 찬란함을 향유할 수 있어 길을 떠나고 다시 귀향하는 것이다.

먼 여정에서 돌아와 맑은 빛으로 반짝이는 은빛 해안에 닻을 내리는 배의 모습은 얼마나 아름다운 것일까?

가령 나처럼 국경이라는 것을 아주 무시해 버리는 무정부주의자와 같은 사람이 도처에 있다고 하면, 아마도 전쟁이나 침략, 봉쇄와 같은 극단적인 무모한 행동은 일어나지 않을 것이다.

사실 국경만큼 저주스러운 것도, 국경만큼 어리석은 것도 없다. 국경은 잔혹한 무기나 침략자의 장군과 다를 바가 없다. 이성이나 인간적인 감정, 그리고 평화가 이 세상을 봄날의 햇볕처럼 지배하고 있는 한, 인간은 광폭한 전쟁을 잊어버릴 수 있고 그것을 무시한 채 웃어넘길 수도 있다. 하지만, 일단 전쟁이나 그 무자비한 광기가 폭발하면 국경은 곧 중대한 것이 되며 절대적인 것이 된다. 전쟁 중에 있어서의 국경은 우리와 같은 방랑자에게는 감옥이나 고문과 같은 고통을 주었다.

이제 나는 조국에서 마지막으로 보게 되는 이 집을 노트에 스케치해 두기로 마음먹었다. 그리고 나의 시선은 고풍스런 지붕과 기둥, 나아가서는 사랑하는 것들, 다시 말해서 고향을 생각나게 하는 것들과 잠시 이별을 나누어야 했다.

이것이 진정 이별이라고 한다면, 나는 더 한층 애정을 갖고 고향을 그리워하는 모든 것들에 다시 한번 사랑을 나누고 싶다. 아마도 내일이면 국경을 넘어 다른 곳에서 이국적인 지붕과 낯선 집을 바라보면서 사랑하게 될 것이다. 사랑의 글로 표현하고 있는 것처럼 내 마음을 이곳에 묻고 다시는 방랑의 길을 떠나지 않으리라고 결심할 것이다.

아! 나는 이 세상 어느 곳에 있든지 내 마음과 함께 있으리라.

포도원 길(헤르만 헤세, 1922)

## 나는 꿈꾸며 방황하는 나그네

나는 꿈꾸며 방황하는 나그네이다. 내 자신의 사랑을 이 세상 어느 한 곳에 연연하여 남겨두는 것을 대단한 것이라고 생각지 않는다. 또한 나는 우리들이 집착하며 사랑하는 것은 하나의 덧없는 꿈과 같은 것이라고 생각한다.

봄볕과 함께 오는 나른함, 푸른 산을 되돌아오는 메아리의 공허함처럼 우리들의 사랑도 결국은 침체되어 그 모습과 빛깔이 변모될 때, 우리에게는 사랑이 의심스런 것으로 남게 된다.

사랑스런 이 땅의 농부여, 안녕! 유산자와 위대한 안주자, 그리고 성실한 자와 유덕한 자에게도 이별을 고하기로 하자.

나는 그들을 사랑할 수도 있고, 존경하고 부러워할 수도 있다. 하지만, 나는 그들을 본받으려고 하다가 나의 반생을 물결처럼 덧없이 흘려보냈다. 또한 나는 나에게 어울리지 않는 그런 사람이 되려고 헛된 노력을 하기도 했다. 나는 시인이 되기를 갈망하면서 선량한 시민으로 살아가기를 원했던 것이다.

나는 훌륭한 예술가로서 꿈꾸며 사는 사람이 되기를 원하면서도 유덕자로 고향에 남아 전원생활을 즐기려고 생각했다. 그와 같은 생각은 오랫동안 계속되었다.

인간이란 동시에 두 개의 존재로 있을 수 없으며, 두 개의 존재로 살아갈 수도 없다는 것, 나는 유목민이며, 결코 농부가 아니라는 사실, 꿈꾸며 방황하는 방랑자이지 소유하고 지키는 생활인이 아니라는 것, 그러한 사실을 깨닫게 될 때까지 나에게 우상에 지나지 않았던 신과 계율 앞에서 나는 오랫동안 번민과 고뇌의 나날을 보냈던 것이다.

결국 그것은 나의 잘못이고 자학이며, 세계의 불행에 함께 책임져야 할 공범이기도 했다.

나는 이러한 상황 속에서 나 자신에게 자책의 폭력을 원했고 그 속에서 구원의 길을 찾아 나설 용기를 가지지 못하기 때문에 고통과 괴로움을 더하게 되었다. 구원의 길은 어디에나 열려 있는 것이 아니었다. 그것은 오로지 자기 자신의 마음으로만 통해 있었다. 그리고 거기에 신이, 평화가 안주해 있었던 것이다.

습기에 젖은 바람이 검은 산 쪽에서 불어와 내 곁을 지나갔다. 저쪽 푸른 하늘에 떠 있는 구름의 섬들이 다른 지상의 나라들을 내려다보고 있다. 그 하늘 밑에서 나는 또다시 인간의 행복을 맛보며, 때때로 나와 같은 감정과 이성을 지닌 순수한 방랑자라면 향수라는 고독에 이르는 길을 걷지 않을 것이다. 그렇지만 나는 깨닫고 있었다.

나는 완전하지 않으며, 그렇게 되려고 노력한 적도 없었다. 오직 나는 방랑하며 꿈꾸면서 즐거움을 맛보는 것처럼 오직 나의 향수를 즐길 뿐이다.

이 바램, 내가 꿈꾸며 떠나는 방랑의 길에는 세상의 바람과 산 너머 저쪽 먼 나라의 분수령과 낯선 언어, 처음

보는 산맥, 그리고 이국의 말할 수 없는 내음이 풍기고 그 곳은 알 수 없는 약속으로 빛나고 있었다.

잘 있거라, 조국의 아련한 시골의 농가와 풍경이여!

젊은이가 최초로 어머니의 곁을 떠나는 것처럼 나는 너에게 작별을 고한다. 마치 어머니 곁을 떠나가야 할 때는 바로 지금이라는 것 같은…….

그러나 젊은이가 완전히 어머니 곁을 떠날 수 없다는 것을 나는 다시 분명히 깨닫고 있었다.

카로나(헤르만 헤세, 1927)

## 방황자에게 길은 귀향이다

한없이 뻗어간 작은 길 위에 바람이 분다. 잔가지 많은 나무와 덤불 곁에 흩어져 있는 것은 돌과 마른 이끼뿐이다.

어느 누구도 이런 곳에서는 아름다움을 찾을 수도 볼 수도 없다. 짐을 나를 수도 없다. 이렇게 높고 험한 곳에서는 건초는 물론 땔 나무조차 구할 수가 없다. 그러나 동경의 먼 세계가 사람들의 마음을 동요시켜 그리움으로 들뜨게 만든다.

그리하여 동경의 그리움은 갈망의 모습으로 변모되어 꿈꾸면서 방랑의 길을 떠나게 하는 것이다. 마침내 그리움은 이 높은 산정에 바위와 숲지와 눈 속을 헤치고 저쪽의 다른 계곡과 타향의 집들, 서로 다른 언어와 인간만이 통하는 이 고요하고 작은 길을 만든 것이다.

구름이 낮게 떠 있는 고개 위에서 잠시 걸음을 멈춘다. 작은 길은 고개를 중심으로 하여 양쪽으로 아스라하게 뻗어 있고, 바로 여기서 시작하여 작은 개울이 길을 따라 양쪽으로 흐르고 있었다.

그리고 이 높은 곳에 서 있는 사람만이 두 개의 세계로 통하는 길을 볼 수 있는 것이다.

지금 내 구두에 닿아 있는 물웅덩이에서 시작된 작은 시냇물이 북쪽으로 흘러가고 있었다. 그 물은 많은 여정을 거쳐 차가운 바다에 닿을 것이다. 바로 그 옆에 있는 눈구덩이에서 떨어지는 물방울은 남쪽을 향해 줄기를 이루면서 흐르고 있었다. 그 물은 아득히 흘러가 아프리카와 경계를 이루는 지그리아나 아도리아 해변에 닿을 것이다.

그러나 세계의 물은 다시 만나서 빙해와 나일강으로 흐르다가 하늘을 떠가는 구름 속으로 모습을 감추기도 한다. 이처럼 오랜 시간의 아름다운 우화가 나의 사색의 순간을 신성한 것으로 만들어 주기도 한다. 결국 우리와 같은 방랑자에게 있어 길이란 귀향을 의미하고 있는 존재이다.

그러나 이 산정의 고갯길에 서 있는 나의 눈은 선택의 자유에 다소 망설이고 있다. 나는 남과 북을 동시에 바라볼 수가 있기 때문이다.

내가 남쪽을 향해 오십 보만 걸어가면 남쪽만을 보게 될 것이다. 그리하여 신비에 싸인 남국의 숨결이 산골짜기마다 가득 차 있고, 나의 심장은 그것을 향해 벅찬 감동으로 발걸음을 빨리하여 어디에서인가 기다리고 있을 푸른 호수와 화려한 정원에 대한 예감과 잘 익은 포도와 건초의 향기, 그리고 순례와 로마 원정의 오래된 신성한 얘기들이 전설처럼 있는 곳으로 달려가게 될 것이다.

지금 나의 두 귀에 먼 골짜기로부터 들려 오는 종소리처럼 청춘의 저 너머에서 추억의 소리가 울려 오고 있다.

최초의 남쪽 지방에 대한 여행의 들뜸과 열정, 반짝이는 호수와 들꽃 향기에 취해 오후 내내 풀밭에 누워 있던 기억, 슬픈 눈빛을 담은 하늘, 산 너머 북쪽 먼 고향으로 띄어본 석양의 그리움, 그리고 스산한 바람 속에 서 있는 신성한 고대 건물 앞에서 올린 최초의 기도와 짙은 갈색 바위 너머로 보이는 거품이 일고 있고 바다를 처음으로 보았을 때의 꿈 같은 환희가 있다.

그러나 이제는 그런 흥분조차도 어디로인가 멀리 사라져 갔다. 아름다운 이국에 대한 사랑스런 감정마저 멀리 떠나버린 텅 빈 가슴에 어느덧 봄은 지나고 우기의 계절이 계속되고 있을 뿐이다.

끊임없이 들려 오는 먼 지방에 대한 유혹의 속삭임도 이제는 아무런 감동을 주지 못한다. 내 가슴에 전해 오는 그 반향은 더욱 고요할 뿐이다. 나는 하늘을 향해 기쁨의 모자를 벗어 던지지 못한다. 그리고 어떠한 노래도 부를 수가 없다.

하지만, 나는 미소를 짓는다. 입뿐만 아니라 영혼으로, 눈으로, 온몸 전체로 웃음을 짓는다. 그리고 이곳까지 풍겨 오는 그 다정한 흙내음에 옛날과는 달리 세심하고 고요하게 날카로우면서 원숙하게 더 한층 감사한 마음을 바친다.

그 모든 것이 지금은 옛날보다도 더 가깝게 내 소유가 되고 더 미덥도록 부유하게 넘치도록 의미를 지닌 채 나에게 말을 한다.

나의 동경은 들뜨고 혼미하지만, 영혼은 저 먼 곳에 꿈의 색깔을 칠하지 않는다. 오직 나의 맑은 눈은 지금 존재해 있는 것으로 만족하고 있을 뿐이다.

이제 세상은 옛날보다 더 아름다운 모습으로 바뀌어

가고 있다. 참으로 세상은 너무나 아름다워졌다. 하지만 나는 고독하다. 그러나 고독한 것을 슬퍼하지 않는다. 지금의 나는 나 자신이 다른 나이기를 바라지 않는다. 지금도 변함없이 늘 태양처럼 불타오를 자신이 있다. 오직 성숙해질 것을 원하고 있을 뿐이다.

　　또한 나는 죽음을 기쁘게 받아들일 용기가 있고 다시 태어나고 싶은 욕망도 있다. 세상이 더욱 아름다워졌음을 절감하고 있다.

헤세 집의 정원 전경(헤르만 헤세, 1918)

## 배낭 속에 들어있는 청춘

나는 남쪽에 기다리듯 자리잡고 있는 최초의 마을, 여기서부터 나의 방랑 생활은 시작된다. 목적지도 없고, 꼭 찾아야 할 사람도 없는 시간이, 정지된 거울 속을 걸어가는 것 같은 방랑, 거기서 때때로 맛보게 되는 한낮의 휴식, 해방된 시간과 나날이 있을 뿐이다.

나는 배낭 속에 들어 있는 낡은 바지를 꺼내 입을 때 한없는 기쁨을 느낀다. 또한 처음 만난 주점에서 밖으로 술을 가지고 나오는 동안, 나는 문득 한 편의 시나 그림보다도 더 아름다운 전원교향곡을 연주하던 이탈리아 음악가 브즈니(1866~1924)의 환상을 생각한다.

"자넨 너무나 촌스러워 보이는군."

하고 약간 비꼬는 투로 그가 말하면, 그를 좋아하는 내 마음에는 아무런 동요도 일어나지 않는다.

그것은 우리 두 사람 사이의 마지막, 아직은 그렇게까지 되어 있지 않은 상태였지만, 스위스 취리히에서 만났을 때의 일이었다. 그때 그는 마라하의 교향악을 지휘하고 있었는데, 어느 날 우리 두 사람은 자주 가는 레스토랑에서 마주 앉았다.

나는 브즈니의 창백한 유령 같은 얼굴과 오늘날까지도 우리들이 가지고 있는 가장 빛나는 반속물주의자의 마음을 확인하고는 다시 유쾌해졌다. 그렇지만 어째서 그런 것을 생각하게 된 것일까?

아! 나는 깨달을 수가 있었다. 내가 생각한 것은 브즈니가 아니었다. 또한 투명하도록 선명한 추억이 깃든 취리히도 아니며, 열정의 마하라의 교향곡도 아니었다. 그것은 기억이 무언가 귀찮은 것에 방해되었을 때 일으키는 착각과 같은 것이었다. 그런 경우는 가끔 무해한 형상이 하나의 원경처럼 떠오르는 것이다.

그렇다. 이제야 모든 것이 확실해졌다. 그 레스토랑에서 말을 건네지는 않았지만, 우리 두 사람 외에 밝은 블론드 머리를 하고, 뺨이 무척 붉은 젊은 여자가 앉아 있었던 것이다. 천사와 같은 모습을 하고 있는 여자여서, 그 여자를 쳐다보고 있는 것은 아름다운 기쁨이기도 했고 절망감을 느끼게 하는 고통이기도 했다.

그동안 나는 얼마나 그 여자를 사랑했던 것인가! 나는 또 한 번 열여덟 살의 격정에 휩싸인 젊은이로 되돌아간 것이다. 갑자기 모든 것을 깨달을 수 있었다. 아름답고 밝은 금발의 유쾌한 여자여, 그대의 이름을 뭐라고 했던가. 이제 나는 기억할 수가 없다. 그러나 나는 오랫동안 그녀를 사랑하는 마음으로 꿈꾸었으며, 그리고 이 산촌의 작은 길을 걸어가면서 그녀를 생각하고 있는 것이다.

어느 누구도 그녀를 나처럼 사랑하는 사람은 없을 것이다. 누구 하나 나처럼 많은 힘을, 절대적인 힘을 인정할 사람도 없을 것이다. 그러나 나는 불성실한 사람이라는 것을 선고받고 있었다.

우리들 대부분의 방랑자는 거의 비슷한 성격의 소유자

들이다. 또한 방랑하는 버릇이나 방랑 생활의 대부분은 연애이며 여자에 탐닉하는 습성이 있다. 여행의 로맨틱한 감정의 절반은 모험의 기대에 불과할 뿐이다.

또한 우리들 방랑자는 사랑의 실현이 불가능하면 할수록 그것에 더욱 연연해 하고, 처음에는 사랑의 상대를 여성에 집착하다가는 점차 시골 마을이나, 산, 호수, 한적한 산길을 따라 걷고 있는 아이들, 다리 밑의 거지, 목장의 소, 숲속의 새, 나비에 이르기까지 세상 모두를 연인으로 생각하는 마음의 깊이를 지니고 있다. 이렇듯 삶을 방관하는 인생의 나그네이기도 한 우리 방랑자들에게는 사랑, 그것만으로 충분하다.

목적도 없이 홀연히 떠나는 즐거움, 도상에 있는 즐거움을 찾아 방황하는 것처럼 아름다운 얼굴을 가진 청순한 여자여, 나는 너의 이름을 알지 못한다. 너에 대한 사랑에 연연하지도 않는다. 또한 너는 내 사랑의 목적이 아니라, 오히려 사랑의 시작에 불과할 뿐이다.

나는 이 사랑을 길가의 작은 하나의 풀잎에서, 술잔에 비치는 달빛에게, 교회의 붉은 둥근 지붕에게까지 모두 주고 싶다. 내가 이 세상에서 황홀하도록 열정으로 들떠 있는 것은 모두 이러한 유혹에 의해서이다.

아! 나는 어리석은 말을 하지 않으면 안 된다. 어젯밤, 나는 산밑의 오두막집에서 금발의 여자를 꿈속에서 만났던 것이다. 결국 나는 바보처럼 순간적으로 반해 버렸다. 만일 그 여자가 곁에 있어 준다면 내 생애의 나머지를 방랑에서 얻은 즐거움을 그녀를 위해 받쳤을 것이다.

　또한 오늘 하루를 내내 그 여자를 생각하며 지내야 했고, 그 여자 때문에 포도주를 마시고 빵을 먹어야 했다. 또한 마을과 탑을 노트에 스케치하고, 그 여자 때문에 신에게 감사해야 하며, 이 세상에 그 여자가 살고있는 동안, 내가 그 여자를 만났다는 사실을, 또 그 여자 때문에 한 편의 시를 쓰고 붉은 포도주에 취하고 싶은 것이다.

　이렇듯 유쾌한 남쪽 지방에서의 나의 최초의 휴식은 산 너머 저쪽 금발의 여자를 연모하는 것으로 끝나 버리고 말았다. 너무나 아름다운 그녀의 입은 또 얼마나 매력으로 가득 차 있는 것인가!

목련(헤르만 헤세, 1928)

## 나무는 나에게 가장 훌륭한 설교자다

　나무는 언제나 나에게 가장 훌륭한 설교자였다. 그들이 민중이나 가족과 같은 생활을 하면서 숲을 이루고 있을 때, 나는 나무를 존경한다. 하지만 홀로 서 있을 때 한층 더 그를 존경한다. 그런 모습은 고독한 인간을 생각하게 하기 때문이다.

　어떤 약점으로 하여 몰래 모습을 감춘 은둔자의 태도와는 달리 베토벤이나 니체처럼 운명을 극복해 가는 사람들 같다. 그들의 가지 사이로 세상의 바람이 스치며 소리를 내고 있지만, 그 뿌리는 무궁한 것 속에서 자기를 잃지 않을 뿐 아니라, 생명을 다해서 한 가지의 목적을 이루어보려고 끊임없는 노력을 한다. 그들 속에 깃들어 있는 자신의 법칙을 실현하고, 그들 본래의 모습을 완성해서 무엇인가를 나타내려고 한다.

　아름답고 건강한 나무처럼 신성하고 역사적인 것은 없다. 하나의 나무가 사람들의 손에 의해 베어져서 그 가슴의 아픈 상처를 햇빛에 드러내고 있을 때, 그것은 마치 우리 인간들의 무덤 앞에 세운 묘비에서 그의 삶을 알 수 있는 것처럼 연륜과 기형적인 풍우 속에서 온갖 투쟁과 슬픔, 그리고 갖가지 질병과 행복, 풍요로웠던 역사가 정확히 기록되어 빈곤의 나날과 태풍의 시련을 이겨낸 발자취가 깃들어 있는 것이다.

　그래서 충실한 농부의 아들이라면 견고하고 잘 자란

목재를 확실하게 고르는 방법을 알고 있으며, 제 값어치를 가진 이상적인 나무는 산기슭의 위험이 뒤따른 곳에서 자라고 있다는 것을 알고 있다.

나무는 신성한 것이다. 그들과 대화를 나누고, 그들에게 귀를 기울일 수 있는 자는 진리를 배운다. 그들은 엄격한 교의의 율법을 설파하지 않는다. 그들은 사사로운 문제를 말하지 않고 생의 근본적인 법칙만을 침묵으로 말할 뿐이다.

나무들은 제각기 이런 말을 자주 한다. 내 속에서 하나의 핵이, 하나의 불꽃이, 하나의 사상을 지닌 완전한 생명이, 영원한 대지의 어머니가 나에게 처음으로 시험해 본 생명과 기도는 나 뿐이라는 사실이다.

내 모습과 껍질의 모양은 나에게 있어서 독특한 것이다. 대나무 가지에 붙어 있는 잎사귀들의 작은 장난도, 껍질에 있는 아주 작은 상처도 이 세상을 살아가는 동안 단 한 번뿐인 것이다. 나의 사상은 이 특징적인 유일한 것 속에서 영원한 것을 형성하고 나타내는 일이라고 말한다.

어떤 나무는 이렇게 말한다. 나의 힘은 신념이다. 나는 나의 조상에 대해서는 그 어떤 것도 알 수가 없다. 해마다 나에게서 떠나는 몇 천의 자식들에 대해서도 아무것도 모른다. 오직 나는 내 근원의 비밀을 끝까지 살아봄으로써 터득할 뿐이다. 그 외에 어떤 것에 관심을 가지는 것조차 없다.

나는 내 안에 신이 존재한다는 것을 믿고 있다. 나는 나의 임무가 신성하다는 걸 믿고 있다. 이 신념 때문에 삶을 살아가는 것이라고 말한다.

우리들이 고통을 받으며 슬프게 사는 삶이 이제는 견딜 수 없는 것이라고 여겨질 때에 어떤 나무는 이런 말을 한다. 조용히 나를 보라. 산다는 것이 결코 쉬운 것이 아니라는 사실을, 괴로운 것도 아니라는 결론은 모두 어린아이와 같은 생각이다.

그러므로 내 마음속에 내재해 있는 신의 말씀을 들어 보는 것이 가장 아름다운 일이다. 그렇게 하면 어린아이와 같은 생각은 깊은 침잠 속으로 가라앉아 마음은 더없이 고요해진다.

너는 지금 자기 자신이 걷고 있는 삶의 길이 어머니나 고향으로부터 멀리 떠나는 것이 아닌가 하고 걱정하고 있다. 그러나 그 한 발자국 한 발자국, 하루하루가 새롭게 너를 어머니가 계신 곳으로 인도하는 것이라는 사실을 모를 것이다. 여기에 있다든가 저기에 있다든가 하는 것이 아니다. 그러므로 고향이란 언제나 내 마음속에 있는 것이다.

저녁 무렵, 바람에 흔들리는 나뭇가지 소리를 들으면 방랑에의 그리움이 또다시 나의 마음을 열정으로 설레이게 한다. 그러면 나는 조용히 서서 오랫동안 귀를 기울여 그리움에 대한 의미를 생각한다. 그것은 괴로움으로부터 도피하려는 것이 아니라, 고향과 어머니에 대한 기억과 삶에 대한 새로운 모습의 그리움이었다. 그것은 집으로 통하고 있는 귀향이었으며, 세상의 모든 길은 집으로 향하고, 어떠한 일보다도 탄생에 가깝고, 죽음이며, 묘비와 같은 것이다.

어둠 속에서 우리가 불안을 느낄 때 나무는 소록소록 소리를 내면서 말한다. 나무는 길고 먼 생각을 가지고 있다. 우리들보다 긴 생명을 가지고 있는 것처럼 숨소리도 내면 깊숙이 가라앉아 있다. 우리가 그들에게 물어보지 않는 한 나무들은 우리보다 슬기롭다.

그러나 한 번만이라도 그들에게 귀를 기울여 내면의 소리를 듣게 되면 비로소 우리들의 좁은 생각과 작은 일에도 곧잘 감정을 손상시키는 흥분과 속됨, 어린애와 같은 것들이 얼마나 보잘것없는 행위인가를 깨닫게 된다. 슬프거나 괴로울 때 나무에 귀를 기울이는 것을 배운 사람은 더이상 나무가 되고 싶다고는 생각하지 않는다.

또한 나 이외의 다른 것이 되고 싶다는 생각도 하지 않는다. 오직 나 자신이 고향인 것이다. 바로 그것이 행복이다.

빨간 집(헤르만 헤세, 1926)

## 어느 날인가, 한번은 마지막 피로를 느껴야 한다

길은 다리를 지나 시냇물을 건너 폭포 앞까지 뻗어 있었다. 지난날 나는 이 길을 걸어서 간 적이 있었다.

그때는 전쟁이 한창이었다. 휴가를 끝내고 다시 병영으로 돌아가기 위해 길을 떠나 국도와 철도를 달려야 했다. 전쟁과 관청, 휴가와 소집, 빨간 종이와 초록 종이, 각하, 장관, 장군이 무슨 비현실적이고 환상 같은 세계인가? 그런데도 그것들은 생명이 있고 세계를 조용히 흔드는 힘과 나와 같은 보잘것없는 방랑자이며 화가를 산 밑의 오두막집에서 나팔 소리로 끌어내는 힘이 숨겨져 있었다.

길은 초원을 지나 포도밭을 가로질러 한없이 뻗어 있다. 그리고 저녁 무렵 어둠이 몰려오면 다리 아래로 흐르는 작은 시냇물의 흐느낌 소리가 더욱 아련했다. 그러면 촉촉이 젖은 숲이 한 줄기 바람에 떨었다.

그리고 점점 희미해져 가는 하늘에 싸늘한 빛이 조금씩 모습을 나타낸다. 얼마 있으면 반딧불이 흐르는 계절이 다가올 것이다. 이런 자연 속에서 나는 작은 돌 하나까지 모두 사랑하지 않으면 안 된다.

하지만, 이 모든 것은 어떠한 의미도 주지 못했다. 하늘 아래 나직이 굽어 있는 산과 어두운 숲에 대한 나의 애정은 모두 하나의 감상에 불과했다. 현실은 내가 생각하고 있는 거와 너무나 많은 상실감을 주었다. 전쟁은 도처에서 우리를 괴롭히고 있었고, 장군이나 용감한 병사의 입을 통해서 나팔을 울렸던 것이다. 그래서 나는 피난처를 찾아야 했고, 세상의 사람들은 제각기 살길을 찾아 뿔뿔이 흩어져야 했다.

이처럼 세상은 점점 어려워져 황폐한 불모의 계절로 변해 갔다. 그러나 내가 여행을 하고 있는 동안 언제나, 이 다리 밑을 끊임없이 흐느끼며 흐르는 물소리가 내 마음속에서 노래하고 있었다. 그리고 싸늘한 저녁 하늘에는 달콤한 피로가 떠돌고 세상의 모든 것이 유난히 어리석고 장난스럽게 보이기도 했다.

이제 우리는 다시 길을 떠나려고 한다. 저마다 자기의 시냇물을, 들판을 걸어간다. 그리고 옛 세계를, 숲속을, 언덕을 더 고요하고 피로해진 눈으로 바라본다. 또 우리는 땅에 묻힌 친구들을 생각하며 자기 자신 또한 그렇게 될 수밖에 없다는 사실을 슬퍼할 뿐이다.

그러나 맑은 물은 변함없이 희고 푸르게 갈색의 산에서 흘러내리면서 옛 노래를 부르고 있다. 숲에는 빛나는 새들로 가득 차 있고 멀리 나팔 소리조차 들리지 않는다. 비상한 시기는 또다시 신비로 넘친 밤과 낮, 아침 과 저녁, 정오와 황혼으로 이어져 있고, 세상은 새로운 기대에 부풀어 있다.

이제 우리는 풀밭에 누워 대지에 귀를 기울여 보거나 다리 위에서 흐르는 물에 정다운 시선을 던지기도 한다. 또는 오랫동안 맑은 하늘을 올려다보며 위대한 심장의 힘찬 맥박 소리를 듣는다. 그것은 어머니의 음성이었으며, 우리는 그 어머니의 아들인 것이다.

지금 여기서 이별의 길을 떠나야만 했던 지난날의 저녁을 생각하면, 어느새 슬픔이 먼 곳에서 들려 오는 듯하다. 먼 하늘의 푸른빛과 분홍빛으로 타오르는 아지랑이는 전쟁과 같은 아픔을 모른다.

지금까지의 내 생활은 왜곡되고, 괴롭고 늘 무서운 불안으로 가득 찬 불면의 밤을 가져다주었으나 이제는 다시 가을 안개처럼 투명한 대기 속으로 사라져 가려고 한다.

그리하여 어느 날인가, 한번은 마지막 피로를 느끼며 나를 받아들일 것이다. 그것은 마지막이 아니라 재생을 의미한다. 그것은 낡은 것을 벗어버리고 새것으로 맞이하는 창조인 것이다.

그때가 오면 나는 다른 사상을 지니고 이 길을 다시 떠나고 작은 시냇물에 귀를 기울이고, 저녁 하늘을 우러러보고 싶어질 것이다.

몬타뇰라에서(헤르만 헤세, 1926)

## 세상의 성실한 손님으로 순례자의 길을 가고 싶다

　이토록 아름다운 집 앞을 지나치려면 누구에게나 동경과 향수의 정을 느끼게 해준다. 정숙과 휴식, 서민 생활에 대한 무한한 동경, 훌륭한 침대와 정원에 놓여 있는 의자와 맛있는 요리, 많은 책들로 벽을 가득 채운 서재, 고본, 아련한 담배 연기까지 향수를 느끼게 한다.

　철모르는 시절, 우리는 얼마나 신학을 저주한 것일까? 하지만 신학은 신비한 매력으로 가득 찬 학문임에 틀림없다. 신학은 총소리와 포연, 고함소리와 반역, 경멸의 역사와 아무런 관계가 없다. 신학은 깊고 사랑스러우며 성스러운 것들과 지혜와 구제, 천사, 성찬 등으로 표현된다.

　나 같은 사람이 이런 집에서 살고 목사의 직을 맡고 있다면 신기하다고 할 것이다. 품위 있는 검은 옷을 입고 조용히 걸어 다니고, 정원에 있는 배나무나 생나무 울타리에 애정을 보내면서 그렇지만, 정신적, 비유적으로 사물을 사랑하고, 마을에서 죽어가는 사람을 위로해 주고, 라틴어로 고서를 읽고, 요리하는 사람들을 조용히 타이르고, 일요일에 있을 훌륭한 설교를 생각하며 교회를 향해 돌이 깔린 길을 산뜻한 걸음걸이로 걸어가는 그러한 사람이 될 수 있는 자질이 나에게도 있는 것일까?

　또한 날씨가 좋지 못한 때에는 거실에 난로를 피우고 창가에 서서 어두운 산과 들을 바라보며 깊은 생각에 잠겨 삶을 관조하고 있을 것이다.

그와 반대로 날씨가 좋은 날이면 정원의 나무를 돌보고 생울타리를 다듬으면서 원근에 떠 있듯 마주 보이는 회색의 산들이 조금씩 장밋빛으로 밝아지는 변화를 사랑스런 시선으로 바라볼 것이다.

어느 날은 조용한 내 집 앞을 지나가는 나그네들을 깊은 관심을 가지고 살펴볼 것이다. 또한 나의 관심과 상념은 정답고 친절한 시선으로 그들의 발걸음을 애정을 쫓을 것이다. 왜냐하면 나그네들은 나와 같은 안주자의 안일한 생활보다는 삶을 몸으로 부딪치며 살아가는 이 세상의 성실한 손님으로서 순례자의 길을 걸어가기 때문이다.

나는 오랫동안 목사가 되기를 꿈꾸어 왔다. 잘못하면 이교도의 길을 걷게 될지도 모르는 위험한 신앙의 길을 택하게 될지도 모른다. 어쩌면 어두컴컴한 서재에서 밤마다 독한 술로 우울증을 달래고, 수많은 악마들에게 괴로움을 당하거나 고해성사를 하기 위해 나를 찾아온 처녀와 은밀하게 저지른 죄악에 대한 양심의 가책으로 말미암아 밤이면 무서운 꿈으로 놀라 깨어나는 불면의 고통을 당하게 될지도 모른다.

그렇지 않으면 녹색의 정원 문을 꼭 잠그고 좋은 문지기에게 맡겨둔 채 내가 해야 할 사무적인 일이나, 세상 일에 대해서는 멀리 의식 밖으로 내몰고 편안한 안락의 자에 한가롭게 누워 여송연을 물고 미친 사람처럼 안일에 빠질지도 모른다. 밤이 되어도 옷을 갈아입을 생각조차 하지 않으며, 아침이 밝아도 그냥 누운 채 뒹구는 나태함,

어쩌면 그런 상태에서 세상의 끝을 맞이 하고 싶은 감정을 어떻게 설명할 수 있을까?

이러한 심정과 이와 같은 분위기에서는 절대로 내가 원하는 목사가 되지 못할 것이 분명하다. 지금과 같이 변함없는 사람, 좋은 방랑객으로 남기를 더 열망하는 것이 좋을 것이다.

그리하여 나는 목사가 되지 못한 채 공상적인 신학자로 남고, 귀족의 생활을 즐기는 미식가가 되고, 적당히 게으름을 피우고, 밤늦도록 포도주잔을 비우고, 젊고 아름다운 여자에게 열을 올리다가 지치면 시인과 배우가 되어보기도 하고, 때로는 저녁노을이 사그라지는 듯한 가슴 속에 불안과 슬픔으로 상처를 받게 될 것이다.

그러므로 저 녹색의 문이나 생울타리, 나무들이 있는 화려한 정원, 고요와 평화가 함께 숨 쉬고 있는 목사관을 나그네다운 선망의 시선으로 바라볼 때에도 변함없이 아름다운 것이다. 그것은 내가 꿈꾸고 있는 동경처럼 길에서 창문 안에 서 있는 조용한 목사님의 모습을 들여다 보거나 그가 선망의 눈길로 방랑객을 바라보는 것과 동질의 감정 이다.

또한 우리는 삶을 살아가면서 극히 중요한 몇 가지를 제외하고는 거의 비슷한 본성이 있음을 안다. 혀에서 느끼는 쾌락이나 내 마음속으로 찾아드는 고통은 따지고 보면 역시 같은 성질의 것이다.

생명이 움직이는 것을 느끼는 것, 나의 영혼이 움직이고 있고, 무수한 형태로 변화할 수 있는 것, 즉 목사나 나그네의 영혼 속으로, 가정부나 살인자, 어린애들이나 동물 속으로 새들과 나무 속까지도 들어갈 수 있는 것은 절대적인 우리의 본질이다.

우리는 살기 위해 그것을 요구하고 갈망한다. 만일 그와 같은 갈망의 대상이 없다면 오히려 죽음을 선택하게 될지도 모른다.

나는 우물 옆에서 목사관을 한 폭의 수채화로 그렸다. 어느 것보다도 내 마음을 가볍게 해주는 녹색의 문과 조금 떨어져 조용히 서 있는 교회 탑도 함께 그렸다. 중요한 것은 내가 15분 동안 이 집에 머물러 있으면서 고향을 발견했다는 사실이다.

길가에서 바라만 보고 집 안에 있는 사람은 전혀 알지 못하는 이 눈앞의 목사관으로부터 전해 오는 향수, 거기에는 내 어린 시절의 꿈이 있었고 아름다운 시간이 그대로 머물러 있었다.

베르소 아라시오(헤르만 헤세, 1925)

## 손가락 사이로 나무를 키우고 머리카락 속에
## 들장미를 키우고 싶다

　나는 아름다운 알프스의 남쪽 산자락에 자리잡고 있는 축복 받은 지방을 다시 볼 때마다, 어느 날 갑자기 추방당했다가 다시 고향에 돌아온 것처럼 아련한 슬픔과 설레이는 감정으로 마음의 깃을 여미지 않을 수 없었다.
　지난밤 내내 습기로 젖어 있는 산기슭을 막 솟아오른 태양은 더욱 정답고 붉은 물감을 서서히 풀어놓고 있었다. 이곳에는 밤과 포도가 충실하게 익어가고, 사람들은 가난하지만 천성적으로 선량하고 교양 있는 마음가짐으로 생활하고 있었다.
　그들이 만들어 놓은 것은 마치 천연적으로 그렇게 된 것처럼 착실한 모습으로 정답게 보였다. 집이며 벽, 포도원의 돌계단, 경작지, 작은 시냇물의 둑, 물방앗간 이 모든 것이 새롭지도 낡지도 않았으며, 마치 인공적으로 만들었거나 축조해 놓은 부자연스럽게 보이지 않고 암석이나 나무에 이끼가 돋은 것처럼 아주 자연스럽게 주위 경관을 돋보이게 했다.
　포도원의 울타리나 집, 지붕 모두가 갈색의 장석〔널찍한 돌〕으로 만들어져 있고, 주위 경치와 아주 잘 어울려 수채화를 보는 듯했다. 이렇듯 낯설어 보이거나 강압적으로 느껴지는 것은 하나도 없었다. 모든 것이 친절하고 정답게 보였다.

당신이 나그네라면 담장 옆이나, 바위, 나무뿌리, 풀, 땅 위 어디에도 앉고 싶은 곳에 자유로이 몸을 맡기면 된다. 그러면 곧 그림과 시가 당신을 에워싸고, 주변은 아름답고 행복한 모습으로 당신을 맞이할 것이다.

저쪽에 가난한 농부들이 살고있는 작은 밭이 숨어 있듯 펼쳐져 있었고, 그들 선량한 농민들에게는 소가 없고, 돼지와 산양, 닭 몇 마리가 있을 뿐이다. 포도와 옥수수, 채소를 밭에 가꾸고, 집은 돌로 지어져 있고, 계단은 물론 마루도 돌을 깔아 놓았다. 돌층계를 밟고 올라가면 뜰 안으로 들어가게 되어 있었는데, 어디서나 나무와 바위 사이로 호수가 파랗게 보였다.

마치 이곳에 머무르고 있으면 사색이나 근심까지도 모두 눈 덮인 산 너머 저쪽에 있는 것 같은 느낌을 갖게 해 주었다. 귀찮은 사람들과 싫증 나는 사건들 속에서 우리 인간들은 얼마나 많은 생각 속에 걱정의 시간을 낭비하는 것일까!

자기 존재의 가치를 발견하는 데 많은 노력을 기울여야 하고 행복한 인간으로 살아가기 위해 피나는 삶과의 다툼을 하지 않으면 안 된다.

그러나 이곳에서는 아무런 것도 문제가 되지 않는다. 사는 것에 대한 변명도 필요 없으며, 생각하는 것은 오히려 유희일 뿐이다. 누구나 이 세상은 아름답고 인생을 짧다고 느낀다.

인간의 욕망에는 한계가 없다. 나 역시 부질없는 욕망

으로 헛된 나날을 보낸 낭비의 시간이 남루한 연륜으로 과거에 머물러 있는 것이다.

부질없는 소망이지만, 나는 두 눈과 폐 하나를 더 가지고 싶다. 또 나는 내가 거인이었으면 하고 생각하는 때가 있다. 긴 두 다리를 들판의 풀 속에까지 뻗치고 머리는 눈 덮인 알프스의 산양 사이에 놓고, 발가락으로는 깊은 호숫물을 휘젓고 싶다.

또한 손가락 사이로 나무들을 키우고, 머리카락 속에 들장미가 피어나게 하고, 무릎은 앞산이 될 것이다. 내 가슴과 배 위에는 포도원이 생기고 집과 교회가 있는 그런 꿈 말이다.

그런 자세로 나는 만 년 동안이나 누워서 두 눈을 가늘게 뜨고 하늘과 호수를 바라볼 것이다. 내가 재채기를 하면 뇌우나 천둥소리가 될 것이고, 입김을 불면 눈이 녹아 폭포로 변할 것이다. 또한 내가 죽으면 이 세상도 소멸될 것이다. 그러면 나는 새로운 태양을 가져오기 위해 대양을 건너간다.

오늘 저녁에는 어디에서 여장을 풀고 휴식을 취해야 할까? 그런 것은 아무래도 상관없다. 지금 세계는 어떻게 된 것일까? 지금은 새로운 신과 새로운 법칙, 새로운 자유가 탄생된 것일까? 하지만, 그것은 나와는 아무런 관계가 없다.

다만, 이 산정에 한 개의 앵초가 꽃 피고, 나뭇잎에 은빛의 솜털이 반짝거리고, 또 마을 입구에 서 있는 포플라

나무 사이로 미풍이 불어오고, 내 눈과 모자 사이를 검은 갈색의 꿀벌이 붕붕대며 날고 있는, 이런 것들은 무의미한 현상이 아니다.

꿀벌은 자연과 함께 행복을 노래하며 그 소리는 나의 세계사인 것이다.


## 당신은 작은 우주와 같은 존재이다

비가 내릴 듯한 날씨였다. 호수 위로 내려앉은 회색빛 구름이 불안하게 떠돌고 있었다. 나는 주막에서 가까운 호수로 산책을 나섰다.

오늘 저녁을 나는 아주 멋있게 보내려고 생각했던 것이다. 어부 내외가 경영하고 있는 작은 주막에서 저녁 식사를 한가롭게 마친 다음, 숙박을 예약해 놓고 호숫가를 거닐다가 적당한 시간이 되면 달빛을 받으며 수영을 즐기려고 했던 것이다.

그러나 며칠 동안 맑은 날이 계속된 것이 탈인지 날씨가 피로에 지쳤는지 아니면, 과민해진 것인지 불안스럽게도 불쾌한 소낙비를 퍼부었다.

나 역시 이에 못지않게 배반당한 기분으로 굴하지 않고 이 불안의 풍경 속을 산책했다. 아마도 내가 어제 저녁에 포도주를 과음했거나 혹은 불안한 꿈을 꾼 탓일 것이다.

어찌 되었든 간에 아무래도 좋았다. 나 역시 기분이

언짢고 공기는 맥빠지듯 흔들리고 우울한 것들이 흐르면서 세상은 조금씩 빛을 잃어가는 것 같았다.

오늘 저녁 식사 때에는 특별히 신선한 생선을 주문해서 이 지방의 질 좋은 포도주를 마음껏 마셔보아야겠다고 욕심을 부려 본다. 그러면 세상은 다시 조금씩 빛을 찾게 될 것이다. 그리고 불만의 시간도 인내할 수 있을 것이다.

그런 다음 나는 주막에서 난롯불을 피워 놓고는 답답하고 지루한 비를 절대로 바라보지 않을 것이다. 또한 빗소리를 듣지 않기 위해 좋은 연송연을 피워 물고 보랏빛 연기를 허공에 날리면서 포도주잔을 난롯불에 빨갛게 비쳐 보이겠다. 그러노라면 어느덧 지루한 밤이 지나가고 깊은 수면 속에서 밝은 내일을 꿈꾸게 될 것이다.

얕은 호수의 잿빛 수면에 굵은 빗방울이 떨어져 잔물 결을 일으키고, 젖어 불안에 떨고 있는 나무에 바람이 거세게 몰아치고 있었다.

겁에 질린 나무들은 마치 죽은 생선처럼 납빛으로 변해 있었다. 모두가 제정신이 아니었다.

모든 것은 광막하고 참담했으며, 작은 소리까지도 비정상으로 들려 왔고, 색채는 표현할 수 없도록 변색되어 가고 있었다.

나는 이 모든 변화를 쉽게 깨달을 수 있었다. 그것은 어젯밤에 마신 포도주 탓만도 아니었고, 잠자리가 나빠서도, 비가 무분별하게 쏟아져서 그런 것도 아니었다.

그것은 때때로 나를 지배하는 악마가 내 마음의 거문고

줄을 하나하나 조화되지 않는 음조로 울렸기 때문이다. 즉 불안이 찾아온 탓이다. 어린아이들의 꿈에서 오는 불안, 해결할 수 없는 이야기를 들은 후에나 학생 시절에 맛보았던 막연한 불안감이 중량을 이기지 못하고 내 가슴 속을 짓누르고 있기 때문에 우울과 엷은 구토가 반복되는 것이다.

세상은 어째서 이토록 무의미한 것일까? 매일 같은 잠자리에 들고 또 깨어나서는 먹고 살아야 한다는 것이 지겹지 않은가? 도대체 무엇 때문에 생명을 연장해야만 하는가, 순종과 굴종으로 세상을 살아야만 행복하다는 것인가.

당신은 유랑자이나 진정한 예술가는 될 수 없다. 역시 당신은 평범한 시인으로 생활하기를 원하지만 훌륭하고 건강한 사람이 되기는 어렵다.

또한 당신은 한 잔의 술로 감정을 상하고 슬픔을 견디어 내기도 한다. 한 줄기 빛이나 아름다운 공상을 삶의 한 방편이라고 긍정한다면 더러운 것이나 구토까지도 긍정해야만 된다.

당신은 하나의 작은 우주와 같은 존재이다. 보석이건 오물, 환락이건 고통, 웃음이건 죽음의 공포이든 간에 긍정적으로 받아들이지 않으면 안 된다. 그것 자체가 우리의 삶이기 때문이다.

당신은 절대로 그것에서 도피하거나 외면해서도 안 된다. 또한 속이려 해서도 안 된다.

사실 당신은 용감한 시민도 아니며, 지혜로운 그리스인도 아니다. 조화되어 있지 못하고 자기 자신을 정복할 수 있는 능력의 소유자도 아니다. 다만 당신은 폭풍 속에 떨고 있는 한 마리의 새와 같은 가냘픈 존재일 따름이다.

거센 폭풍을 불게 하여 당신을 휘몰아치게 해 보라! 당신의 지금까지의 삶은 많은 것들로부터 속임을 당하고 꼬임에 빠지고 꼭두각시 놀이에 연연해 온 것이 아닌가. 당신에게는 현자, 행복한 사람들의 위선과 가면을 쓰고 결국은 죽음의 길을 향해 곧장 달려왔던 것이다.

'아! 하느님, 어찌하여 인간은 이토록 모순 속에서 방황해야만 하는 존재인가요?'

나는 생선을 굽게 해서 포도주를 큰 잔에 가득 부어 마음껏 마실 것이다. 그리고 마른 연초를 말아 물고, 난롯불에 침을 뱉고, 어머니의 생각을 떠올리면서 지난날 사랑의 슬픔과 격정을 한 방울씩 기억하며 추억의 잔을 마실 것이다.

그런 다음에 피로가 어둠처럼 몰려오면 벽 옆에 놓여 있는 낡은 침대에 하루의 안식을 취하기 위해 그림자처럼 누울 것이다.

비바람 소리를 듣고, 심장의 고동과 새로운 싸움을 시작하고, 죽음을 기원하고 두려운 나머지 잠 속에서까지 신을 찾아 방황할 것이다.

그리하여 불안의 밤이 지나가고 절망이 지쳐버릴 때까지, 다시 새로운 잠이 찾아오고 영원히 깨어날 수 없는 안식의 고요 속에 묻힐 때까지.

　내가 스무 살 때도 그러한 불면의 나날이 있었다. 그것은 오늘까지도 계속되고 있으며, 미래에도 내가 이 세상에 남아 있는 마지막 시간까지 그림자처럼 따라다닐 것이다. 그래도 나는 살아가야 하며, 나의 인생을 사랑하지 않으면 안 된다.

　아아! 지금도 폭풍을 가득 품은 구름이 산기슭에 잿빛으로 걸려 있고 흐린 햇살이 게으르게 빛을 던지고 나의 머릿속은 온통 미로에 갇혀 있다.

야자나무가 있는 오두막(헤르만 헤세, 1922)

## 방황하는 우리의 삶은 고독하다

조그마한 차양이 달려 있는 장밋빛처럼 빨간 지붕을 한 이 예배당은 너무나도 선량하고 신앙이 두터운 사람들이 지었을 것이다.

오늘날 참된 신앙을 가진 사람은 없다고 말한다. 그처럼 음악도 푸른 하늘도 쉽게 찾아볼 수 없다. 하지만 나는 아직도 많은 신앙심 깊은 사람들이 있다고 믿고 있다. 내 자신도 그러한 신자들의 한 사람이라고 자부하고 있는 까닭이기 때문이다. 그러나 늘 그랬던 것은 아니다.

신앙에의 길은 사람들마다 다르다. 내 신앙의 길은 많은 과실과 고통과 가책, 은둔과 도피의 원시림을 넘어왔다. 영혼의 병이라는 것도 앓아보았다. 하지만 나는 금욕주의자였다. 그래서 나는 후계자를 이을 수가 없었다. 또한 나는 신앙이 의미하는 건강과 즐거움을 알지 못했다.

신앙이란 다름 아닌 신뢰인 것이다. 진정한 신앙은 단순하고 건강하며 악의 없는 어린애나 미개인은 신뢰하는 마음을 가지고 있다. 그러나 단순하게도 자기 이익을 위해서는 적당히 속임수를 쓰는 우리들은 신뢰를 어느 길 옆에 핀 꽃처럼 발견하는 때가 종종 있다. 그러나 그것은 올바른 신앙이 아니다. 무엇보다도 신앙에의 첫걸음은 신뢰하는데 그 지름길이 있는 것이다.

죄와 악의를 청산한다든가 금욕이나 헌신을 한다고 해서 신뢰를 얻을 수 있는 것은 아니다. 이와 같은 모든 노력은 나 자신을 위한 신앙의 기초가 되는 조건일 뿐이다.

우리가 믿어야 할 신은 우리 자신 속에 살고 있다는 것을 알아야 한다. 자기 자신의 삶을 부정적으로 생각하는 사람은 신을 찬양할 수 없다.

오! 이 나라의 사랑스럽고 정다운 교회들이여. 신자들은 내가 알지도 못한다는 말로 기도를 올리고 있다. 그러나 나는 참나무 숲속에서나 풀밭에서 너희들과 똑같은 기도를 올릴 수 있다.

또한 너희들은 세계 곳곳에서 마치 젊은이의 봄노래처럼 노랗게, 혹은 하얗게, 빨강색으로 피어나기도 한다. 교회는 너희들 안에서만 모든 기도가 허용되고 있으며 신성한 장소로 신뢰의 대상이 되는 것이라고 강요한다.

그러나 기도란 신성한 것이다. 노래와 같이 구제하는 힘이 있다. 기도는 신뢰이며 확증인 것이다. 진실로 올바른 자세로 기도하는 사람은 자기 자신을 위해 어떠한 것도 원하지 않는다. 다만 자기의 입장과 곤궁을 말할 뿐이다. 기도란 마치 어린아이들이 자기의 잘못과 감사를 노래하는 것과 같다.

피사 교회 안에 걸려 있는 오아시스와 사슴 사이에 그려져 있는 성스러운 은자들의 모습은 바로 올바른 기도를 표현한 그림이다. 이것이야말로 이 세상에서 가장 아름답고 가치가 있는 그림이라고 나는 생각하고 있다.

이처럼 훌륭한 화가의 그림에는 나무도 동물도 모두 기도를 올리고 있다 신앙이 깊은 집안에서 태어난 사람일지라도 이와 같은 기도에 도달할 때까지는 먼 길을 걸어야 한다. 그는 양심의 지옥을 잘 알고 있으며, 자기 붕괴가 죽음의 가시가 된다는 사실도 알고 있다.

또한 그는 모든 종류의 분열과 고통과 절망을 경험하기도 한다. 그리하여 마지막에 이르러서야 가시밭길에서 찾고 있던 행복이 얼마나 단순하며 솔직하고 당연한 것인가를 알고 놀라지 않을 수 없다. 그러므로 가시밭길도 전혀 무익한 것이 아니라는 사실을 깨달을 수 있는 것이다.

그러므로 다시 고향에 돌아온 사람은 태어날 때부터 고향에 머물러 살고 있었던 사람과는 다르다. 그들은 보다 더 깊이 세상을 사랑하고 정의와 공상에 관해서 보다 더 자유롭다. 정의란 고향에 머물러 있는 사람들의 덕이기도 하기 때문이다. 또한 그것은 원시인의 것이기도 하다. 하지만 오늘날의 젊은이들은 그 덕을 사용할 줄 모른다. 다만 우리들은 하나의 행복, 하나의 사랑, 하나의 덕, 신뢰를 알고 있을 뿐이다.

오, 교회여! 나는 너에게 소속되어 있는 신자들과 단체를 부러워한다. 수백 명의 신자들이 네 안에서 기도하고 고통을 호소한다. 또한 천진한 어린이들이 문을 꽃으로 장식하고 촛불을 켜놓는다.

그러나 멀리 떠돌아다니는 우리들의 신앙은 고독하다. 또한 한 번쯤 교회를 떠난 옛 신자들은 우리들의 친구가 되려고 하지 않는다. 그리고 세상의 물결은 인간의 섬에서 멀고 먼 곳으로 흘러가고 있다.

나는 풀밭에서 꽃을 꺾었다. 앵초, 클로버, 장미로 꽃
다발을 만들어 교회 안에 가져다 놓겠다.

이제 나는 강가에 앉아 고요한 아침의 경건한 노래를
부른다. 먼지와 땀으로 얼룩진 갈색의 담 위에 놓여져 있고
파랑 나비 한 마리가 날개를 접는다.

먼 산골짜기에서 가냘프게 기적소리가 들려 온다.
풀잎에는 아직도 아침 이슬이 반짝이고 있다.

아그라 근처의 집(헤르만 헤세, 1923)

## 아직도 나의 삶은 먼 길을 더 가야 한다

너의 조그마한 뜰과 포도원에서 남쪽 알프스의 향기가 풍겨오고 있다. 이곳을 방문할 때마다 네 옆을 지나치곤 했다. 맨 처음 너를 발견했을 무렵의 내 방랑벽은 극에 달해 있었고, 젊음은 온통 불분명한 것으로 가득 차 있었다.

그러나 너를 발견하고는 지난날 잊어버렸던 젊음의 노래를 다시 불러 본 것처럼 나의 마음은 휴식과 위안을 받았다.

그것은 고향을 갖고 싶고, 고요한 마을 한쪽에 푸른 잔디가 깔려 있는 뜰을 가진 조그마한 집을 갖고 싶은 것이다. 동쪽을 향한 작은 방 안에 나만을 위한 침대와 남쪽을 향한 방에는 작은 책상이 놓여 있을 것이다.

그리고 그 방 안에는 언제인가 여행을 할 때 부레시아에서 산 마돈나의 그림을 걸어둘 작정이다.

하루가 아침저녁 사이를 지나가듯 나의 생활은 여행하고 싶은 충동과 향수의 짙은 그늘 속에서 외로움의 시간을 보내고 있을 뿐이다.

어느 먼 날에는 분명 내 영혼의 여행은 끝내게 될 것이고, 끝없는 여행에 대한 동경도 가을날의 습기 찬 마른 풀잎처럼 퇴색되어갈 것이다. 그리하여 아름다운 꿈도, 숨쉬기 어려웠던 젊은 날의 열정도 모두 마음속으로만 간직하게 될 것이다.

그때가 되면 푸른 잔디밭이 있는 빨간 집에 대한

욕망도 사라지고 마음속에서 아름다운 고향이 깃들 것이다.

이런 마음의 고향에 나를 맡기고 안주하게 된다면 비로소 나의 생활에 중심이 생기게 될 것이고, 그 중심에서 새로운 삶의 힘이 솟아날 것이다.

그러나 지금 나의 생활은 중심이 없고, 때때로 물결처럼 흔들리면서 수많은 고통과 비극의 사이에서 떠돌고 있다.

고향에 머물고 싶은 끊임 없는 동경, 여행에 대한 짙은 향수, 고독과 절망에서 벗어나고 싶은 욕망, 사랑에 대한 강렬한 충동……

나는 내 힘과 능력이 허락하는 대로 책과 그림을 수집했다. 그러나 얼마 못 가 그것을 처분해 버리기도 했다. 때때로 나는 사치와 악덕을 즐거움으로 삼았다.

하지만, 곧 나는 참회하는 마음으로 금욕과 고해의 시간을 가지기도 했다. 또한 나는 생명을 실체로써 존경했다. 동시에 생명을 기능으로써 인식하고 사랑할 수 있는 삶의 법칙을 스스로 터득하기도 했다.

아, 저기 푸른 숲속에 서 있는 빨간 집이여! 나는 이미 그대를 내 마음속에 가져보았다. 내가 한 번 더 그대에 대한 영상을 가지는 것은 죄악이 될 것이다. 왜냐하면 나는 무수하게 고향을 가진 일이 있기 때문이다.

이제 나는 귀향의 길목에서 한 채의 집을 짓기 위해, 벽도 지붕도 측량해 보았고 정원에 작은 길도 만들어 보았으며, 방 안의 벽에 내가 제일 좋아하는 그림도 걸어

보았던 것이다.

그리하여 많은 소망이 내 삶 안에서 이루어지고 또 이루어졌음을 알고 있다. 나는 오로지 시인이 되려고 했으며 결국은 시인이 되었다. 또 나는 집을 한 채 갖기를 원했고, 그래서 정원이 있는 집에서 살고있는 중이다.

나는 아내와 자식을 소망한 나머지 내 곁에는 아내와 자식이 있다. 그리하여 모든 욕망은 이내 충족되었다. 하지만 충족이란 불행을 내포하기도 한다.

나는 시를 짓는 것을 의심하게 되었고, 집은 나에게 비좁은 공간으로 변해 갔던 것이다. 또한 제대로 도착한 목적지도 없었다.

어느 길이나 도는 지점은 있게 마련이고, 휴식은 새로운 동경을 잉태한다.

아직도 나의 삶은 멀고 먼 길을 가야 한다. 또한 충족될 수 없는 실현이 나를 실망케 할 것이다. 그리하여 언제인가는 모든 것이 그리움으로 남게 될 것이다.

대립이 없어지는 곳에 극락이 있다. 나에게는 아직도 동경의 그리운 별들이 밝게 불타고 있었다.

포를레짜 조망(헤르만 헤세, 1958)

## 매일매일 이별을 하며

### 어느 아침의 출발

　난롯불이 꺼지자 다리가 시려와서, 나는 몸을 떨며 추위 속에서 눈을 떴다. 벌써 아침이 되어 바로 옆에 붙어 있는 부엌에서 누군가가 불을 때는지 나무 타는 소리가 아련히 들려왔다.

　이번 가을에 처음으로 목장에 서리가 내린 모양이었다. 나무 침대였기 때문에 무척 잠자리가 불편하여 잠에서 깨어나도 몸이 어딘가 거북한 것 같았다.

　그러나 잠은 잘 잔 편이었다. 부엌에서 일하는 할머니 로부터 먼저 아침 인사를 받으며 세수를 하고, 어제 너무 바람이 거센 탓으로 먼지가 많이 묻어 있는 옷을 솔질까지 했다.

　방에서 뜨거운 커피를 마시려고 할 때에 밖에서 손님이 들어오며 점잖게 인사를 하고는 식사 준비가 되어 있는 나의 테이블로 와서 앉았다. 그는 여행용 가방에서 흔히 볼

수 있는 브랜디를 먼저 자기 잔에 따른 다음 나에게 권하는
것이었다.

"고맙습니다마는……"

하고 나는 망설이면서 말했다.

"술은 조금도 못 합니다."

"정말이십니까? 저는 이것이 없으면 우유도 못 마시거
든요. 이건 예사로운 일이 아니지요. 물론 사람마다 각각
결함이 있긴 하지만요."

"천만에요. 그 정도라면 비관할 필요는 없습니다."

"뭐, 저도 비관까지는 하지 않아요. 제 탓이 아니니
까요."

그는 혼자 말하고 변명을 하는 그러한 타입의 사람이
었다. 어쨌든 그의 첫인상은 부드러웠고 좀 지나칠 정도로
점잖았으나, 그러나 이해심이 깊고 마음이 활달한 것 같았
다. 보통 사람들처럼 검소해 보였고, 매우 침착하고 깨끗한
용모를 갖고 있는 편이었으나 어딘지 모르게 고집스러워
보였다.

그는 나를 주의 깊게 바라보더니 내가 짧은 바지를
입고 있는 것을 보고는 자전거로 왔느냐고 물었다.

"아닙니다. 걸어왔습니다."

"아, 네! 도보여행을 하시는군요. 시간만 있다면 그런
스포츠는 매우 유익한 것이지요."

"쓸만한 목재는 사셨습니까?"

"네, 조금…… 집에 쓰려고요."

"저는 목재상을 경영하시는 분이 아닌가 생각했습니다."

"잘못 보셨습니다. 저는 옷감 장수입니다. 작은 포목점을 갖고 있습니다."

나는 커피와 함께 버터를 바른 빵을 아침으로 먹었다. 그가 버터 덩어리를 가져갈 때 나는 그의 잘 생긴 길고 섬세한 손에 눈길을 두었다.

그는 일겐베르그까지의 여정을 여섯 시간으로 잡고 있었다. 그는 마차를 가지고 왔다고 하며 함께 동행하자고 친절히 권하는 것이었으나, 나는 그의 친절을 거절하지 않으면 안 되었다. 나는 그에게 도보여행의 목적을 말하고 변명까지 늘어놓았다. 그러고 나서 여인숙 여주인을 불러 숙박료를 계산하고는 먹다 남은 빵을 가방에 챙겨 넣은 다음 상인에게 작별 인사를 했다. 그리고는 층계를 내려와 돌을 깐 현관을 지나 찬 서리에 젖은 아침 속으로 선뜻 나섰다.

여인숙 앞에는 포목점 주인이 타고 온 경쾌한 이인용 마차가 있었다. 그때 그의 하인이 마구간에서 말을 끌어 내오고 있었는데, 말은 작고 통통하게 살이 올라 있었고, 젖소처럼 희고 붉은 점이 있어 장난스러워 보였다.

길은 얼마 동안 강변을 따라 이어져 있었으나 숲이 나타나자 언덕을 향해 오르고 있었다. 혼자 길을 외롭게 걸어가면서 나는 결국, 모든 길은 이렇게 쓸쓸하게 이어져 있고 여행과 산책의 길뿐만 아니라, 내 생애의 모든 삶의 길도 이처럼 고독하게 뻗어 있을 거라는 생각이 문득 머리에 떠올랐다.

　많은 사람들, 친구와 친척, 아름다운 인연을 맺은 사람과 사랑하는 사람, 사실 이러한 사람들이 언제나 내 주변에 있어 주면서도 그들은 나를 자기들 품 안으로 끌어들이지 못하고 나의 빈 마음을 결코 채워주지 못했다.

　그리하여 나는 나 자신이 발을 들여놓고 닦아놓은 길 이외에는 걸어갈 수 없었다. 모든 사람들은 그가 무엇을 원하든지 간에 숙명적으로 던져진 공같이 이미 걸어갈 길이 정해져 있어서 그것이 운명이요, 조롱이라고 생각하면서도 그 길을 변함없이 걸어가는 것이다.

　그러나 어쨌든 '운명'은 우리들 내부에 있는 것이지, 결코 밖에 있는 것은 아니라는 사실이다. 그러므로 생의 표면과 눈에 보이는 사건이 불확실성을 띠게 된다. 보통 괴롭다고 생각하고 비극적이라고 불리우는 것조차도 종종 쓸데없는 것이 되어버린다. 그리고 비극적인 것을 보고 무릎을 꿇는 사람들은 미처 생각지도 못한 일에 번민까지 하며 그로하여 파멸의 나락으로 떨어지는 것이다.

　나는 생각해 보았다. 나와 같은 자유분방한 성격의 소유자를, 그곳의 집이나 사람들과는 아무 관계가 없고 불필요하며 환멸이나 고통 밖에 가져와 주지 못하는 일겔베르그라는 작은 거리로 유인해 가는 이유는 도대체 무엇일까?

　그리하여 걷고 또 걸어가며 풍자와 불안 속에서 방황하는 나의 모습을 스스로 이상하게 바라보는 또 다른 내가 존재하고 있었다.

아름다운 아침이었다. 가을의 풍요로운 대지와 투명한 공기에는 벌써 초겨울 분위기가 감돌고 있었고, 그 새하얀 맑은 빛도 해가 뜨자 사라지고 찌르레기 떼가 무리를 지어 은빛 날개를 소리 높이 치며 발 위로 날고 있었다.

또한 골짜기에는 양 떼가 구름처럼 천천히 움직이고, 가볍게 일으키는 먼지 속에 양치기들의 파이프에서 피어오르는 보랏빛 연기가 떠올랐다.

한없이 뻗어간 산줄기, 아직도 빛깔이 선명한 숲, 갈색 버들이 늘어진 시냇가 등등, 이 모든 것이 마치 한 폭의 그림처럼 투명한 공중에 우뚝 펼쳐져 있었다. 대지의 아름다움을 누가 찬미하든 말든 우리는 동경의 말로 속삭이고 있었다.

하늘로 산이 솟아오르고, 바람아 잔잔히 골짜기에 머물러 있고, 떡갈나무잎이 짙은 갈색으로 물들고, 새가 떼를 지어 하늘을 날고 있는 현상은 언제나 나에게 있어 일상생활에서 겪게 되는 모든 문제와 끊임없이 의문을 갖게 하는 우리 인간들의 존재 이유와 비교해 볼 때 신비스럽고 마음을 매혹시켜 주었다.

그리하여 그 영원한 수수께끼가 마음속에 깃들어 달콤하게 사색의 나래를 펴서 풀 수 없는 것에 관하여 말하고, 그것으로부터 얻어지는 순수함으로 교만함을 버리고, 모든 것을 감사한 마음으로 받아들임으로써 자신이 우주의 손님으로서 엄숙하고 자랑스럽게 느끼곤 했다.

숲속에서 산새 한 마리가 푸드득 날갯짓을 하며 바로 내 눈앞으로 날아갔다. 또한 산딸기의 갈색 잎이 덩굴 채로 길 위에 늘어져 있고 잎마다 투명한 엷은 서리가 비단같이 내려 마치 빌오드의 고운 털같이 은빛으로 빛나고 있었다.

산기슭을 얼마 동안 올라가며 사방이 확 트인 전망 좋은 자유로운 산허리에 이르자 곧 눈앞에 전개된 풍경이 낯익다는 것을 알게 되었다. 그러나 나는 겨우 이제 하룻밤을 묵은 이 작은 마을의 이름을 모른다. 또한 물어보려고 하지도 않았다.

나는 북쪽 숲을 따라 걷고 있었으므로 우람한 나무의 밑동, 쭉 뻗은 가지, 드러난 뿌리 등의 대담하고 괴상한 형태를 바라보며 그것을 즐기고 있었다. 그런 것들을 보면서 상상력을 넓히고 활동시키는 것은 다시 없는 사람의 가치를 주었다.

처음에 그것들은 우스운 인상을 주는 데 불과했다. 즉 얽힌 나무뿌리, 흙의 드러난 곳, 가지의 형상, 제각기 모양을 달리한 잎사귀들의 이즈러진 모양, 기형, 아는 사람의 얼굴 등으로 우습게 보여졌다. 그러고 있노라면 나의 두 눈은 더욱 빛나 주의 깊게 보지도 않는데 그것들은 저마다 이상한 모양으로 내 시선을 끌었다. 이러한 형태가 늠름하고 대담하게 부동의 자세로 그곳에 서 있게 되고, 마침내는 이러한 묵묵한 군상들이 합법성과 준엄한 필연성을 내포하고 있는 것으로 보이게 되기 때문에 우스꽝스럽던 첫인상은 없어지고, 마치 무시무시하게 호소하는 듯이 나를 매료시켰다.

그것은 변하기 쉬운 가면을 쓴 인간이 자연을 진실된 내면의 세계를 통해 바라보자 무한한 대자연의 신비에 인간의 능력이 얼마나 미미한가를 깨닫게 되는 것이다.


## 호수 위에 배를 띄우고

매우 쌀쌀한 황혼 무렵이었다. 습기가 있어 기분이 언짢고 어둠이 사방에서 몰려들기 시작했다. 약간 비탈진 산 길을 내려온 나는 떨며 호숫가에서 발걸음을 멈췄다. 호수 건너편 언덕에는 물안개가 껴 있고 비는 어느새 그쳐 있었다. 이따금 물방울이 떨어져 바람에 뿌리고 있었다.

호숫가에는 작은 보트가 한 척 모래 위에 반쯤 올려놓여져 있었는데 잘 손질이 돼 예쁜 칠까지 하였고, 배 밑창에는 조금도 물이 고여 있지 않았다. 노는 며칠 전에 맞춰놓은 것인지 새것이었다. 조금 떨어진 곳에 전나무로 깎아 지은 선착장이 세워져 있었는데 문이 열려 있는 채로 안은 텅 비어 있었다. 문기둥에는 주석으로 만든 낡은 나팔이 가는 노끈으로 묶여 매달려 있는 것이 보였다.

그것을 쥐고 장난삼아 불어보았다. 끈기 있는 기분 나쁜 소리가 흘러나와 느리게 멀리 사라졌다. 다시 한번 나는 길고 강하게 불었다. 그리고는 보트에 앉아 누가 오기를 기다리고 있었다.

호수는 어둠과 함께 잔잔히 물결치고 아주 잔 물결이 약간 소리를 내며 뱃머리를 때리고 있었다. 약간 추위를 느끼게 되자 비에 젖은 넓은 망토로 온몸을 감싸고 두 손을 옆에 끼고는 어둠이 내리는 호수 위를 바라보았다.

호수 한가운데에는 큰 바위같이 보이는 작은 섬이 납빛의 수면 위에 검은빛을 띠고 솟아 있었다. 정말 저것이 섬이라면 몇 개의 방을 가진 견고한 탑을 세우고 싶다는 생각이 떠올랐다. 침실과 거실, 식당 그리고, 아담한 서재가 있는…….

그리고 모든 것을 잘 정돈해 놓고, 매일 밤 맨 위층 방에 불을 켜는 일꾼을 한 명 고용해 두면 더 좋을 것이다. 만약 내가 여행을 가게 되면, 언제나 따뜻한 내 삶의 안식처가 나를 기다리고 있다는 것을 머리에 그리게 될 것이다. 그리하여 방황을 계속하는 어느 낯선 먼 도시에서 나는 젊은 여자들에게 호수 속에 있는 나의 탑 이야기를 말해 줄 것이다.

"거기에는 정원도 있나요?"

누군가가 이렇게 물을 것이다.

그러면 나는 이런 대답을 하리라.

"너무 오래 떠나 있어서 잘 모르겠습니다. 우리 함께 가볼까요?"

그 여자는 조용히 미소 지을 것이며, 그 밝은 눈빛이 갑자기 변할지도 모른다. 그 여자의 눈빛이 푸르다던가 검게 되더라도 내가 탓할 일이 아니다. 또한 여자의 얼굴과 목은

카스라노 산의 해안(헤르만 헤세, 1924)

엷은 갈색을 띠고 있고, 입고 있는 옷이 털로 가장자리를 두른 엷은 붉은 빛깔일지도 모른다. 이렇게 춥지 않아도 좋을 텐데! 화가 치밀어 올랐다.

도대체 저 검은 바위섬이 나와 무슨 상관이 있단 말인가? 그것은 우스울 정도로 작고, 새똥보다 더 나을 것이 없는 바위에 불과하지 않은가? 대체 그 위에 무슨 탑을 세울 수 있다는 말인가. 왜 탑을 세워야만 하는가? 또한 내가 마음속에 그리는 젊고 아름다운 여자가 정말 이 세상 어딘가에 있고, 그런 탑이 있어 그 여자에게 보여준들 그것이 무슨 소용이 있다는 것인가.

그 젊은 여자의 머리카락이 금발이든, 갈색이든, 그 여자의 옷의 가장자리에 털이 둘려 있는 작은 끈이 달려 있든 무슨 상관이란 말인가?

불필요한 생각과 평화를 바라는 혼돈된 마음에서 나는 털로 가장자리를 두른 옷이며, 탑이며, 섬을 다 버리고 말았다. 마침내 불쾌한 마음은 나의 환상을 부수어 침묵하게 만들었고, 진정되기는 커녕 더욱 더 희망을 잃게 되었다.

"저녁 무렵이라 공기가 찹니다. 떨고 계시군요."

그때 모래 밟는 소리가 들리며 낮은 목소리로 나를 부르는 사람이 있었다. 뱃사공이었다.

"오래 기다리셨습니까?"

그가 물었다. 나는 그를 도와 보트를 물속으로 밀어 넣었다.

"오래 기다리신 것 같군요. 자, 떠나실까요!"

우리는 한 쌍의 노를 고리에 끼우고 배를 저어 강기슭을 떠나 방향을 잡고 침묵한 채 힘껏 노를 저어 앞으로 나갔다. 그러자 온몸이 더워지면서 새로운 힘이 솟아올랐다. 박자를 맞추어 경쾌하게 노를 저어 나가자 마음속에서는 또 다른 영혼이 나타나 떨리며 기분 나쁜 감정을 재빨리 내몰아버렸다.

뱃사공은 턱수염을 기르고 있었으며 키가 크고 여윈 편이었다. 나는 그를 이미 알고 있었다. 몇 년 전에도 몇 번인가 나를 건네준 적이 있었다. 그러나 그는 나를 몰라보았다.

우리들은 반 시간가량을 저어갔다. 수면 위에 푸른 빛으로 깔려 있던 어둠은 이제 캄캄한 밤의 장막을 드리우고 있었다. 배가 노를 저을 때마다 녹슨 무딘 소리가 삐걱거렸고, 배꼬리에서는 약한 물결이 불규칙하게 배 밑을 때리며 찰싹찰싹 소리를 냈다.

얼마 후에 나는 망토를 벗었고, 다음에는 웃옷까지 벗어 옆에 놓았다. 건너편 기슭에 가까워졌을 때에는 땀으로 젖어 있었다. 마음 또한 진정되어 있었다.

언덕의 불빛이 어두운 수면 위에서 흔들리고 있었다. 동강 잘린 줄과 같은 무늬를 던지면서 반짝반짝 떨고 있는 것이 빛났다기보다 눈이 부실 정도였다. 이윽고 배가 육지에 닿았다.

뱃사공이 닻줄을 던져 말뚝에 비끌어 매자 검은

아취형의 문으로부터 세관원이 등불을 들고 나왔다. 나는
뱃사공에게 뱃삯을 건네주고는 세관원에게 망토를 보이고
재킷 속에 입은 셔츠의 소매를 바로 잡았다.

그리하여 그곳을 떠나려는 순간 잊어버렸던 뱃사공의
이름을 기억해냈다.

"안녕히 계시오. 한스 로이트빈."

하고 말하며, 그곳을 떠났다.

그러자 그는 손을 눈에 대고 놀라워하며 뭐라고 말하
면서 나의 뒷모습을 바라보고 있었다.


## 금사자金獅子 여인숙에서

나는 높은 아취형의 석조로 조형된 문을 지나, 오래된
작은 거리로 발걸음을 옮겨 놓았다. 이제서야 비로소 나의
즐거운 여행이 시작되었다.

지난날 잠시 동안 이 지방에 머무른 일이 있어서 그때의
즐겁고 괴로운 경험을 지니고 있었는데, 이제 다시금 그러한
경험을 맛보고 싶었다.

밝은 창문을 통해서 희미하게 비치고 있는 밤의 거리를
걸어 낡은 집과 계단과 대문을 지나쳤다. 좁은 골목 안에
자리 잡고 있는 마이엔 가에 있는 고풍의 저택 앞에서 경
외심을 일으켜 주는 한 그루 협죽도 나무에 마음이 매료
되었다. 또한 다른 집 앞에 놓여 있는 낡은 벤치와 낯익은

음식점의 작은 간판, 가로등이 빛나고 있는 전주 하나에도 그와 같은 친절한 느낌을 가졌다.

그리고 이미 잊어버린 줄 알았던 많은 것이 그대로 마음속에 잊혀지지 않고 남아 있는데 새삼 놀랐다. 십 년 동안 나는 이 옛 거리의 모습을 한 번도 보지 못하였던 것이다. 그러자 갑자기 저 뚜렷한 젊은 날들의 모든 사람들이 떠올랐다.

나는 좀 더 걸어가서 오래된 성 옆을 지나갔다. 검은 탑과 사각의 붉은 창이 희미하게 보이는 성곽이 용감한 모습으로 묵묵히 비가 올 듯한 가을밤에 우뚝 솟아 있었다. 내가 청년이었던 그 옛날, 매일 밤 이곳을 지날 때마다 탑 맨 꼭대기 방에서 홀로 쓸쓸히 울고 있을 백작의 따님을 생각하고, 망토와 줄사다리를 가지고 위험한 성벽을 넘어 그녀가 있는 창까지 올라갔던 나를 떠올려보지 않을 수 없었다.

"나의 구세주."

하고 백작의 딸은 기뻐 놀라며 말을 더듬기까지 했다.

"그보다 제가 당신의 종입니다."

나는 절을 하며 말했다. 그러고 나서 나는 무섭게 흔들리는 사다리로 조심스럽게 백작의 딸을 끌어내렸다─앗! 줄이 끊어졌다.─나는 다리가 부러지고 도랑 속으로 떨어졌다. 옆에는 아름다운 백작의 딸이 그 화사한 손을 비비며 서 있었다.

"오! 하느님, 어떻게 하면 좋아요? 무엇을 도와드릴 수 있을까요."

"멀리 도망가십시오, 고마운 아가씨. 충실한 종이 뒷문 밖에서 기다리고 있습니다."

"그러나 당신은?"

"아무 일 없을 겁니다. 염려 마십시오! 오늘은 더이상 도와드리지 못하는 제 자신이 딱하게 생각될 뿐입니다."

나중에 신문을 통해서 안 일이지만, 그 후에 이 성에는 불이 났었다. 그러나 지금은 밤이 되어서 그런지 불난 흔적은 찾아볼 수 없었고, 모두가 옛날 그대로의 모습을 지니고 있었다. 아주 잠깐 동안 이 그리운 건물의 윤곽을 바라본 후 가장 가까운 사잇길로 접어들었다.

그곳의 고상한 여인숙 간판에는 옛날과 다름없는 그로테스크한 주석으로 만든 사자상이 걸려 있었다. 나는 여기서 하룻밤을 묵기로 작정했다.

넓은 현관 안으로 들어서자, 자욱한 담배 연기 속에 시끄러운 음악, 떠드는 소리, 여기저기 심부름하는 애들의 발자국 소리, 술 마시는 소리가 들려왔다. 안마당에는 말을 푼 마차들이 나란히 서 있고, 어느 마차에는 전나뭇가지와 조화로 꾸며진 관과 꽃다발이 놓여 있었다.

복도로 들어서자 넓은 방이며, 객실, 그리고 결혼식 손님들로 가득 찬 옆방들을 바라보았다. 조용하게 저녁을 먹고 홀로 앉아 포도주 한 잔을 마시며 명상과 추억에 잠기는 황혼의 한때를 즐기기에는 그리고, 일찍 잔다는 것은 여기에서 처음부터 포기해야 좋을 성싶었다.

넓은 객실 방의 문을 열자, 밖에 있던 조그만 개가 내 다리 사이를 지나 안으로 뛰어들었다. 그것은 귀가 뾰족한 검은 개로 아주 즐거운 소리를 내며 테이블 밑으로 들어갔다. 그때 주인은 홀의 테이블에 서서 연설을 하고 있던 중이었다.

"그런데 친애하는 여러분."

하고 주인은 얼굴을 붉히며 소리를 높여 부르짖었다. 그러자 테이블 밑에 있던 개가 바람같이 그에게로 뛰어오르며 기쁜 듯이 짖어대는 바람에 그만 주인은 연설을 중단할 수밖에 없었다. 당황한 연설자는 웃으며 개를 끌고 밖으로 나갔다.

그러자 연설을 듣고 있던 친애하는 모든 사람들은 심술궂게 폭소를 터뜨리며 서로 축배를 들고 있었다. 나는 옆으로 비켜서서 주인이 제자리로 돌아와 다시 연설을 시작하자 옆방으로 들어가 모자와 망토를 벗고 테이블 끝에 가 앉았다.

오늘은 훌륭한 식사가 제공되었다. 구운 양고기를 먹고 있으면서, 옆방 사람으로부터 오늘 낮에 있었던 결혼식에 관해 주고받는 말을 들었다. 신랑 신부는 전혀 모르는 사람이었으나 손님들은 대부분 낯이 익은 얼굴들이었다.—몇 년 전에는 친하게 지내던 얼굴이었고, 지금은 대부분 술에 취해 등불 빛을 받고 둘러앉아 있었는데, 다소 옛날보다 변하고 늙어 보였다. 바로 그 속에서 진실한 눈초리를 하고, 약간 여위고, 온순하게 생긴 귀여운 옛 소년을 다시 만나게 되었다. ―지금은 성인이 되어 턱수염을 기르고 웃으며 여송연을 피워 물고 있었다. 키스를 하기 위하여 인생을 버리고 어리석은 일을 하기 위해 세계를 돌보지 않은 옛날의 젊은이들이 지금에는 부인을 동반하고 와서 토지의 가격이며, 기차 시간표가 달라진 것 등에 관한 자질구레한 세상 이야기에 꽃을 피우고 있었다.

모든 것이 변했으나 그래도 그것들을 알아볼 수가 있었다. 그래도 즐거움을 가져다주는 일은 이 객실과 질 좋은 이곳의 백포도주만은 조금도 변함이 없었다. 백포도주는 옛날과 같은 강한 향기를 뿜내며 경쾌하게 흘러 유리잔 속에서 누스름한 빛을 발하고 있었다. 그러자 수많은 술집의 밤과 그곳에서 일어난 지난날의 일들이 머리에 떠올랐다. 그러나 아무도 나를 알아보는 사람은 없었다. 나는 이 혼란한 내밀한 곳에 앉아 우연히 들어오게 된 낯선 사람으로서 그들의 이야기 속에 끼어들게 되었다.

한밤중이 되자, 갈증에 물을 한 잔인지 두 잔인지 마신 후에 사소한 일로 언쟁이 시작되었다. 그러자 차츰 언성이 높아지고 거나하게 취한 몇 사람이 한 무리가 되어 소리를 지르며 나에게 욕설을 퍼부었다. 그래서 나는 그만 자리에서 일어났다.

"그만두시지오, 여러분. 싸우지 않으렵니다. 아무 일도 아닌 것을 가지고 그렇게 화를 내실 필요는 없지 않습니까? 아마 간장병이라도 잃으신 모양이죠."

"당신은 어떻게 그걸 다 알아?"

그는 거칠게 소리를 질렀으나 당황하고 있었다.

"나는 당신을 잘 압니다. 의사이니까요. 올해 마흔다섯 살 되셨지요. 안 그렇습니까?"

"맞소."

"그리고 한 십 년 동안 폐결핵에 걸렸던 일이 있지요?"

"옳소. 대체 어떻게 그리 잘 아시우?"

"직업에 오래 종사하게 되면 그런 것쯤은 다 알게 되어 있습니다. 그럼 안녕히 주무시오, 여러분."

그러자 그들은 모두 정중하게 인사를 하고, 폐환자는 절까지 하였다. 나는 그의 성명도 그의 아내의 이름까지도 말하라고 하면 밝힐 수 있었다. 그만큼 그를 잘 알고 있었으며, 어느 날인가는 일을 마치고 그와 이야기를 나눈 적도 많았던 것이다.

침실에서 달아오른 얼굴을 씻고, 창문 너머로 어둡게 흔들리는 호수를 바라보다가 자리에 누웠다. 얼마 동안은 그대로 연회의 소음이 들려왔으나 갑자기 피로가 몰려오자 깊은 잠 속으로 빠져들었다.


## 황풍荒風

다음 날 아침, 이른 시간이 아닌 때에 나는 다시금 여행을 떠났다. 밤 사이에 변한 하늘에는 조각구름이 여기저기 흩어져서 잿빛과 보랏빛을 띠며 날아가고, 세찬 바람이 나를 맞아 주었다.

　이윽고 언덕 위에 올라서니 조용한 거리며 성곽, 고풍스러운 엄숙한 교회, 작은 나루터 등이 자그마하게 그리고 장난감같이 호숫가를 따라 놓여 있는 것이 내려다보였다. 그러자 지난날 이곳에서 잠시 머물고 있었을 때의 우스운 일이 생각나서 그만 웃고 말았다. 목적지에 차츰 다가갈수록 마음속에 품고 있던 것을 더욱 묻어두고 싶었으나 가슴이 점점 괴로워지고 불안해져서 더 이상 견딜 수가 없었다.

　찬 바람이 휙휙 부는 속을 걸어가는 것은 때로 기분을 밝게 해주었다. 사나운 바람에 귀를 기울이고 자극이 심한 환희에 차서 산 등을 타고 앞으로 더 걸어가니 시야가 트여지면서 드넓은 풍경이 나타났다. 어느새 동북쪽으로 하늘이 밝아오고 있었고 한눈에 푸른 산들이 곡선을 그리며 정연하게 뻗어 있었다.

　높이 올라갈수록 바람이 세차게 불었다. 바람은 신음하며, 웃으며, 가을답게 미쳐 날뛰어 이 세상에 마지막으로 쏟는 듯한 열정을 보이고 있었다. 거기에 비하면 우리들 인간의 열정이란 어린애들이 장난 같은 것을 가지고 싶어하는 작은 소망처럼 보잘것없는 것으로 생각되었다.

　바람은 옛 신들의 이름을 귀에 대고 외치는 것 같았다. 그리고 흩어진 구름 조각을 하늘에 가득 모아 긴 구름 모양으로 변형시켰다. 그 긴 구름 가장자리 둘레에는 무엇인지 억지로 누른 듯한 자국이 나 있었고, 산들도 그 밑에서는

토끼장(헤르만 헤세, 1930)

허리를 굽히고 있는 것처럼 보였다.

바람이 포효하는 소리를 들으며 넓은 산과 들판을 보았을 때, 나의 가벼운 낭패와 불안감은 곧 사라져 버렸다. 내가 지나간 청춘 시절을 다시 만날 수 있다 하더라도 어떤 흥분을 가지게 될 기대감도 지금 걸어가고 있는 이 길과 날씨가 생명을 지니고 찾아오는 것에 비하면, 그리 중대하거나 압도적인 것도 못 되었다.

정오가 가까워질 무렵, 나는 산 맨 꼭대기에서 걸음을 멈추고 잠시 쉬었다. 나의 눈은 무엇을 찾으려는 듯이 사방을 두리번거리며 멀리까지 펼쳐져 있는 평지 끝 쪽을 아득히 바라보았다. 거기에는 푸른 산들이 있고, 더 멀리에는 푸른 숲과 암갈색의 돌산이 솟아 있고 겹겹이 쌓인 언덕이 이어지고, 그 뒤로 험준한 산이 울쑥불쑥 바위와 눈에 빛나는 봉우리가 전설처럼 잇대어 있었다. 발 아래에는 바다와 같이 푸른 큰 호수 전체에 물결이 머리를 들고 그 위를 두 척의 빠른 범선이 미끄러지듯이 달리고 있었다.

이제는 누런 빛을 띤 언덕과 수확이 끝난 포도밭과 어두운 숲 그 사이로 하얗게 뻗어간 길 속에 파묻혀 있는 농가들, 밝고 혹은 어두운 탑이 서 있는 작은 거리들이 선명하게 바라보였다. 이 모든 것 위에 떠 있는 갈색 구름 사이로 청록색과 담백색의 깊고 맑은 하늘이 보이며, 햇빛은 겹겹이 쌓인 구름층을 뚫고 부챗살 모양으로 비치고 있어 모든 것이 살아 움직였다. 그러자 산맥까지도 흐르는 물결처럼 보였다.

거센 바람과 달리는 구름처럼 나의 감정과 욕망도 맹렬히 솟구쳐 열에 들뜬 듯이 멀리 날아가 눈 덮인 봉우리들을 끌어안기도 하고, 푸른 호숫가에서 쉬기도 했다. 그립고 현혹된 방랑하는 감정이 구름의 그림자같이 나의 마음이 시간과 공간을 완전히 떠나서 흐르는 것 같은 감정이 뒤섞여 마음을 스쳤다.

그러자 세찬 바람도, 거세기만 했던 물결도 차츰 조용해지면서 평온해지자 나의 마음도 진정되어 창공에 높이 뜬 새같이 고요히 쉬고 있었다.

그때에 나는 미소를 머금고 다시 소생한 듯한 따뜻한 마음으로 낯익고 가깝게 있는 굽은 도로와 둥근 숲과 모습과 교회의 탑을 다시 평안한 시선으로 바라보았다. 또한 나의 아름다운 청춘 시절의 꿈이 그리운 눈빛으로 옛날과 다름없이 나를 바라보고 있었다.

마치 군인이 지도 위에서 이전에 행군한 길을 찾아 따라가며, 감격과 지금의 안도감에서 마음이 달아오름을 느끼듯이 나는 가을의 물든 풍경 속에 여러 가지 놀랄만한 어리석은 일과 벌써 옛날 이야기가 되어버린 연애 사건을 기억하게 되었다.


## 회상回想

넓은 바위가 바람을 막아주고 있는 한적한 모퉁이에서

나는 점심을 먹었다. 검은 빵, 소시지, 치즈—찬바람을 헤치고 몇 시간이나 산길을 걸어온 뒤라 샌드위치를 한 입 가득 베어 문 순간—그것은 나의 즐거움이었다. 어린이의 순진한 기쁨 속에서 마음껏 포식하고 휴식을 취하고 그리고, 미련 없이 떠남은 나그네의 가장 아름다운 즐거움인 것이다.

아마 내일도 너도밤나무 숲속의 그 장소를 지나가게 될 것이다. 지난날 그곳에서 나는 율리에로부터 최초의 키스를 받았었다. 그것은 그녀가 입회하고 있는 콘크리디아 시민 클럽에서 야유회를 갔었을 때였다. 그 야유회가 있던 다음날 나는 클럽에서 탈퇴하고 말았다.

그리고 예정대로 간다면 아마 모레쯤엔 그녀를 만날지도 모른다. 그녀는 헤르쉘이라는 부유한 상인과 결혼하여 아이가 셋이라는 말을 들었다. 그중의 한 애는 그녀를 꼭 닮았고, 이름까지 율리에라고 부른다는 것이었다. 그 이상 아무것도 알 수 없으나 그것만으로 충분했다.

그러나 내가 여행을 떠난 지 일 년이 지난 후에 그녀에게 어떤 편지를 써 보낸 것일까?

나는 앞으로 지위를 얻거나 돈을 벌 희망이 없으니 더이상 기다리지 말아 달라고 썼던 것을 지금도 분명히 기억하고 있다. 그때 그녀의 편지에는 나와 그녀의 마음을 쓸데없이 슬프게 하지 말라는 것, 내가 돌아온다면 언제까지나 기다리고 있겠다는 내용이 쓰여 있었다.

그러나 반년 후에 그녀가 다시금 편지로 헤르쉘을 위하여 자유롭게 하여 달라는 것이었다. 나는 번민과 분노에서 처음에는 글도 보내지 않았으나 결국에는 남은 돈을 털어서 네다섯 통의 사무적인 내용의 전보를 쳤다. 전보는 바다를 건너갔고 그것은 다시 돌이킬 수 없는 결과를 가져다주었다.

인생은 이렇게도 어리석게 지나가는 것인가! 그것은 우연인지, 운명의 조롱인지, 혹은 절망에서 솟아나는 용기에서였던 것인지─사랑과 행복이 부서지는 순간부터 마치 마술에 걸린 듯이 성공과 복권과 돈이 마구 굴러들어왔다. 기대도 하지 않았던 것이, 장난으로 한 것이 성공을 가져다주었다. 그러나 그것은 아무 가치도 없었다. 운명이란 기분이며 감동이라고 생각하고, 밤낮을 가리지 않고 이틀 동안에 친구와 같이 주머니에 가득 들었던 지폐를 다 술로 낭비해 버리고 말았다. 그러나 나는 이런 일로 번민하거나 후회로 오랫동안 고민하지 않았다.

이윽고 식사가 끝나자 점심을 쌌던 빈 종이를 바람에 날려버리고 망토를 뒤집어쓰고 편한 자세로 쉬었다. 나는 지나가 버린 연애를 생각하고 율리에의 모습과 얼굴, 고상한 눈썹과 검은 큰 눈을 가진 갸름한 얼굴을 회상하였다. 야유회가 있던 한적한 숲속에서 그녀는 잠시 주저하는 듯하다가 나에게 몸을 맡겼고, 나의 키스에 몸을 부르르 떨었었다. 나는 다시 한번 깊고 힘찬 키스를 해주었다. 그러자 그녀의 눈 기슭에는 눈물이 반짝이었으나 꿈속에서 깨어난 듯이 아주 조용한 미소를 띠고 있었다.

지나간 일들이여! 그중에서 가장 아름다운 것은 그녀와

의 키스도, 저녁의 산책도, 그리고 사람의 눈을 속인 사랑도
아니었다. 그것은 그 사랑으로부터 내 마음에 흘러들어 온
힘이었다. 사랑을 위하여 살고 싸우며 어떤 고통이라고도
인내하는 초월된 힘이었다.

그 한순간을 위하여 자기 몸을 내던질 수 있고, 그녀의
미소를 위해 몇 년이라도 희생할 수 있다는 것, 그것이 행복
이었다. 나는 그 행복을 아직도 잃지 않고 마음속 깊이
간직하고 있었다.

나는 휘파람을 불며 일어나서 다시 걸어갔다.

길은 산 등으로부터 저쪽 아래로 내리받이가 계속되어
할 수 없이 호수의 조망을 떠나게 되었을 때에, 해는 바로
머리 위에서 지고 있었다. 흐리멍덩한 황색의 구름 떼와
싸우며 천천히 사라지고 있었다. 나는 잠시 걸음을 멈추고
하늘의 이상한 모양을 바라보았다.

황색 광선 뭉치가 군데군데 널려 있는 무거운 구름의
가장자리로부터 터져 나오고 있었다. 그러더니 한순간에
하늘 전체가 붉은 불빛을 발하더니 번쩍번쩍 빛나는 진홍빛
광선이 공간을 달리고, 동시에 모든 산들이 검푸른 빛으로
변하면서 호수 기슭에서 마른 갈대가 등불같이 타고
있었다. 잠시 후에 모든 누런빛이 사라지고, 또한 붉은빛은
따뜻하고 부드럽게 되어 꿈같이 떠 있는 구름의 가장자리를
엷게 물들이고 있어 낙원처럼 보였다.

그러자 무수한 가는 혈관 같은 빛이 생기 잃은 잿빛의
구름 속을 화려하게 달리고 있었다. 그 구름의 잿빛이

장밋빛과 섞이어 말할 수 없이 아름다운 연보랏빛으로 변하기 시작했다. 그리하여 호수는 진한 푸른색이 되어 거의 검게 출렁거렸고 기슭 가까이에 있는 물은 예리한 경계선을 그으며 밝고 푸른빛을 띠고 있었다.

광대한 지평선 주위에는 아직도 스러지지 않은 노을이 애조와 덧없음이 사람의 마음을 끌었고, 가슴 답답하도록 아름다운 빛깔의 경련이 사라졌을 때에 나는 산기슭의 평지를 따라 걸으며, 이미 저녁이 된 산뜻한 산골짜기 풍경을 놀라워하며 바라보았다.

큰 호두나무 밑에 떨어져 나뒹굴고 있는 호두 한 알을 밟게 되어 그것을 주워 껍질을 벗겨 깨뜨려서는 신선한 밝은 갈색의 축축한 알맹이를 꺼냈다. 그것을 깨물어 먹으며 예민한 향기와 풍미를 느끼자, 갑자기 생각나는 것이 있었다. 그것은 거울 조각으로 햇빛을 반사시켜 어떤 어두운 장소를 비추듯이 이미 과거가 되어 잊어버렸던 인생의 한 조각이 보잘것없는 일로 하여 현재의 시간 속에서 사람의 마음을 놀라게 하려는 듯 불쑥 나타나는 일이 종종 있었다.

어쩌면 그 순간은 아마도 십이 년 혹은, 그 이상 지난 일일 것이다. 내가 다시금 생각하여 낸 과거는 나에게 있어 마음이 아프면서도 소중한 것이었다.

그것은 내가 열다섯 살 되던 해의 일이었다. 타향의 고등학교에 다니고 있었는데, 어느 가을날 어머니가 갑자기 찾아왔다. 그때 나는 고등학교 학생이라는 철부지

자존심에서 대단히 냉정하고 거만한 태도를 취하고 여러 가지 쓸데없는 일로 어머니를 괴롭혔었다.

그 이튿날 어머니는 집으로 돌아가게 되었는데, 그 전에 학교로 와서 오전 수업이 끝나기를 기다리고 계셨다. 우리들이 떠들면서 교실에서 나오니까 어머니는 정숙한 태도로 미소를 띄우며 밖에 서서 나를 기다리고 있었다. 그 아름다운 온화한 눈은 벌써 멀리서 나를 발견하고는 웃음을 머금고 계셨다. 그러나 나는 친구들을 꺼려하며 천천히 어머니에게로 가서 간단히 머리를 끄덕이었다. 그리하여 나에게 이별의 키스와 축복을 하려던 어머니의 생각을 단념하게 만들었다. 매우 섭섭한 모양이었으나, 어머니는 조금도 내색하지 않고 여전히 웃으면서 재빨리 길을 건너가 과일점으로 뛰어가서는 호도를 한 봉지 사서 그것을 나에게 주었다. 그러고 나서 어머니는 기차를 타려고 떠나갔다.

나는 유행에 뒤떨어진 작은 가죽가방을 들고 거리 모퉁이로 사라지는 어머니의 뒷모습을 어두운 기분으로 바라보았다. 어머니의 모습이 눈에서 채 사라지기 전에 나의 어리석은 행동을 눈물겹도록 뉘우침과 후회하는 마음으로 넘치게 해주었다. 그때에 반 친구가 지나갔는데, 그는 모양을 잘 내기로 나의 가장 강력한 경쟁자였다.

"어머니가 주신 사탕이냐?"

그는 웃으며 조롱하듯이 말했다.

나는 다시 거만한 태도를 취하며 그에게 호두 봉지를

내밀었다. 그러나 그는 경멸하듯 나를 바라보면서 지나
쳤다. 나는 인자한 어머니가 사준 호도를 한 개도 먹지 않
고 그대로 모두 하급생들에게 나누어 주었던 것이다.

　이런 회상을 하자, 그만 얼굴이 붉어지면서 분노가 치밀
어 올라와 나는 호도를 깨물어 땅을 덮고 있는 검은 잎들
속으로 뱉어버렸다. 그리고 녹색과 금빛으로 저물어가는
저녁 하늘을 바라보며 기분 좋은 길을 따라 골짜기 쪽을
향하여 걸어갔다. 얼마 안 되어 단풍이든 떡갈나무와
그밖에 풍성한 나무숲을 지나 어린 전나무가 나란히 서
있는 푸른빛을 띤 박명 속을 걸었다. 잠시 후에는 정정한
너도밤나무 숲의 깊은 그림자 속으로 걸어 들어갔다.


## 고요한 마을


　오랫동안 조심조심 걸어가고 있었는데, 두 시간 후에는
저녁 무렵이 되었다. 총총한 나무 숲속의 좁고 어둠침침한
곳에서 길을 잃었다. 점점 주위가 어두워지고 추워짐에 따라
성급하게 길을 찾아 헤매기 시작했다. 바다 같은 활엽수
숲을 헤치고 곧장 빠져나갈 수가 없었다. 숲은 너무 우거져
길이 보이지 않았고 땅은 여기저기 낙엽이 쌓여 썩어서 발이
빠졌고, 그뿐만 아니라 주위는 점점 어두워지고 있었다.

　어둠 속 산중에서 길을 잃고 이상한 흥분에 싸인 채,
나는 오랫동안 걷고 피로한 가운데 숲을 헤쳐나갔다.

이따금 멈춰 서서 소리를 지르고 귀를 기울였다. 그러나 모든 것은 고요하고 적막한 숲속의 냉랭한 공기와 짙은 어둠이 마치 두꺼운 빌오드의 휘장같이 사방에서 둘러 싸였다. 참으로 어리석고 쓸데없는 일이지만 타향이 되어버린 곳에서 살고 있는, 이제는 거의 잊어버린 애인을 다시 만나려고 숲과 밤과 추위 속을 걸어간다는 생각이 이상하게 내 마음을 즐겁게 해주었다. 나는 내가 지은 지난 날의 사랑의 노래를 낮은 목소리고 불렀다.

이제 나의 눈동자는 놀라 내리떠야만 한다.
나의 마음은 알 수 없는 기적을 바라며
모든 문을 닫았다.
그렇게도 그대는 아름다워라.

이 어리석은 시를 읊으며 오랫동안 빛깔이 낡은 소년 시절의 한때의 어리석은 그림자를 찾아 나는 여러 지방을 방황하며 오랜 투쟁 속에서 심신에 깊은 상처를 입은 것이다.
그러나 때로는 그것이 나를 기쁘게 하고 피로를 무릅쓰고 한없이 뻗어간 길을 따라가는 동안, 다시금 나는 노래 부르며 시를 지으며 몽상하다가 결국 피곤해져서 묵묵히 숲을 걸어갔다. 손을 저으며 너도밤나무 밑동을 어루만지면서 걸었다. 칡넝쿨이 그 나무에 엉켜 있었으나 가지와 나무 끝은 어둠에 싸여 분별할 수 없이 떠 있었다.
이렇게 반 시간 동안을 더 걷고 나자 결국 기진맥진해

노란 나뭇잎(헤르만 헤세, 1926)

지기 시작하였다. 그때에 나는 잊을 수 없는 귀중한 일을 체험하게 되었다.

　마치 예상도 하지 않았는데 어느새 숲이 끝나 있었다. 그런데 나는 험한 절벽 위에 있는 마지막 나무 밑동 사이에 서 있었던 것이다. 아래를 내려다보니 드넓은 숲의 골짜기가 밤의 푸른빛 속에 잠들어 있고, 그 한복판 바로 내 발밑에 작은 창문을 빨갛게 비치고 있는 여섯 채인가 일곱 채의 집이 있는 마을이 고요히 저물고 있었다.

　넓고 희미하게 비치는 얇은 판자 지붕 이외에 분간할 수 없는 낮은 집들은 서로 이웃하여 붙어 있었다. 그 집들 사이로 그림자 진 길이 좁고 어둡게 뻗어 있고, 그 끝에 큰 분수가 있었다. 조금 위쪽으로 나와 마주 선 산허리에 있는 많은 묘표 한가운데 교회가 홀로 서 있었다. 바로 그 주변의 산 쪽에서 급경사진 언덕길을 한 남자가 등불을 들고 급히 걸어 내려오고 있었고, 마을 아래쪽 어떤 집에서는 몇 명의 소녀가 함께 어울려 명랑한 소리로 노래를 부르고 있었다.

　나는 지금 내가 어디에 있으며, 이 마을을 뭐라고 부르는지 알 수가 없었다. 또한 그 이름을 물어보고 싶은 마음도 없었다.

　지금까지 내가 걸어온 길은 언저리를 지나 산 쪽으로 이어져 있었다. 그래서 나는 길도 없는 급경사진 목장을 지나 조심조심 마을을 향해 아래로 걸어 내려갔다.

　어느 집인가 정원 안으로 들어서자 좁은 돌층계에 걸

리어 그만 넘어졌다. 결국 생나무 울타리를 기어오르고 얕은 개울을 건너뛰어야만 했다. 그러고 나서 곧 마을로 들어가 첫 농가 옆을 지나 조용한 길로 들어섰다. 나는 곧 '황소집'이라는 간판이 걸려 있는 여인숙을 발견하였는데, 아직 문이 열린 채로 손님을 기다리고 있었다.

아래층은 조용하고 어두웠다. 현관으로부터 배가 부풀은 난간이 있는 오래되고 사치한 층계가 등불을 받으며 위층의 복도와 객실로 통하고 있었다. 객실은 대단히 크고, 매달려 있는 등불에 비친 난로 옆에 놓인 테이블이 마치 빛 속에 떠 있는 섬같이 약간 어둡고 큰방 안에 놓여 있었는데, 농부 세 사람이 포도주잔을 앞에 놓고 앉아 있었다.

난로는 뜨겁게 달아 있었다. 그것은 암록색의 벽으로 된 정방형의 것으로 등불 빛과 따뜻하게 어울렸고, 그 밑에는 검은 개가 누워 졸고 있었다.

여인숙 여주인은 내가 들어서자

"어서 오세요."

하고 말하였고, 한 농부는 나의 동정을 살피는 듯이 주의 깊게 바라보고 있었다.

"그 사람 누구요?"

농부가 의아한 태도로 물었다.

"나도 모르겠어요."

하고 여주인이 말했다.

나는 테이블 앞에 앉아 인사를 하고, 포도주를 주문했다. 포도주는 금년에 짠 것밖에 없었고, 강하게 발효되어 있는 밝고 붉은빛의 새 술이었다. 나는 그것을 한 잔 단숨에 마시고 몸을 녹였다. 그리고 나서 방이 있느냐고 물었다.

"어쩌나! 사정이 있어요."

하고 여주인이 어깨를 들썩였다.

"물론 방은 있습니다마는 그 방에 손님이 한 분 먼저 들었어요. 빈 침대가 하나 더 있는데 벌써 손님이 자고 있군요. 손님이 가서서 그 사람과 의논하여 주신다면?"

"그건 싫습니다. 다른 방은 없습니까?"

"방은 있는데 침대가 없어요."

"그럼, 난로 옆에서 자면 어떻겠습니까?"

"네, 그야 손님만 좋으시다면…… 덮을 것을 갖다 드리지요. 난로에 장작을 몇 개 더 지피시면 춥지 않을 거예요."

나는 달걀을 삶아 달라고 하고 곁들여 소시지를 주문했다. 식사를 하면서, 나의 여행 목적지까지 얼마나 더 가야 되는지 물어보았다.

"이것 보세요. 여기서 일겐베르그까지는 얼마나 걸리지요?"

"다섯 시간 가량 걸립니다. 위층에 있는 손님도 내일 그곳으로 돌아갈 예정입니다. 거기서 오신 분이니까요."

"아! 그렇습니까? 여기서 무슨 일을 했나요?"

"목재를 샀어요. 매년 오시는 손님이에요."

세 농부는 우리의 말에 끼어들지 않았다. 그들은 일겐베르그의 상인과 목재 매매를 알선한 사람과 소유자 그리고, 운반을 맡은 사람들로 생각되었다.

그들은 분명히 나를 상인이나 관리를 생각하고 꺼려하는 눈치였다. 나는 그들이 생각하는 대로 내버려 두었다.

식사를 끝내고 의자에 바로 앉자마자 다시금 산기슭에서 들었던 처녀들의 노랫소리가 아주 가까이서 들려왔다. 그녀들은 '정원사의 아름다운 아내'란 노래를 부르고 있었다. 삼절까지 부를 때 나는 일어나 소리가 나는 쪽을 향해 부엌문으로 가서 가만히 열어보았다.

두 젊은 여자와 할머니가 흰색의 전나무 테이블 위의 촛불 밑에 앉아서 콩을 까며 노래를 부르고 있었다. 그때 할머니가 어떤 모양을 하고 있었는지 나는 지금 기억할 수가 없다. 하지만 젊은 여자 중의 한 여자는 붉은빛을 한 금발에 몸맵시가 좋고 혈색도 빛나 보였다. 다른 여자는 착실한 얼굴에 아름다운 갈색 머리를 하고 있었는데 머리를 틀어 올려 더욱 앳되어 보였다. 명랑한 목소리로 정신없이 노래를 부르는 그녀의 눈에 촛불이 비치고 있었다.

그녀들은 내가 문에 서 있는 것을 보자 할머니는 웃음을 가득 띠었고, 붉은빛을 한 금발 여인은 얼굴을 찌푸리고, 갈색 머리를 틀어 올린 여자는 잠시동안 내 얼굴을 바라보고 나서 머리를 숙이고 약간 얼굴을 붉히며, 더 큰 소리로 노래를 불렀다. 그래서 나도 될 수 있는 대로 가다듬은 목청으로 그들을 따라 함께 불렀다.

다음에 나는 포도주를 그리로 가지고 가서 작은 삼각 의자를 끌어다 놓고 노래하면서 테이블 옆에 앉았다. 붉은빛을 띤 금발 여인은 아직 까지 않은 콩을 한 줌 내게

밀어주기에 나는 껍질을 벗기는 일을 도왔다.

여럿이 함께 노래를 부르고 나자, 우리들은 서로 바라
보고 웃지 않을 수 없었다. 갈색 머리의 여자에게는 틀어
올린 머리형이 아주 잘 어울렸다. 나는 그녀에게 포도주를
한 잔 주었는데, 그녀는 받지 않았다.

"당신은 냉정하시군요."

나는 얼굴을 흐리며 말했다.

"슈트가르트에서 오셨지요?"

"아닙니다. 왜 슈트가르트에서 왔다고 생각하십니까?"


슈트가르트는 아름다운 거리
슈트가르트는 골짜기에 있고
그곳의 여자는 아주 미인이지만
그만큼 인정이 없다네.


"저 사람은 슈바벤에서 온 사람이야."

할머니는 금발 여인을 보며 말했다.

"맞습니다. 슈바벤이 고향입니다."

나는 맞다고 대답했다.

"그리고 당신은 양벚나무가 많이 있는 산촌 사람이
지요."

"그럴는지도 모르죠."

그녀는 이렇게 말하며 살며시 웃었다.

그러나 나는 자꾸 갈색 머리의 여자를 바라보며 콩으로

'M'자를 만들어 보이면서, 그녀의 이름이 그렇지 않으냐고 눈빛으로 물었다. 그러자 그녀는 머리를 저었다. 이번에는 'A' 자를 만들었다. 그러자 그녀는 그렇다고 고개를 끄덕였으므로, 나는 그 이름을 맞추기 시작했다.

"아그네스?"

"아녜요."

"안나?"

"아뇨."

"아델하이트?"

"그것도 아닙니다."

그리하여 내가 맞추어 본 이름은 모두 틀렸다. 그러나 그로하여 그녀는 아주 기쁜 나머지 소리쳤다.

"오, 당신은 바보예요!"

그럼 뭐라고 하는지 이름을 알려 달라고 자꾸 졸랐더니 약간 부끄러워하다가 재빨리 낮은 목소리로 이렇게 말했다.

"아가테예요."

비밀이라도 밝힌 듯 그녀는 얼굴을 붉혔다.

"당신도 목재상을 하시나요?"

금발 여인이 물었다.

"아닙니다. 그렇지 않습니다. 그렇게 보입니까?"

"그럼 측량 기사가 아니신가요?"

"아닙니다. 하필이면 왜 측량 기사로 보십니까?"

"왜라고요? 그 이유는 뭘까요?"

"당신 애인의 직업이 그런가 보죠. 안 그런가요?"

"뭐, 그렇다고 해도 좋아요."

"우리 끝으로 한 곡만 더 불러요."

아름다운 갈색 머리의 여인이 말하였다. 그리하여 우리
들은 마지막 콩 껍질을 벗기며 '나는 어두운 밤중에 홀로
서서'라는 노래를 불렀다. 노래를 다 끝내자 처녀들은
자리에서 일어났다.

"안녕히 주무세요, 아가테."

객실에서는 방금 무례한 세 사람이 막 나가려고 하는
참이었다. 그들은 나를 거들떠보지도 않고, 남은 술을 천천
히 다 마신 후에 한 푼도 지불하지 않는 것을 보니, 그들이
오늘 밤은 일겐베르그 상인의 손님인 것이 분명했다.

"안녕히 주무십시오."

그들이 일어서기에 내가 말했더니, 그들은 아무 대답도
없이 문을 꽝! 하고 소리가 나게 여닫고는 밖으로 나갔다.
그때 여주인이 담요와 베개를 가져왔다.

우리는 난로 옆에 놓인 벤치와 삼각의자로써 조그마한
간이침대를 만들었다. 여주인은 친절하게도 숙박비는 필요
없다고 위로하는 듯 말하였다. 그것은 나에게 좋은 인상을
주었다.

옷을 일부만 벗고 망토를 뒤집어 쓰고 기분 좋게 더운
난로 곁에 누워서 갈색 머리의 아가테를 떠올려보았다. 내가
어릴 때에 어머니와 함께 부르던 옛날의 경건한 노래 한
귀절이 생각났다.

꽃은 아름다워라

그러나 더 아름다운 것은
젊음을 가진 인간이니라.

아가테는 그와 같은 여자로 꽃과 비슷하면서도 그보다 더욱 아름다웠다. 어느 나라에도 가는 곳마다 이러한 미인이 있으나 많지는 않을 것이다. 나는 이러한 여자를 볼 때마다 즐거웠다. 그녀들은 큰 어린이와 같았고 수줍어하면서도 친밀감을 가지게 하고, 맑은 눈에는 아름다운 동물이나 숲속의 샘 같은 빛이 어려 있었다. 그녀들을 바라보면 욕망은 일어나지 않고 다만, 즐거울 뿐이고, 그런 중에 이 젊음과 인생의 꽃인 아름다운 모습도 언제인가는 늙어 없어질 것이라는 생각에 슬픔을 느꼈다.

곧 나는 잠 속에 빠졌다. 벽난로가 더운 탓이었던지, 남국의 어느 바닷가 섬의 바위에 누워 뜨거운 태양에 등을 태우며, 갈색 머리 소녀가 혼자서 배를 저어 멀리 바다 한가운데로 점점 사라져 작아지는 모양을 보고 있는 꿈을 꾸었다.

## 다시 이별을 하며

아침에 나는 일찍 잠에서 깨어났다. 곧 다시 여행을 떠나리라고 결심했다. 날씨는 차고 안개가 깊어서 길이 잘 보이지 않았다. 떨면서 커피를 마시고, 식비와 숙박료를

정원 속의 빨간 집(헤르만 헤세, 1928)

지불하고 천천히 컴컴한 아침의 조용한 거리로 나섰다.

얼마쯤 걷자 좀 몸이 더워졌다. 안개가 가까이 있는 모든 것과 그것과 함께 있는 것같이 보이는 것을 떼어서 그 형태를 싸고 가두어 고립시키는 모습을 바라보는 것은 이상하게도 마음을 사로잡는 그 무엇이 있었다.

가령 누가 내 옆을 지나간다, 소나 양을 몰고 간다, 또는 수레를 밀고 가거나 짐을 운반하기도 하고 그 뒤를 개가 꼬리를 저으며 따라간다.

또한 그가 오는 것을 보고 인사를 하면 그도 따라 인사를 한다. 그러나 그가 지나가자마자 뒤를 돌아보면 그는 벌써 몽롱하게 흔적도 없이 잿빛 안개 속으로 사라지는 것을 보게 된다. 집이나 정원의 생나무 울타리, 과수나무나 포도원 울타리 모두가 그렇다. 주위의 모습을 모두 잘 알고 있는 것같이 우리는 생각한다. 그러나 사실은 저 담이 큰길에서 얼마나 떨어져 있고, 이 나무가 얼마나 크고, 저 집이 얼마나 낮다는 것을 나중에서야 알고 놀라게 된다. 붙어 있다고 보이던 집들이 서로 멀리 떨어져 있어 어느 집 문 앞에서 다른 집의 문이 보이지 않을 때도 있다.

그리고 볼 수도 없던 사람들과 짐승이 바로 옆에서 걸어가고 일하고 있는 목소리와 잡담으로 떠들고 있는 소리를 듣게 된다. 모두가 동화의 세계 같고 이국적이며, 매혹적인 것을 지니고 있다. 순간, 그 속에서 상징적인 것을 무섭도록 분명히 느끼게 된다.

근본에 있어서 한 사물은 다른 사물과 한 사람은 다른

사람과 완연히 다르다. 우리들의 길은 언제나 몇 걸음 동안, 순간 동안만 서로 교차되는데 불과한 것이고, 또한 공동성이라든가 근접성이라든가 우정 같은 것의 일시적인 외관을 지니고 있는데 불과하다.

문득 나는 한 편의 시가 떠올라 걸으면서 나직이 읊었다.

안개 속을 방황하는 것은 신기하다.
숲도 돌도 모두 쓸쓸해 보이고
어떤 나무도 다른 나무를 보지 못하니
모두가 혼자다.

나의 인생이 빛날 때에는
세상의 친구도 많았건만
지금 안개가 내리니
아무도 볼 수 없다.

이 어둠의 의미를 모르는 자는
지혜로운 자가 아니다.
피할 수 없게 조용히
만물에게서 떠나게 하는 이 어둠을

안개 속을 방황하는 것은 신기하다.
인생은 외로운 존재

아무도 남을 모르니
모두가 혼자다.

포도나무가 있는 정원 계단(헤르만 헤세, 1932)

# 생의 한가운데서

## 삶의 의미

인간은 삶의 여정을 거쳐 가면서 자기의 모습을 외적인 위치에서 바라보고는 어제까지는 전혀 없었거나, 혹은 있어도 깨닫지 못했던 특징을 발견하게 되는데, 그러한 때가 바로 자기의 존재를 잊기 쉬운 순간에 속한다.

그때 자기 자신은 항상 같은, 숙명적으로 튼튼하게 삶을 부여받은, 영원히 변하지 않는 존재라고 생각하기 쉽지만, 결코 자기 또한 그런 존재가 아니라는 것을 깨닫게 되면 몸을 움츠리고 놀라움을 느끼는 것이다.

달콤하고 황홀한 꿈에서 순간적으로 눈을 뜨고 자기의 변한 모습, 퇴화된 지성, 위축되어 있는 용기를 비통해 한다.

이러한 변화에 놀라움을 갖든가 기뻐하든 간에 발전과 공전의 끝없는 흐름 속에, 만물을 잠식하는 무상의 흐름 속에 자기 자신도 표류하고 있음을 순간적으로 깨닫게 되는 것이다.

이 무상의 흐름을 우리는 잘 알고 있지만, 대다수의 사람들은 순간의 통찰, 각성의 수초를 체험하지 못하고 방주를 탄 노아처럼 변화가 없는 자아의 섬 속에 갇혀 인생을 보내게 되는 것이다.

삶의 물결 속에 죽음의 흐름이 소용돌이치며 지나가고, 전혀 모르는 사람이, 혹은 절친한 사람이 그 흐름 속으로 휘말려 드는 것을 보고는 그들을 향해 소리치고 눈물을 흘리지만, 자기 자신은 굳건히 대지를 밟고 그 기슭에서 그들을 바라볼 뿐이며 함께 휘말리거나 죽거나 하는 일은 없다고 생각하는 모순된 존재가 바로 우리 인간인 것이다.

## 삶의 모습

인생은 한 마리의 말이다. 경쾌하고 우람스러운 말이다. 사람은 그것을 기수처럼 대담하게, 게다가 세심하게 다루지 않으면 안 된다.

무릇 인생은 모순에 의해 싱그럽게 꽃을 피운다. 도취를 모르는 이성과 냉철이란 대체 무엇일까?

죽음을 생각해 보지 않는 감각의 기쁨이란 무엇일까? 양성의 영원한 적의가 없었다면 사랑은 도대체 무엇일까?

인간은 이 세상에서 태어난 그대로의 자기 자신을 비관적으로 평가할 것이 아니라, 먼저 신에게서 주어진 바 재능이나 결점을 그대로 받아들여 그것을 긍정하고 그로부터 최선의 것을 만들려고 시도해야 할 것입니다.

신은 우리들 한 사람 한 사람에게 무엇인가를 생각하고 무엇인가를 시도하고 계신 만큼 우리가 그것을 받아들이지 않고 그 실현에 협력하지 않는다면 결국 우리는 신의 적이 되는 셈이다.


## 사랑의 역사

사랑한다는 것은 나를 믿는 것이다. 사랑에는 특별한 고통이 따른다. 그러나 고통을 받는 받지 않는 그런 것은 아무런 상관이 없다. 삶을 함께 한다는 강렬한 갈망이 있다면, 모든 삶이 우리를 신뢰하는 긴밀하고도 생생한 동반의 감정을 느낄 수만 있다면, 그리고 사랑이 식지만 않는다면 그것으로 만족해야 한다.

부질없는 사랑의 환락 속에서 그가 때때로 빠지는 비애와 권태스런 기분이 솟구쳐 올랐다. 쾌락에 잠시 동안 도취되었던 불꽃과 그 짧은 갈망의 연소와 재빠른 소멸, 그것은 그에게 있어 체험의 가장 깊은 부분을 포함하고 있는 것처럼 느끼게 하여서 인생의 모든 환희와 비애의 상징이 되었다. 그 비애의 무상함에도 그는 사랑에 대한 믿음과 신뢰로 마음을 기울일 수 있었다. 이 서글픔 또한 사랑이었으며 환희였다.

가장 행복한 순간에 있어서의 사랑의 환희가 다음에

오는 호흡과 더불어 사라져 죽어가지 않으면 안 된다는
것처럼 깊은 고독과 서글픔이 갑작스럽게 희망으로 변하면
서 인생의 새로운 마음을 가질 수 있었던 것은 확실했다.

죽음과 쾌락은 하나였다. 생명의 어머니로서 사랑이나
또는 기쁨이라고 부를 수 있었지만, 그것이 무덤, 또는 불행
이라고 부를 수 있었던 어머니는 이브였고, 행복의 원천인
동시에 죽음의 원천이었다. 어머니는 영원히 탄생하는 것과
동시에 영원한 죽음일 수 있고 여기에 사랑의 역사가 있다.

나는 사슴이고, 너는 작은 노루
너는 새, 나는 나무
너는 태양, 나는 하얀 눈
너는 대낮, 나는 꿈

밤이 되면 잠든 나의 입에서
금빛의 한 마리 새가 너를 향해 날아간다.
그 소리는 맑고, 날갯짓은 아름답다.
새는 너에게 사랑의 노래를 부른다.
사랑의 노래를, 나의 노래를.

## 사랑의 빛깔

이 세상의 모든 것은 다 모방하고 위조할 수 있지만,

사랑만은 그럴 수 없다. 사랑이란 훔칠 수도 모방할 수도 없는 생성이다. 사랑이란 자신을 완전히 주어버릴 줄 아는 마음속에서만 살아가는 것이다. 그러한 마음은 바로 모든 예술의 원천이기도 하다.

사람들은 자기의 삶을 신용과 사랑으로서가 아니라, 오히려 돈과 상품으로 지불하려고 한다.

삶은 오직 사랑을 통해서만 의의를 지니게 된다. 이를테면 우리가 더욱 더 사랑을 하고 자신을 헌신할 능력이 있으면 있을수록 우리의 삶은 그만큼 의미가 깊어질 것이다.

세상을 관찰하고 멸시할 수 있는 것은 위대한 사상가의 일이다. 나에게는 오로지 세상을 사랑할 수 있다는 것, 즉 세상과 나와 모든 존재를 사랑과 경탄과 외경심으로 관찰할 수 있다는 것만이 중요하다.


## 행복의 모든 것

행복이라는 것은 우리의 현실 속에서 함께 호흡하는 것이며, 자연과 더불어 노래하는 것, 신의 영원한 미소 속에서 웃음을 되찾는 순간인 것이다. 대부분의 사람들은 일생 동안 그것을 한 번밖에, 또는 두세 번쯤 경험하게 된다. 그러나 전혀 경험하지 못하는 사람도 있다. 하지만 그것을 체험한 사람은 그 순간만이 행복한 것이 아니라 시간의 흐름을 잊은 채 기쁨의 황홀함이나 마음의 빛남이나 울림을 얼마간은 얻을 수 있다.

그러므로 우리의 현실에서 행복에 의해 얻어진 진실, 예술가에 의해 느낀 위안이나 밝음의 모든 것, 때로는 몇 세기 뒤에도 최초의 기쁨처럼 느낄 수 있는 것이 바로 행복이다.


## 행복은 희망을 가진 사람의 향기이다

행복이라는 것은 우리의 경우 완전한 현재 속에서 호흡하는 것, 전체의 합창 속에서 더불어 노래하는 것, 윤무 속에서 더불어 춤추는 것, 신의 영원한 웃음 속에서 더불어 웃는 것이다.

대개의 사람은 그것을 한 번밖에, 또는 두세 번밖에 경험하지 못한다. 그러나 그것을 체험한 사람은 그 순간만 행복한 것이 아니라, 시간의 흐름을 잊어버리는 기쁨의 빛이나 그 빛남이나 울림을 얼마간은 얻고 있는 것이다.

그리고 우리의 세계 속에서 사랑하는 것에 의해 얻어진 진실, 예술가에 의해 얻은 위안이나 밝음의 모든 것, 이따금 몇 세기 뒤에도 최초의 날처럼 빛나고 있는 모든 것은 사랑을 함으로써 얻어진 것이다.

행복이란 희망을 지니는 자의 것이다.

어떤 인간이라도 그 인간이 특히 불행하다고는 말할 수 없다. 속마음에 이리가 살고 있지 않은 인간이라도 행복하다고는 할 수 없으며, 매우 불행한 생활이라 할지라도 태양이 빛나고 모래나 자갈 사이에 행복의 꽃이 피는 일도 있는 것이다.

인생의 행복이나 불행을 지나치게 까다롭게 말하는 것은 결국 하찮은 일이다. 그것은 인생에서 가장 불행했던 나날이나 즐거웠던 날들을 모두 잃어버리는 것 이상으로 버리기 힘들게 생각되기 때문이다.

나는 자신의 생활이건 타인의 생활이건 간에 이것을 어떻게 의식적으로 형성하는 능력이 인간에게 있다고는 생각지 않는다. 돈이나 명예나 훈장을 얻을 수는 있다. 그러나 행복 또는 불행을 차지하는 것은 자기를 위해서건 남을 위해서건 불가능한 일이다.

행복을 추구하고 있는 동안은
행복한 만큼 성숙하지 않았다.
한없이 사랑하는 것, 모두가 네 것일지라도

잃어버린 것을 애석해하고
목표를 가지고 초조해 하는 동안
아직 너는 평화가 어떤 것인지 모른다.

모든 소망을 버리고
목표도 욕망도 잊어버리고
행복을 말하지 않게 되었을 때

사건의 물결이 너에게 미치지 않고
너의 영혼은 비로소 위안을 받게 된다.


## 젊음의 동경

산이나 호수, 폭풍이나 태양은 나의 벗이었다. 나에게
여러 가지 이야기를 하기도 하고, 가르쳐 주기도 했다.
그것은 오랫동안 어떤 인간의 운명보다도 인연이 깊었다.
그러나 반짝반짝 빛나는 호수나 슬퍼 보이는 은송, 햇빛을
반사는 바위보다도 더 좋은 것은 구름이었다.

이 넓은 세계에 나 보다도 구름에 대해 자세히, 나 보다
도 더 구름을 사랑하고 있는 사람이 있다면 보여 달라. 또
는 이 세계에 구름보다도 더 아름다운 것이 있다면 보여
달라. 구름은 장난이고 눈의 위안이다. 축복이며 신의 선
물이다. 노여움이며 죽음의 이다.

구름은 행복한 성 모습도 되고, 축복하는 천사의 모습
으로도 된다. 협박하는 손과도 비슷하며, 펄럭이는 돛이나
하늘을 지나가는 학과도 비슷하다.

구름은 신이 앉는 하늘과 가없는 대지와의 사이에 그
어느 것에도 속하여 모든 인간의 동경의 비유로서 떠돈다.
대지가 그 더럽혀진 마음을 깨끗한 하늘과 짝지어 주려고
하는 꿈이다.

구름은 모든 방랑과 탐구, 욕구와 향수의 영원한

상징이다. 구름이 땅과 하늘 사이에 망설이고 동경하며
싸우면서 걸려 있듯이 인간의 혼 역시 시간과 영원 사이에
망설이고 동경하고 싸우면서 걸려 있는 것이다.

전나무 아래서 쉬고 있노라면
지난날이 생각난다.
익은 숲의 냄새가
최초로 소년의 슬픔을 잉태했던 그 날이
바로 이곳이었다. 내가 이끼 위에 누워
수줍은 소년의 열정이
가냘픈 금발 소녀의 모습을 꿈꾸었다.
화환 속에 처음 핀 장미를 꺾어놓고

세월은 흐르고 꿈은 늙어지고
멀어져서 다른 꿈이 왔다.
그것도 작별한 지, 이미 오랜 일이다.
최초의 꿈의 주인이 누구였는지, 나는 늘 괴로워했다.
그래, 누구였을까, 잊혀지지 않는 것은….
다만, 그녀가 상냥하고 가냘픈 금발이라는 것뿐이다.

나무 사이로 본 경치(헤르만 헤세, 1926)

## 젊음과 정열

정열이란 정말 멋진 것이다. 그것은 젊은 사람들에게 너무나 잘 어울리는 말이다. 그러나 나이 든 사람들에게 잘 어울리는 말은 유머요, 웃음이다. 스스로가 덧없는 저녁 구름의 유희 같은 존재인 것처럼, 모든 일을 순수하게 받아들이는 일, 세상을 항상 관망하여 비유로 변용시키는 일, 사물을 조용히 바라보는 일이 무엇보다도 중요하다.

성공을 거둔 사업가나 영화배우, 아니면 챔피언 자리에 오른 권투선수는 못 되었지만, 이미 열두 살 때 머릿속에서 영혼을 바라보는 시인이 되었다. 그리고 나는 무엇보다도 세상이라는 것은 사람들에게 있어 크게 바라지 않고 그저 조용히 주의 깊게 관찰하는 것만으로도 얻어지는 것이 많다는 사실을 깨달았다.

성공을 거둔 사람들, 즉 세상에서 말하는 속물들은 그것을 알지 못한다는 것도 알았다. 관망한다는 것은 탁월한 기교이기도 하다. 세상이란 살면서 얻어지는 것이고 치유력이 있으며 가끔은 매우 유쾌한 재주를 우리에게 가져다준다.


## 고독이라는 병

타향에 와서 살고있는 사람에게는 두고 온 고향과 어린

시절의 집과 정원이 눈앞에 떠오르며, 그가 아주 자연스러운 시간 속에서 잊을 수 없는 소년 시절을 보냈던 숲과 늘 말썽을 일으키며 장난을 하던 방들과 이끼에 젖어 있던 돌계단이 생각난다. 조금은 낯설면서도 진지한 표정을 짓는 늙으신 부모님의 모습이 눈가에 사랑과 근심, 약간의 꾸중하는 빛을 띠고 나타난다. 손을 뻗어 그 영상을 잡으려 하지만 헛된 일이다. 커다란 슬픔과 고독이 엄습해 오고 그 위에 다른 형상들이 덮쳐 온다.

이러한 자기만의 고독한 시간에서는 그 모든 것이 우리를 슬프게 한다. 지난날 젊은 시절에 자기와 가장 가까운 사람을 고통 속으로 몰아넣고, 사랑을 거절하고, 호의를 무시해 보지 않은 사람이 누가 있다는 말인가. 그 누가 자기를 위해 마련되었던 행복에 대해 반항과 오만으로 하여 잃어버리지 않은 사람이 있다는 말인가.

다른 사람은 물론 자신의 경외심을 손상시키고 필요 없는 말을 하고 약속을 지키지 않으며, 아름답지 못하고 마음을 아프게 하는 행위를 함으로써 친구들에게 잘못을 저지르지 않은 사람이 누가 있다는 말인가? 이들 모두가 당신 앞에 나타나서는 한마디의 말도 하지 않고 조용한 눈길로 당신을 바라보고 있다.

## 고독의 아름다움

잠 못 이루는 어느 한 사람이 침대에 누워 있는 것을

생각해 보라. 시간은 고요하고 지루할 정도로 느리게 흘러간다. 첫 시간과 다음 시간에 치는 종소리 사이에서 견딜 수 없는 무한성의 넓고도 검은 심연이 놓여 있다. 우리는 얼마나 자주 한 마리의 쥐가 내닫는 소리와 마차가 굴러가는 소리, 시계가 똑딱거리는 소리, 분수가 솟아오르는 소리, 그리고 바람 소리와 가구가 삐걱거리는 소리를 들어온 것일까! 우리는 그에 주의를 기울이지 않은 채 무조건 그 소리를 들어왔다.

그러나 이제는 고독과 고요 속에서 그리움에 가득 찬 마음으로 옆을 스쳐 지나가는 모든 생명의 입김에 바싹 달라붙어 있다. 또 우리는 굴러가는 마차 소리를 생생하게 기억하고 있다. 그 무게와 생김새, 말들의 피로함이나 힘을 추정해 보고, 그 마차가 달리고 있는 거리와 골목길을 알아 맞히려 하고 있다. 아니면 치솟고 있는 분수에 생각을 집중시킨다.

대부분의 환자가 문병 오는 방문자를 통해 건강의 향기와 바깥의 생활 광채를 그의 고독 속으로 함께 이끌어 온 이야기에 귀를 기울이 듯이 감미로운 음악을 듣듯이 감사한 마음으로 분수에 귀를 기울인다. 물줄기가 가득 찬 분수가 떨어지고 수조 안을 흐르고 있는 유연하고 보다 불규칙한 소리를 듣는다. 그 끊임 없는 속삭임에서 하나의 리듬을 찾아내어 함께 박자를 맞추어 흥얼거리다가는 다시 입을 다물고 분수가 넘치며 계속 노래하는 소리를 듣는다.

마치 꿈을 꾸듯이 우리는 계속해서 시냇물과 강물을

통해 바다로 흘러가는 물을 생각하고 다시 영원한 생성과
사멸과 새로운 생성의 요람을 생각한다.

그 너머에서 영혼의 움직임 즉, 몽롱한 사상의 체계가
형성되기 시작하며 불가해 하게 헝클어진 듯한 알 수 없는
우리의 인생은 비로소 명확하게 나타나는 것이다.

테씬의 마을 모티브(헤르만 헤세, 1923)

## 영혼의 실체

영혼이란 인간적인 것이냐, 아니면 동물적인 것이냐고 그 원인을 따지는 것은 무용한 일이다. 영혼이란 물론 어디에나 있으며, 어디에서나 요구될 수도 있고 예감될 수도 있는 것이다.

그러나 우리가 돌이 아닌 동물을 운동체로 보고 느끼고 있듯이, 우리는 인간에게서 영혼을 찾고 있다. 또한 우리가 가장 분명하게 존재하고 괴로워하고 생동하는 곳에서 영혼의 모습을 보고자 노력하는 것이다. 그리고 인간만이 유일하게 문명의 길을 걸어왔듯이, 이제 영혼을 더 높은 곳으로 끌어올리려는 존재로 믿게 되었다.

그러므로 모든 인간 세계는 영혼이 자리 잡고 있는 곳이라 할 수 있다. 우리가 산과 암벽에서 중압의 근원적인 힘을 느끼고, 동물에게서는 운동성과 무엇인가를 추구하는 자유로운 힘을 보면서 사랑을 느끼는 것처럼, 이 모든 것을 나타내는 인간에게서는 무엇보다도 우리가 '영혼'이라고 하는 생명의 형식과 발현 가능성을 보게 되는데, 이것이 바로 우리 인간의 수많은 생명의 빛 중에서 가장 큰 빛이며, 또한 특별히 선택된 빛, 가장 발전된 빛으로 궁극적인 목표로 보이게 하는 것이다.

왜냐하면 우리가 유물론적이거나 유심론적이거나 혹은 또다른 어떤 식으로 생각하더라도 마찬가지이며, 영혼을 불멸의 것으로 보거나 사멸되는 것으로 보더라도 결국은 동일한 것이다.


## 영혼은 정신의 꽃

세상의 형세가 어떻게 변모해 간다 하더라도 그것은 어쩔 수 없는 일이다. 그러나 세상을 치유하는 정의로운 사람이나 평화주의자, 미래와 새로운 의욕을 우리들은 언제나 우리 자신의 내면에서 즉, 늘 시달리고 연약하지만 파괴될 수 없는 우리의 안타까운 영혼 속에서만 발견하게 된다. 이 영혼 속에는 아무런 지식도 없고, 아무런 판단도 없고, 계획도 없다. 영혼에는 그저 욕구와 감정과 미래만이 존재할 따름이다.

위대한 인간들이란 모두 이 영혼의 안내를 따랐던 사람들이다. 그 따름을 통하여 그들의 길은 일상에서 시작하여 높디높은 곳까지 다다를 수 있었던 것이다.

하나의 국가는 꿀벌들도 이룰 수 있으며, 재산이란 생쥐들도 모으며, 전쟁이란 개미들도 한다. 그러나 우리는 인간이기 때문에 우리의 영혼을 다른 길로 모색하는 것이다.

그런데 인간의 영혼이 실패를 하거나, 우리가 영혼을 희생시킬 때 우리가 이루어가는 삶의 길에서 행복은 피어나지 못한다. 왜냐하면 행복이란, 오직 영혼만이 느낄 따름이며, 이성이 느끼거나 알 수 있는 것도 아니다. 또한 지식이나 위선, 재산이 느끼는 것이 아니다. 이제, 우리는

시간을 초월하여 우리 인간에게 언제나 빛이 되어야 할 격언
한 마디를 새겨 보기로 하자.


## 죽음의 모습

우리의 생을 통하여 가장 많은 호기심을 지니고 있는
것은 죽음에 대한 해답이다. 죽음은 생존의 마지막이며
가장 위대한 체험이기 때문이다. 왜냐하면 모든 인식과 체험
속에서 우리가 기꺼이 생명의 마지막 순간을 던지는 것 같은
찰나적인 죽음은 인생의 가장 크나큰 의미이다.
죽음의 고통도 하나의 인생 과정으로서 출생의 고통
못지않다고 할 수 있겠다. 때때로 우리는 이 두 가지를 혼
동하며 삶을 영위하고 있다.

죽음 때문에 우리의 삶은 보다 깊고 섬세한 것이다.
세계가 너에게서 떨어져 나간다.
지난날 네가 사랑하던
모든 기쁨이 다 타버리고
그 잿 속에서 암흑이 위협한다.

어쩔 수 없이, 너는 너의 속으로 잠긴다.
보다 강렬한 손에 밀려, 너는
추위에 움츠리며 죽은 세계 위에 선다.

너의 뒤에서 흐느끼며
잃어버린 고향의 여운이 불어온다.
아이들의 소리와 은은한 사랑의 노래가.

고독으로 가는 길은 참으로 어렵다.
네가 알고 있는 것보다 더
꿈의 샘도 말라 있다.
그러나 믿으라!
네 길의 끝에 고향이 있다.
죽음과 재생이, 그리고 무덤과
영원한 어머님이.


## 죽음의 정체

이미 삶 앞에 내딛은 발걸음과 모든 인간이면 누구나
겪어야 하는 죽음을 우리는 더이상 후회해서는 안 된다.
생각하건대 자연과 교육, 운명을 통해서 자살이란
것이 어느 한 개인에게는 불가능하고 금지된 것이라면, 상
상으로나마 때때로 이 탈출구를 통해 자신의 삶을 포기해
버리고 싶은 강렬한 유혹을 받는다 할지라도 그는 쉽게
자살을 실행에 옮기지는 못할 것이다. 그러할 경우 그에게
있어 자살이란 아주 금지된 채로 의식의 어두운 곳에 남아
있을 따름이다. 그러나 다른 방법으로 어느 한 사람이

견딜 수 없는 절박한 위치에서 자신의 삶을 단호히 포기해 버린다면, 그의 자살은 모든 사람들이 경험하는 자연사와 동등한 권리를 갖는다고 할 수 있다.

어쩌면 자살한 사람의 죽음이 자연사보다 더 자연스럽고 인간적인지도 모른다.

인간은 불행하게도 서서히 조금씩 조금씩 죽어가고 있다. 삶을 이루고 있는 모든 것들이 순간순간 작별을 고하고 있는 것이다. 이것이 바로 죽음의 정체인 것이다.

루가노 호수의 아침(헤르만 헤세, 1933)

## 죽음의 피안

　나는 피안이라는 것을 믿고 있지 않다. 피안이란 존재하지 않기 때문이다. 시들은 나무는 영원히 죽으며, 한 번 얼어 죽은 새는 되살아 날 수 없다. 인간 역시 죽으면 마찬가지다. 세상을 떠나도 잠시 동안은 그 삶에 대한 말을 기억할 것이다. 그러나 그것도 과히 오래 가지 않는다. 지금 내가 죽음에 대해 흥미를 품고 있는 것은 어머니 곁으로 돌아가고 있다는 신앙과 같은 생각에서이다. 어쩌면 그것은 내 의식 속에 머무르고 있는 꿈과 같은 것인지도 모른다.

　죽음은 커다란 행복이다. 첫사랑의 성취와 같은 만큼의 큰 행복일 것이라고 나는 생각하고 있다. 다시금 나를 무와 순결 속으로 인도해 주는 것이 바로 어머니와 같은 죽음이다.

　나는 죽음에 대항할 필요를 느끼지 않는다. 왜냐하면 죽음이란 존재하지 않기 때문이다. 그러나 분명히 존재하는 것은 죽음에 대한 두려움이다. 하지만 이 두려움은 우리가 치유할 수 있는 것 중의 하나이다.

　아! 기약도 없는 이별을 한다.
　실패한, 쓰라린 운명에 가슴은 넘친다.
　이제는 어쩔 수 없는 장미가 향기롭게 손안에서 시든다.
　애달픈 마음은 졸음과 어둠을 찾는다.

그러나 밤하늘에 변함없이 별이 떠 있다.
좋든 싫든 간에 우리는 언제나 저 별을 쫓는다.
빛과 어둠을 지나서
우리들의 운명은 저 별을 향하여 굴러간다.

우리는 기꺼이 저 별을 쫓는다.
이름을 부르는 소리가 들려 온다.
부모와 형제자매, 벗들과
유년 시절, 그리고 내가 존경하는
영웅들과 여성과 시인들이
그러나 그 많은 얼굴들 중에서 어느 누구도
잠시라도 나를 보아주지 않는다.
그것은 촛불처럼 허무 속으로 꺼져가고
슬픔에 넘치는 마음속에 잊혀진 시의 울림처럼
어둠과 슬픔만이 남는다.
지난날 즐거웠던 빛이 이제는 흐려지고
꿈과 추억이 된 나날을 아쉬워한다.
탄식만을 남긴다.

빨간 집(헤르만 헤세, 1922)

제3부

# 어느 별에서 전해온 이상한 소식

# 붓꽃 소년

    유년 시절의 어느 봄날, 안제름은 초록빛 정원에서 뛰어 놀고 있었다. 어머니가 가꾸고 있는 꽃 중에 '붓꽃'이라는 이름을 가진 꽃을 특히 좋아했다.

    그는 짙은 담녹색 이파리에 입술을 대거나 꽃향기를 맡으며 오랫동안 들여다보기도 했다. 엷게 푸른 빛을 띤 꽃받침에는 노란 손가락의 꽃술이 긴 행렬을 이루고 있으며, 그 사이를 한 줄기의 밝은 길이 열려 있어, 꽃의 아득하고 신비한 비밀 속으로 자기 자신이 내려가고 있었다.

    그는 매우 이 꽃을 사랑했다. 그리고 조용히 밝은 꽃의 내면을 바라보고 있노라면, 노랗고 가느다란 손가락 같은 꽃술이 어떤 때는 임금님 정원에 있는 황금빛 울타리같이, 어떤 때는 조금도 움직이지 않는 아름다운 두 개의 꿈나무처럼 보였다.

    그 사이를 신비스러운 길이 밝고 투명하게 생생한 줄기처럼 이어져 더 깊은 곳으로 달리고 있었다. 활처럼 굽어 있는 윗부분은 상상도 할 수 없을 정도로 넓게 펼쳐 있었으며, 그 아래쪽을 향해서는 황금빛 나무 사이의 작은 길이 끝없이 깊게 상상을 초월한 심연 속으로 너무나 멀리 사라져 갔다. 그러나 자줏빛 활모양의 꽃잎은 당당하게 젖혀져 조용히 기다리고 있는 기적의 마법처럼 엷은 그림자를 드리우고 있었다.

이것이 바로 꽃의 입술임을, 노랗고 화려한 빛깔의 심연 속에 꽃의 마음이나 생각이 머무르고 있음을, 이 단아하고 밝은 유리 같은 줄기가 있는 길을 통해서 꽃의 숨결과 꿈이 출입하고 있음을 안제름은 알고 있었다.

그 큰 꽃 옆에 아직 피지 않은 또다른 작은 꽃이 꿈꾸고 있었는데, 그 미지의 꽃은 다갈색을 띤 녹색 껍질의 작은 꽃받침에 싸여서 싱싱하고 견실한 꽃자루 위에 비밀스럽게 놓여 있었다. 그 속에서 어린 생명이 밝은 초록빛과 자줏빛에 젖어 가쁜 숨을 쉬며 조용하고 힘있게 쭉쭉 뻗어 오르려고 했으나, 위쪽에서는 우아하게 짙은 자색이 가느다란 끝을 들여다보고 있었다. 아직은 단단히 숨어 있는 이 어린 꽃잎에도 서서히 맥관脈管이나 형형색색의 모양이 나타나고 있었다.

다음 날 아침이 되자, 여느 때와 마찬가지로 정원은 새로운 모습을 하고 그를 기다리고 있었다. 어제는 단단한 꽃받침에 싸여 있어 초록빛 껍질만 물끄러미 보고 있었던 것에 불과했는데, 지금은 어린 꽃잎이 공기처럼 투명하고 푸르게 입을 벌리고 오래전부터 꿈꾸어 왔던 얘기를 서투르게 나누려는 듯 망설이고 있었다. 그러나 아래쪽에서는 아직 껍질과 미미한 싸움을 계속하고 있었으며, 이미 아름다운 노랑 꽃술과 밝은 줄기가 뻗은 작은 길에 은은한 향기를 발산하는 영혼의 심연이 생겨나고 있는 것을 알 수 있었다.

정오가 되면, 아니 저녁 무렵에는 더 열려 황금빛 꿈으로 치장된 꽃망울은 푸른 명주로 된 천막처럼 둥글게 피어 올릴 것이다. 그리고 최초의 꿈과 생각, 노래가 신비적인 심연에서 조용히 울려 퍼지리라.

어떤 때는 푸른 줄기만이 잡초 속에 고독하게 서 있는 날도 있었다. 그러자 갑자기 새로운 울림과 향기가 정원에 감돌고, 햇빛을 풍부하게 받고 붉은빛을 띠고 있는 잎새 위에 최초의 갈색 장미가 부드럽게 황금빛처럼 흘러내리는 날도 있었다.

한편 붓꽃이 전혀 피지 않는 날도 있었다. 붓꽃이 보이지 않자, 황금빛 울타리에 둘러싸인 작은 꽃길이 유리 같은 줄기의 비밀 속으로 부드럽게 통하는 일도 없어졌다. 단단한 잎이 뾰족하고 새초롬히 쌀쌀맞게 서 있을 뿐이었다. 하지만 처음 보는 진기한 나비가 자유로이 날고 있었다. 진주조개 껍질 같은 무늬를 등에 얹고 홍차색과 같은 윙윙거리는 소리를 내는 투명한 날개는 천사의 옷이었다.

안제름은 나비나 조약돌과 이야기를 나누며 개똥벌레나 도마뱀을 친구로 삼았다. 새는 그에게 새들의 이야기를 들려주고, 양치식물은 커다란 나뭇잎 그늘에 갈색

종자를 살짝 엿보여 주었다. 수정 같은 초록빛 유리 조각은 그를 위해서 태양 광선을 받아들여 궁전이 되었다가, 한편에서 번쩍이는 보물 창고를 만들어 주었다.

백합이 지자 뒤를 이어 불같은 금잔화가 피어났고, 저쪽 그늘에서 붉은 장미가 시들자 나무딸기가 갈색으로 물들었다.

모든 것이 변했다. 끊임없이 나타났다가는 지고, 사라졌다가는 또 때가 되어 꽃을 피웠다. 마음이 차분해지지 않는 묘한 나날이 계속되자, 스잔한 바람이 전나무 숲에서 소란스러워지고 정원에서는 시든 잎이 빛과 생기를 잃은 채 바삭바삭 마른 소리를 내면서 지난 계절의 노래나 체험, 아직 이야기가 남아 있었으나 마지막엔 모든 것이 소멸하고 창밖에 눈이 내리고, 종려나무 숲이 비어 가면서 은빛 천사가 어둠속을 날자 계단이나 마루에는 건조한 과일 냄새가 풍기는 듯했다. 그러나 이 아름다운 세계에서는 우정과 신뢰가 사라지는 일은 결코 없었다.

언젠가는 또 겨울 꽃나무가 검은 상춘등 나무 옆에서 반짝이고, 새가 다시 푸른 하늘로 높이 날아오르면 모든 것이 옛날부터 있어 온 것처럼 보일 것이다.

마침내, 어느 날 예기치 않았던, 늘 그대로가 아니면 안 되었던 것처럼 항상 바라는 대로 붓꽃은 비밀한 최초의 푸른 빛을 띤 꽃의 끝부분부터 살며시 모습을 들어낼 것이다.

모든 것이 아름답고, 모든 것이 안제름을 사랑하고

다정한 목소리로 유혹했다. 그러나 해마다 소년이 매력과 유혹, 풍요로움을 느끼는 순간은 최초의 붓꽃이 필 무렵이었다.

붓꽃은 천진난만한 소년 시절을 통해서 그의 길동무였으며, 여름마다 새로운 모습으로 피어 늘 신비적이고 감동적이었다. 물론 다른 꽃에도 입이 있고, 향기와 생각을 빛깔로 표현하고 꿀벌이나 나비, 갑충벌레들을 그 작고 달콤한 방으로 유혹했다. 하지만 푸른 붓꽃은 소년에게 다른 어느 꽃보다도 사랑스럽고 소중하게 여겨지며 성찰과 경탄에 해당하는 일체의 것에 비유되는 작은 나라였다.

소년은 밤에도 종종 이 꽃에 대해 꿈을 꾼 적이 있었다. 붓꽃이 천국의 문처럼 상상할 수 없이 크게 바로 앞에 열려 있는 것이 보이고, 그러면 소년은 마차를 타고 달리거나 백마를 타고 안으로 들어가곤 했다. 그와 함께 온 세계가 마법에 걸려 아름다운 곳으로 깊이 가라앉았다. 그곳에 모든 기대가 현실화 되고 모든 예감이 진실로 되지 않을 수 없었다.

지상의 현상은 하나의 비유에 불과할 뿐이다. 모든 비유는 영혼이 준비만 되어 있다면, 그곳을 통해 내부 세계로 들어갈 수 있는 열린 문이다. 이 내부로 들어가면 여러분과 내가 함께 낮과 밤이 모두가 일체인 것이다. 인간은 누구나 여기저기 그 열린 문에 이르고 눈으로 볼 수 있는 모든 현상은 하나의 비유이고, 이 비유 속에 정신과 영원한 생명이 머물러 있다는 생각을 갖게 된다. 물론 이

문을 통해서 비밀한 것을 현실로 느끼고, 아름다운 꿈을 버리고 돌아보지 않는 사람은 아주 적다.

소년 안제름에게는 사랑하는 붓꽃이 간직하고 있는 비밀이 꿈으로 열려진 것처럼 보였다. 그래서 그의 작은 영혼은 기쁜 예감으로 가슴이 용솟음치며 그 비밀을 찾아 미지의 세계로 떠났다. 그리하여 여러 가지 사물의 다양한 모습에 마음을 빼앗기고 풀이나 돌, 뿌리, 동물 등 그 세계의 모든 친구들과 이야기를 나누거나 놀며 기뻐했다.

종종 그는 자기 자신을 내면세계의 영혼의 눈을 통해 관찰에 깊이 빠지기도 했다. 조용히 눈을 감고 무엇을 마시거나 노래하거나 호흡하면 기묘한 흥분과 생각, 느낌이 입이나 목구멍에까지 전해 오고 자신의 영혼을 통해 보랏빛 암흑 속에서 때때로 나타나는 의미 깊은 여러 빛깔의 형태를 그는 경탄하며 관찰했다.

그것은 푸르고 짙은 자색 반점이나 반원으로 유리처럼 투명하고 미세한 선이 그사이에 무늬져 있었다. 그리하여 소년 안제름은 눈과 귀, 후각과 촉각에 미묘한 관계가 있는 것을 깨달았고 황홀한 감동을 느꼈다. 또한 즐겁고도 분주한 시간을 보내는 동안, 음성이나 글자가 빨강, 파랑 빛깔로 변한다는 사실과 자신의 감정을 통해 수시로 바뀐다는 것을 알았다. 또한 풀잎이나 초록빛 나무껍질이 벗겨진 것을 냄새 맡을 때, 후각과 미각이 이상하게 가까운 관계에 있다는 것을 그리고, 때때로 하나가 된다는 놀라운 변화를 이상하게 여겼다.

모든 어린아이들은 거의 그런 식으로 사물을 느낀다. 대부분의 아이들은 처음 글자를 익히기 전에 이미 삶과 자연의 미묘함을 전혀 경험하지 않은 것처럼 되어 있다. 하지만, 유년 시절의 비밀을 오랫동안 자신의 내부에 유지하고 있으며, 그 추억과 여운을 머리에 몸이 쇠약해진 나이가 될 때까지 계속 지니고 있는 경우도 있다.

어느 어린이는 그 비밀 속에 갇혀 있는 동안은 끊임없이 자기 자신의 일과 주변 세계와의 이상한 관계를 생각하고 있는 것이다. 탐구자나 현명한 자는 원숙해지는 연령과 함께 자기 성찰로 돌아오지만, 대부분의 경우는 경험한 이 내면세계를 잃어버린 채 결코 해결할 수 없는 미로를 찾아 방황한다.

안제름은 학생이 되어 떠났다가 다시 고향으로 돌아왔다. 빨간 모자를 쓰고, 때로는 차양이 넓은 노란 모자를 쓰고, 어느새 솜털이 자라 어린 수염을 기르고, 그는 낯선 외국어책을 가지고 와서 소리 높여 읽기도 했고, 어떤 때는 종류를 알 수 없는 개를 데리고 왔다. 그의 가죽 지갑에 신문이나 잡지에서 오려낸 비밀스런 시를, 혹은 고대의 격언, 아름다운 소녀의 사진이나 편지를 넣어 가지고 있었다.

그는 그 후 몇 번인가 고향으로 돌아왔으나, 멀리 외국으로 여행도 하고 큰 배에서 해상 생활을 하기도 했다는 소문이 그의 뒤를 쫓아왔다.

어느 날 그가 훌륭한 젊은이의 모습으로 고향에 돌아

왔을 때, 이미 그는 젊은 학자가 되어 있었다. 검은 모자를 쓰고 새까만 장갑을 끼고 있는 그에게 옛날부터 친하게 지내던 이웃 사람들은 모자를 벗고 '교수'라고 불렀다. 그때 그는 아직 정식 교수는 아니었지만, 언젠가 한 번은 그가 예고도 없이 다시 돌아왔다. 검은 상복을 입고 천천히 걸어가는 그의 걸음걸이는 엄숙했고 마차엔 그의 노모가 잘 꾸며진 관에 모셔져 있었다. 그런 일이 있은 후 그는 좀처럼 고향에 모습을 나타내지 않았다.

지금 안제름은 대도시에서 학생들을 가르치는 유명한 학자로 이름이 알려져 있었으나 외출이며 산책을 즐기는 일상의 행위는 세상 다른 사람들과 똑같았다. 고급스러운 옷을 입고 모자를 쓰고 근엄한 표정을 짓거나 황홀한 기분에 사로잡히고 적당히 진지한 모습을 하고, 약간은 피곤한 기색을 띄기도 했다. 그는 자기가 뜻한 대로 신사가 되고 학자가 되었다.

그런데 그는 유년 시절에 경험한 것과 같은 황홀한 고통을 느낄 수가 없었다. 그는 갑자기 지난 세월이 덧없이 흘러가 버린 것처럼 느껴졌다.

그리고 늘 지향해 온 삶의 한복판에 있으면서도 기묘하게 쓸쓸한 자신을 억누를 수가 없었다.

교수라는 직업은 정말 행복하지 못했다. 시민이나 학생들로부터 정중한 인사를 받는 일은 충실한 기쁨이 아니었다. 때로는 하루하루의 생활이 시들고 먼지에 쌓여 있는 것 같았다. 결국 행복은 미래만큼이나 멀어지고 말았다. 행복으로 가는 길은 뜨겁고 먼지투성이고 평범하게 보였다.

이 시기에 안제름은 자주 어떤 친구의 집을 방문했다. 그 여동생이 그의 마음을 사로잡았기 때문이다. 그러나 그는 여인의 아름다운 얼굴을 쉽게 추구하지는 않았다. 하지만, 그것이 변하고 있었다. 행복은 그에게 있어서 특수한 방법으로 찾아오고 있다는 사실과 어느 창 안에 영원히 머물러 있는 것이 아니라는 걸 깨닫고 있었다.

친구 여동생은 상당히 그의 마음에 들었다. 그는 진실로 자기가 그녀를 사랑한다는 것을 느꼈다. 그러나 그녀는 누구와도 비교할 수 없을 만큼 일거일동에도 말 한마디에도 고유의 색채와 특징이 있었다. 그녀와 함께 걸으며 보조를 맞추는 것은 결코 쉽지가 않았다.

안제름은 때때로 해 질 무렵 쓸쓸한 거실 안을 왔다 갔다 하며 공허한 자기의 발소리에 귀를 기울이며 깊은 생각에 빠져 있을 때 늘 여자의 모습이 떠올랐고, 그때마다 자신과 끊임없이 다투지 않으면 안 되었다.

그녀는 그가 아내로 선택하기엔 나이가 많았다. 그녀는 너무나 개성이 강해서 함께 살며 학문적인 야심을 추구하는 일은 곤란할 것이라는 사실을 너무나 잘 알고 있었다. 어차피 그녀는 그런 따분한 이론적인 것에 귀를 기울이려고 하지 않을 테니까. 게다가 그녀는 그다지 건강하지도 못하고, 특히 사교나 연회에 잘 견디어 낼 수 없는 체질을 갖고 있는 듯했다.

그녀가 가장 좋아하는 일이란 아름다운 꽃이나 노래, 책 따위를 자기 주위에 놓고 고요함을 즐기며, 때로는 누가 오지나 않을까 하는 기다림 속에서 세상의 형편 따위는 돌아보지 않았다.

그녀는 몹시 신경질적으로 감정이 민감했기 때문에 주위의 모든 것이 그녀를 슬프게 하여 자주 눈물을 흘렸다. 그리고 또 그녀는 고독한 행복 속에서 조용히, 그리고 우아하게 빛나는 존재였다. 그래서 사람들은 그 아름답고 별난 여성에게 독특한 뭔가를 알고 싶어 했고, 그녀가 의미하는 일이 얼마나 매력적인 것인가를 느꼈다. 이따금 안제름은 그녀가 자기를 사랑하고 있다고 믿었으나 사실 그녀는 그 누구도 사랑하지 않았다. 거의 습관적으로 누구에게나 부드럽고 친절하게 대할 따름이며, 세상으로부터 아무것도 요구하지 않는 것이 그녀의 삶의 태도였다. 그러나 안제름은 인생에서 보다 절대적인 강렬한 다른 것을 원하고 요구하고 있었다. 아내를 맞이했다고 하면, 가정은 생기와 활기참, 그리고 친밀함이 없으면 안 된다는 것이 그가 믿어 온 생활신조였다.

"이리스!"

하고 그는 그녀에게 말했다.

"사랑스러운 이리스, 이 세상이 다른 구조로 변모되어 있다면 얼마나 좋을까요! 꽃과 사상, 음악의 혜택을 누리는 당신의 아름답고 온화한 세계밖에 존재하지 않는다면, 나는 평생 당신 곁에 머무르며 당신의 얘기를 듣고 당신 생각 속에서 살아가는 것 외에 아무것도 바라지 않겠소. 당신은 이미 나에게는 유쾌한 존재입니다. 이리스란 훌륭한 이름이오. 그 이름이 내게 무엇을 의미하는지 분명히 알 수는 없지만 말이오."

"지금껏 모르고 계셨나요? 푸르고 노란 붓꽃이 이리스라는 것을……"

하고 그녀는 놀란 얼굴을 하며 말했다.

"아니오, 그건 나도 잘 알고 있었소. 그것만으로도 상당히 아름다운 것이오. 그러나 당신 이름을 꺼낼 때마다 뭔가를 떠올리게 되오. 아마 그 이름은 내게 있어서 너무나 깊고도 중요한 먼 기억과 결부되어 있는 것 같소. 그러나 도대체 그것이 뭔지 잘 모르겠소."

아주 난처해하며 한 손으로 이마를 어루만지고 있는 그에게 이리스는 미소를 띠었다.

"저 꽃향기를 맡을 때마다 저는 어떤 생각을 하고 있어요."

하고 그녀는 작은 새처럼 가벼운 음성으로 안제름을 향해서 말했다.

"어떤 생각을 떠올릴 때마다 제 마음은, 옛날 이 향기엔 내 것이 있었지만, 지금은 없어지고 말았다. 그러나 아름답고 귀중한 추억이 결부되어 있다고 생각하는 거예요. 음악에 관해서도 그래요. 때때로 시에 관해서도 그런 느낌을 갖죠. 그럴 때 갑자기 한순간의 일이지만 잃어버린 고향이 갑자기 발밑에 가로놓여 있는 것처럼 어떤 것이 반짝 빛나다가 곧 다시 사라지는 찬란함을 느끼지요. 안제름, 우리들은 이 돌발적인 기억 때문에, 결국 잃어버린 먼 울림에 귀를 귀울이기 때문에 지상에 존재하고 있는 것이라고 생각해요. 그 울림 속이야말로 우리들의 참된 고향이 아닐까요!"

"정말 아름다운 얘기를 해 주셨습니다."

하고 안제름은 칭찬의 말을 했다.

실제로 그녀의 말을 듣고 있노라면 숨어 있던 나침반이 먼 목표를 가리키기라도 하는 듯한 고통스러울 정도의 감동을 주었다. 그러나 그 목표는 그가 일생의 목표로 하려고 생각했었던 것과는 너무나 동떨어진 것으로 그를 슬프게 했다. 꿈속에서 본 아름다운 동화처럼 자기의 일생을 덧없이 보낸다는 것은 과연 어울리는 삶일까?

그런 어느 날, 안제름은 혼자 여행에서 돌아오자마자 삭막한 자기 집이 너무 춥고 답답하게 여겨졌기 때문에 아름다운 그녀가 있는 곳으로 달려가 결혼 신청을 할 생각이었다.

"이리스. 나는 이런 식으로 살기를 원치 않소. 당신은 늘 나에게 좋은 친구였지요. 나는 당신에게 무엇이든 말하지 않고는 견딜 수가 없습니다. 나에게는 아내가 필요하오. 그렇지 않으면 내 생활이란 너무 공허하고 무의미합니다. 그리고 사랑스런 꽃과 같은 당신을 제외하고 누구를 아내로 맞이할 수 있단 말이오? 내 말을 듣고 있소, 이리스? 당신에겐 많은 꽃을, 게다가 더할 나위 없이 아름다운 정원을 드리겠소. 내가 있는 곳으로 와 주지 않겠습니까?"

이리스는 오랫동안 그의 눈을 바라보고 있었으나, 전혀 웃거나 얼굴을 붉히지도 않은 채 단호한 음성으로 말했다.

"안제름, 저는 당신 말에 당황하지는 않아요. 당신 아내가 된다는 것에 대해 지금까지 생각해 본 적도 없지만, 당신을 좋아하는 것은 사실입니다. 하지만 안제름, 저는 제 자신을 또 아내가 될 여자들에 대해서 많은 이야기를 한답니다. 당신은 저에게 꽃과 정원을 주겠다고 하셨어요. 정말 그건 고마운 배려입니다. 그러나 저는 꽃이 없어도, 음악이 없어도 혼자 살아갈 수 있답니다. 하지만 단 한 가지만은 잃고 싶지 않아요. 저는 단 하루라도 마음속의 음악을 소중히 여기지 않고는 살아갈 수가 없어요. 만일 제가 어떤 남성과 함께 산다면 그 사람 마음속의 음악이 저의 음악과 충분히 조화를 이룰 수 있는 사람이 아니면 안 돼요.

또한 그 사람의 음악이 순수하여 저의 음악과 공명하는 것이 그 사람의 욕망이 아니면 안 됩니다. 과연 당신에게 그것이 가능한 일일까요? 안제름. 그렇게 되면 당신은 학자로서 더이상 유명해질 수 없을 것이고, 명예를 누릴 수도 없겠죠. 당신의 집은 적막에 싸이게 될 것이고, 당신의 이마에 생긴 주름은 없어지지 않겠지요. 아, 안제름! 그런 것을 당신은 감당할 수 있겠어요? 이봐요, 당신은 학문적인 연구로 인해 끊임없이 새 주름을 이마에 새기고, 새로운 과제를 만들지 않고는 생활할 수 없는 교수님이 아니신가요. 제 생각과 저의 사람됨을 당신이 사랑해 주시고, 높이 평가해 주시는 것은 고마운 일이지만, 그것은 많은 사람들이 느끼고 있는 것처럼 당신에게 있어 아름다운 노리개에 불과해요. 진정으로 잘 들어주세요. 당신에게 있어서 노리개인 저라는 존재는 생명 그 자체이지만, 당신에게는 그렇게 될 수 없을 거예요. 당신이 노력과 심려를 쏟는 모든 것이 저에게는 장난감에 불과하고 그것들을 위해서 살아갈 가치가 없다고 봐요. 저는 다른 사람에게 예속되는 것만큼은 거부하고 싶어요. 안제름, 저는 저의 법칙에 따라 살아가고 있을 뿐이니까요. 그러나 당신은 다른 사람이 되겠죠? 제가 당신의 아내가 될 수 있는 방법은 당신이 완전히 다른 사람이 돼야 하는 것이 아닐까요?"

안제름은 지금까지 그녀의 의지가 약하고 유희적이라고 생각하고 있었기 때문에 당황해하며 아무 말도 할 수 없었다.

그는 묵묵히 테이블 위에 놓여 있는 꽃을 집어 들고 손으로 찌부러뜨렸다.

그러자 이리스는 온화한 동작으로 그의 손에 쥔 상처 난 꽃을 받아들었다. ―그것이 감당할 수 없을 만큼의 비난처럼 안제름의 가슴을 자극했다. ―그녀는 갑자기 밝고 상냥하게 미소 지었다. 뜻밖에 암흑 속에서 출구를 발견한 것처럼.

"생각나는 것이 있어요."

그녀는 낮은 음성으로 말하며 얼굴을 붉혔다.

"내 생각을 당신은 기묘하고 변덕스럽다고 생각하 겠지만, 결코 변덕은 아니랍니다. 들어주시겠어요? 그리고 받아들여 주시겠습니까? 당신과 제 일을 결정하기 위해서 말이에요."

안제름은 그녀의 말을 이해할 수 없었기 때문에 다소 근심 어린 표정으로 그녀를 바라보았다. 그녀의 당당한 미소에 멈칫거리며 그는 신념을 갖고 "좋소."하고 대답했다.

"저는 당신에게 하나의 과제를 내주고 싶어요."

그 말에 안제름은 자세를 낮추었다.

"이건 아주 진지한 것입니다. 그리고 저의 최후의 말이기도 합니다. 제 마음에서 나오는 것을 순수하게 받아 주시겠어요? 그리고 납득되지 않는 경우라 할지라도 끝까지 들어주시겠죠?"

안제름은 그렇게 하기로 약속했다. 그러자, 그녀는 일어나서 그의 손을 잡으며 말했다.

"당신은 제 이름을 부를 때마다 옛날부터 소중하고 잊어버렸던 그 어떤 것을 떠올리는 듯한 기분이 든다고 자주 말씀하셨습니다. 그것은 무엇을 의미하는 걸까요? 안제름. 그 때문에 다시 당신은 지금까지 제 주위에 가까이 계신 것입니다. 그리하여 당신은 자신의 영혼 속에서 소중하고 신성한 것을 잃어버렸기 때문에 행복을 발견하고 사명을 다하기 위해서는 무엇보다도 저에게서 해방되지 않으면 안 된다고 생각합니다. 안제름, 저는 당신 손을 잡고 부탁드리고 싶습니다. 자아, 어서 돌아가셔서 저에 대해 떠오르는 모든 것을 기억 속에서 찾아보세요. 당신이 저를 다시 새롭게 발견하는 날, 저는 당신의 아내로서 어디라도 함께 가겠습니다. 그리고 당신이 원하는 이외의 것은 갖지 않겠습니다."

곤혹스러움을 느낀 안제름은 황급히 그녀 말을 가로막고 그런 요구는 일시적인 것이라고 비난하려 했으나, 그녀는 맑고 깊은 시선으로 약속을 상기시켰다. 그는 할 수 없이 입을 다물었다. 그는 그녀의 손을 잡아 입술에 가볍게 댄 다음 밖으로 나왔다.

그는 인생의 반을 살아오는 동안 몇 개의 과제를 떠맡고 그것을 해결하기 위해 열정을 쏟고 노력했지만, 희망적인 과제는 없었다. 다음날도 또 그다음 날도 그는 뛰어다니며 피로에 지쳐 쓰러질 때까지 이 과제를 생각했으나 끝내는 절망하고 분노를 터뜨렸다. 이런 과제는 한 미친 여자의 변덕일 뿐이라고 머릿속에서 털어버렸다. 하지만, 마음속 깊은 곳에서 뭔가가 반대했다. 그것은 미묘하고 은근한 고통이며, 너무 희미해서 확신할 수 없을 정도의 경고였다. 이 미묘한 울림은 이리스의 말이 정당하며 그녀와 똑같은 요구를 강요하고 있었다.

그러나 이 과제를 풀기에는 그에게 너무 벅찼다. 그는 훨씬 전에 잃어버린 일들을 하나하나 기억해내야 했다. 까맣게 잊어버린 세월의 거미집 속에서 단 한 줄의 황금 실을 발견해야만 했다. 그가 두 손으로 움켜쥐고 연인에게 바쳐야만하는 것은 바람에 의해 사라져 버린 새의 목소리나 음악을 들을 때의 어렴풋한 달콤함과 같은 것이었다. 그것은 하나의 생각보다도 더 여리고 희미하며 덧없고 실체가 없는 것이며, 밤에 꾼 꿈보다도 허무하고 아침 안개보다 더 쓸쓸했다.

실망한 나머지 모든 걸 내던져 버리고 아주 불쾌해져서 단념해 버린 적이 여러 번 있었으나, 뜻밖에도 정원으로부터 숨결 같은 것이 전해져와 그는 이리스라는 이름을 혼자 중얼거렸다. 열 번, 아니 그 이상이나 단단히 쥔 현(絃)의 음을 교정해 보려는 듯 희미하게 불러 보았다.

"이리스!"

하고 그는 속삭였다.

그러자 그때 뭐라 할 수 없는 슬픔과 함께 마음속에서 아주 미미한 것이 꿈틀거리는 고통을 느꼈다. 그것은 사람이 살지 않는 낡은 집에서 원인도 없이 문이 열리거나, 덧문이 삐걱거리는 것 같은 엷은 흥분을 가져다주었다. 마음속에 잘 정리해 둔 기억을 하나씩 떠올려보았다. 그러자 의외의 것이 발견되었다. 그 기억의 보물 창고는 자신이 생각하고 있던 것보다 너무나도 작았다. 되돌아 보면 지금까지의 모든 세월이 낭비였고 백지처럼 공허한 것이란 느낌이었다.

어머니의 모습을 분명히 떠올리기에는 많은 노력이 필요했다. 그것은 청년 시절에 1년 가까이 불타는 사랑을 갈망하며 뒤를 쫓던 소녀의 이름을 까맣게 잊고 있었다는 사실이다.

학창 시절 잠시 함께 살았던 개를 기억해냈지만, 그 개의 이름을 다시 알아내는 데는 며칠이 걸렸다.

불행한 남자는 슬픔과 불안이 점점 격심해지면서 과거의 생활이 모두 용해되어 공허하게 되어 있는 것을, 이미 자기란 존재는 없어져 있다는 것을, 또한 옛날부터 암기한 적이 있으나 지금은 보잘것없는 단편을 겨우 묶어 맞추는데 지나지 않는 것처럼 그에게 있어서 그녀가 없는 현실이란 서먹서먹하고 관계없는 것임을 알고 고통으로 가득 찼다.

그는 쓰기 시작했다. 한 해 한 해 거슬러 올라가서 자기가 느끼고 간직하고 있었던 수많은 체험을 훌륭한 글로 써 두고 싶다고 생각한 것이다. 하지만, 그의 가장 중요한 체험은 어디에 있단 말인가? 교수란 말인가? 일찍이 학생 시절에 꿈꾸었던 의사에 대한 동경이란 말인가? 젊은 날 한때 이 여자의 가슴에서 또다른 여자의 품 안을 찾아 방황하던 무분별이란 말인가? 그는 깜짝 놀라서 눈이 휘둥그레졌다. 이것이 인생이었던가? 이것이 삶의 전부였던가? 그는 자기의 이마를 가볍게 때리면서 공허하게 웃었다.

그런 동안 시간이 흘렀다. 그렇게 빨리 시간이 지나간 적은 없었다. 어느덧 1년이 지났다. 그는 여전히 이리스와 헤어진 때와 똑같은 장소에 서 있는 것처럼 여겨졌다. 그러나 그는 너무나 많은 변화를 스스로 감내하고 있었다. 그의 변화는 주위 사람을 놀라게 했다. 그는 늙지도 젊지도 않은 흐름 속에 정지되어 있었다. 그를 아는 사람들은 그를

마을, 언덕, 산(헤르만 헤세, 1926)

진저리나고 멍청하며 변덕스럽고 또한 이상한 사람이라고 단정하고는 차츰 멀어져 갔다. 별난 인간이라는 평판 속에서 오랫동안 혼자 생활하지 않으면 안 되었다.

때로 그는 자기의 책임과 임무를 잊어버리고 학생들을 기다림에 지치게 한 적도 있었다. 그가 너무 생각에 몰두한 나머지 거리를 걸어가면서 더러운 웃옷으로 어느 집 창가의 먼지를 닦으며 간 일도 있었다. 이제는 그가 마시지 않던 술을 입에 대기 시작했다고 말하는 사람도 있었다. 또 한때는 강의 중에 학생들 앞에서 침묵하고 뭔가를 생각해내려고 애쓰며 의미를 알 수 없는 공허한 웃음을 지어 모두를 놀라게 하기도 했다. 그리고는 한여름의 소낙비처럼 열기와 감정을 담은 어조로 강의를 계속했다. 그것이 많은 사람들의 마음에 감동을 불러일으키기도 했다.

지난날의 향기와 소멸된 흔적을 따라서 절망적인 방황을 계속하고 있는 동안 그에게 새로운 의미가 생기고 있었으나 그 자신은 아무것도 알지 못했다.

오래된 벽에 그려진 낡은 그림 속에 덧발라져 맨 처음에 그려진 그림이 숨겨져 있는 것처럼 기억하고 있는 것의 뒤편에 또다른 기억이 가로놓여 있다는 사실에 그는 놀라지 않을 수 없었다.

그가 여행으로 본 적이 있는 거리의 이름이라던지, 친구의 생일이라던지, 뭔가 특별한 것을 떠올리려고 과거의 사소한 추억의 단편들을 깨어진 조각처럼 하나씩 찾아 맞추려 하자, 갑자기 전혀 다른 생각이 떠올랐다. 4월의 아침 바람처럼 혹은 9월의 안개 낀 흐린 날처럼 어떤 숨결이 그를 엄습해 왔다.

그는 비밀한 향기를 맡고 알 수 없는 황홀함을 느꼈다. 피부인지, 눈인지, 심장인지, 어디인지 모를 어렴풋하고 미묘한 감동을 받았다. 아주 느리게 서서히 깨닫게 되었으나, 어떤 날은 파랗고 따뜻했으며 혹은 차갑고 회색빛의 낯선 하루가 그의 마음속에 회상으로 얽혀 있음을 깨달았는데, 그것이 봄날인지, 겨울날인지를 그는 확연히 느끼기는 했으나 쉽사리 발견할 수는 없었다.

그것에는 특별한 이름도 글자도 없었다. 학창 시절이었는지, 아직 요람 속에 있는 아기 때였는지 전혀 구별할수가 없었다. 그러나 향기만은 있었다. 자기 자신은 알수 없고, 이름 붙일 수도 단정 지을 수도 없는 그 무엇이 마음속에서 되살아나는 것을 느꼈다. 이 기억은 일생의 먼 곳까지 거슬러 올라가서 생과 사에 이르기까지 거울속에 흐르는 구름을 보는 것 같은 아련한 슬픔을 가져다 주었다. 그것은 미소 짓지 않고는 견딜 수 없는 아름다움이었다.

안제름은 기억 속의 심연을 방황하며 많은 것을 발견했다. 마음의 동요와 함께 가슴을 울리는 것을 보았다. 마침내 그는 놀라워하고 불안해하며 무분별한 것에 감동했다. 그러나 이리스라는 이름이 무엇을 의미하는지 전혀 알아낼 수가 없었다.

어느 때는 발견할 수 없는 고통으로 그는 오랫동안 떠

나 있던 고향을 다시 방문하고 산림이나 작은 도로, 혹은 낮은 울타리를 보았다.

유년 시절의 꿈이 머물러 있을 듯한 정원에 서 있으려니까 추억의 큰 파도가 자기 마음 위로 흐르는 것을 느꼈다. 과거가 청결한 꿈처럼 그를 감쌌다. 마침내는 슬프고 기운 없이 그는 거기에서 황급히 되돌아왔다. 그는 거실의 문을 닫아걸고 병에 걸렸다고 한 뒤 찾아온 사람들을 모두 되돌려 보냈다.

하지만 한 사람이 끈질기게 그를 만나기를 청했다. 그가 이리스에게 결혼을 청한 이후 한 번도 만나보지 못한 친구였다. 그가 찾아왔을 때 안제름은 돌봐 줄 사람도 없는 적막하고 외딴집에서 혼자 앉아 있었다.

"일어나게."

친구는 그에게 말했다.

"함께 가세. 지금 이리스는 자네를 만나고 싶어 하네."

그 말에 안제름은 벌떡 자리에서 일어났다.

"이리스라고! 이리스가 어쨌단 말인가? 아, 알았네, 알았어!"

"어서 함께 가세! 지금 이리스는 삶과 죽음의 갈림길에 놓여 있다네. 오랫동안 병으로 누워 있어."

두 사람은 이리스 집으로 갔다. 그녀는 긴 소파에 여윈 모습으로 누워 있다시피 앉아 있었다. 그리고 놀란 눈으로 밝게 미소 지었다. 희고 가냘픈 손을 안제름에게 내밀었다. 그 손은 꽃같이 그의 손에 살포시 얹혔다. 순간 그녀 얼굴은

붓꽃 소년 **229**

밝은 빛으로 가득한 것처럼 보였다.

"안제름….."

그녀는 말했다.

"지금도 저를 원망하고 계신가요? 저는 당신에게 어려운 과제를 드렸습니다. 당신은 그것을 풀고자 많은 노력을 하셨습니다. 더욱 탐색하고 목적에 도달할 때까지 계속 정진하세요. 당신은 저를 위해서 그 길을 선택했다고 생각하시겠지만, 실은 당신을 위해서 하고 있는 것입니다. 아시겠어요?"

"어렴풋이 느끼고 있었소."

안제름이 애써 말했다.

"지금에야 비로소 그것을 알았소. 아주 먼 길이오, 이리스. 나는 훨씬 전에 나에게로 돌아오고 싶었지만, 이미 귀로를 찾을 수 없었던 거요. 그건 나 자신의 운명인지 모르겠소."

그녀는 그의 슬픈 눈을 바라보며 밝게 위로하듯 미소 지었다. 그는 그녀의 섬세한 손 위에 얼굴을 대고 오랫동안 흐느껴 울었기 때문에 그녀의 손은 흥건히 젖어 있었다.

"당신의 운명이 어떻게 될지?"

그러자 그녀는 추억의 반영에 지나지 않는 듯한 흐린 음성으로 말했다.

"당신이 어떻게 될지 물으셔서는 안 됩니다. 당신은 이미 자신의 삶에서 여러 가지 것을 구하셨습니다. 명예를, 행복을, 지식을 구하셨습니다. 그리고 저를, 당신의 작은 이리스를 선택하셨습니다. 그러나 그것들은 당신에게서 멀어져 갔습니다. 지금 제가 당신에게서 떨어져 가지 않으면 안 되는 것처럼 말입니다. 제게 있어서도 마찬가지였어요. 저는 늘 구했습니다. 항상 그것은 아름답고 사랑스러운 것이었지만, 쇠퇴하고 시들었습니다. 이제 저는 아무것도 구하지 않습니다. 저는 제자리로 돌아왔습니다. 아주 작은 한 걸음을 내디딘 것만으로도 행복해야 하는 저는 고향으로 돌아가는 귀로에 놓인 것입니다. 당신도 그곳으로 가시겠죠? 안제름, 그렇게 되면 이제 이마의 주름 따윈 없어질 거예요."

그녀는 몹시 창백했기 때문에 안제름은 절망하여 부르짖었다.

"아, 기다려주시오, 이리스. 아직 가지 말아주오! 당신이 나에게서 떠나는 일이 없도록 하나의 징표를 남겨 주시오!"

그녀는 고개를 끄덕이며 머리맡에 있는 유리 꽃병에 꽂아 놓은 갓 핀 푸른빛 붓꽃을 그에게 주었다.

"자아, 제 꽃을…… 이 이리스(붓꽃)를 간직하세요. 그렇게 하면 당신도 제가 있는 곳으로 오실 수 있을 거예요."

안제름은 흐느끼며 꽃을 손에 들고 이별을 고했다.

다음날 친구가 그의 집으로 심부름꾼을 보내자, 그는 다시 와서 그녀의 관을 꽃으로 장식하고 매장을 도와주었다.

그리하여 그가 거쳐 온 생활은 붕괴되었다. 이 실을

계속 짜는 듯한 삶이 그에게는 불가능하게 여겨졌다. 그는 모든 것을 단념하고 도시에서의 일을 버리고 세상 속으로 잠입해버렸다. 그는 여기저기 둘러보고 고향에 나타나 오래된 정원 울타리에 기대어 보기도 했으나 마을 사람들이 그를 알아보고 도우려고 하자, 그는 곧 그곳을 떠나서 몸을 감춰 버렸다.

붓꽃은 여전히 그의 메마른 손에 쥐어져 있었다. 그는 붓꽃을 자주 들여다봤다. 가만히 눈길을 꽃 속으로 보내고 있으면, 푸른 빛을 띤 밑바닥에서 과거와 미래의 향기와 예감이 한꺼번에 그에게로 흘러들어오는 것 같았으나, 끝내 현실에는 미치지 못했기 때문에 그는 비통함으로 다시 발걸음을 옮기는 것이었다.

그는 반쯤 열린 꽃잎 속을 들여다보며 귀를 맑게 하자, 그 안에서 애타게 그리는 비밀의 숨결이 들려왔기 때문에 지금이야말로 모든 것이 주어져서 뜻대로 이루어진다고 생각했을 때, 그만 문이 꽝! 하고 닫혀 버리는 덧없는 세상의 차가운 바람이 그의 고독한 모습을 빼앗아가는 듯한 느낌에 깜짝 놀랐다.

그날 밤 꿈속에서 어머니가 그에게 말했다. 어머니의 얼굴과 모습을 이렇게 확실히 보고 친근하게 느낀 적은 오랜 세월 동안 없었다. 또 이리스도 그에게 말을 걸어왔다. 잠이 깨자 향기로운 여운이 남아 있었으며, 하루 종일 그것을 생각하며 보냈다. 그는 주소가 일정치 않았고 발길이 닿는 대로 많은 지방을 여행하고, 숲속에서 노숙하기도 했다.

마른 빵을 먹거나 산딸기를 먹고, 또는 낯선 마을을 지나며 농부들이 따라 주는 포도주를 마시거나 무성한 잎의 이슬을 마시기도 했다.

그러나 그는 그런 것을 전혀 자각하지 못했다. 그는 많은 사람들에게 정신병자 또는 마법자로 여겨졌다. 대부분의 사람들은 그를 두려워하고 조롱하고 때로는 위안거리로 삼았다. 그는 아이들 사이에 끼여 그 이상한 놀이에 참가하거나 부러진 나뭇가지나 조약돌과 나눈 대화를 기억했다. 겨울과 여름이 그의 옆을 그대로 지나쳤다. 그는 꽃의 꽃받침대며 계곡의 시냇물과 호수를 들여다보았다.

"형태야."

하고 그는 이따금 혼잣말을 했다.

"모든 것이 형태에 불과해."

그러나 자기 내부에 형태가 아닌 어떤 것이 자리잡고 있음을 느끼자, 그는 그것을 따라갔다. 그의 내부에 있는 어떤 것은 이따금 말로 표현할 수 있는 능력이 숨어 있었다. 그 소리는 이리스의 소리이고, 어머니의 소리이며, 위로며 희망이었다.

그는 기적을 만난 일도 있었으나 의아해하지는 않았다. 어느 때인가 눈이 내린 겨울 골짜기를 계속 걸어갔는데, 수염이 얼어붙을 정도였다. 그때 눈 속에 뾰족한 붓꽃이 아름다운 꽃망울을 터뜨리고 있었다. 그는 붓꽃을 향해 따뜻한 미소를 띠었다. 붓꽃이 늘 그의 마음속에 떠올랐던 것을 깨달았기 때문이다.

또한 그는 어린 시절의 꿈을 떠올렸다. 황금빛 기둥 사이에 담청색 길이, 밝은 줄기가 꽃의 비밀과 심장으로 통하는 것이 보였다. 그러자, 거기에 자기가 구하려는 것이 있음을, 이미 형태가 아닌 실체가 있음을 알았다.

다시 그는 알 수 없는 곳으로부터 경고를 받고 꿈에 이끌려졌다. 오두막집에 있는 그에게 아이들이 우유를 가져다주었다. 그래서 그는 아이들과 함께 놀았다. 아이들은 여러 가지 노래를 들려주며 숲속 숯 굽는 곳에서 기적이 일어났다고 말했다. 거기엔 천 년에 한 번밖에 열리지 않는 정령의 문이 있다는 것이었다.

그는 귀를 기울이며 아이들이 일러준 곳을 찾아 나섰다. 한 마리의 새가 무성한 오리나무 가지에서 노래하고 있었다. 그 새는 죽은 이리스의 목소리처럼 달콤한 소리였다. 그는 새를 따라갔다. 새는 앞으로 가볍게 날며 시내물을 건너 숲속 깊숙이 들어갔다.

새의 지저귐이 조용하고, 들리는 것도 보이는 것도 없자, 안제름은 멈춰서서 주위를 둘러보았다. 어느새 그는 숲속의 깊은 계곡에 와 있었다. 넓은 초록빛 숲 사이로 맑은 시냇물이 흐르고 있었다. 그의 가슴 속에선 새가 사랑스런 소리로 계속 울며 그의 발걸음을 계속 재촉했다. 마침내 그는 암벽 앞에 섰다. 암벽은 푸른 이끼로 뒤덮여 있었으나, 한가운데에 갈라진 틈이 입을 벌리고 있었으며, 그것이 산의 내부로 통해 있었다.

한 노인이 갈라진 틈 사이 바로 앞에 묵상하듯 앉아

있었다. 그는 안제름이 오는 것을 보고 일어서서 큰소리로 외쳤다.

"돌아가시오, 돌아가시오! 이곳은 정령의 문이오. 이 안으로 들어가서 두 번 다시 나온 사람은 아직 없었소."

안제름은 바위문 안을 들여다봤다. 그러자, 산의 내부 깊숙이 한 줄기 푸른 샛길이 뻗어 있는 것이 보였다. 황금빛 둥근 기둥이 양쪽을 바치고 있었으며, 샛길은 거대한 꽃 받침대 속으로 내려가는 것처럼 아래로 통하고 있었다.

그의 가슴 속에서 새가 밝게 노래했다. 안제름은 갈라진 틈 안으로 들어가서 황금빛 기둥 사이를 지나 더 깊이 푸른 비밀 속으로 나아갔다. 그는 이리스의 심장 속으로 가는 도중이었다. 어머니의 정원에 핀 붓꽃의 푸른 받침대 안으로 들어가는 것이기도 했다.

황금빛 황혼을 향해서 가자, 모든 추억이 별안간 되살아났다. 손으로 만져보니 작고 부드러웠다. 애인의 달콤한 음성이 가깝고 친근감 있게 귀에까지 울려 퍼졌다.

그 음성의 울림도, 황금빛 기둥의 찬란함도, 유년 시절의 봄에 느낀 것과 똑같았다. 어린 시절, 꽃 받침대 속으로 내려가는 꿈을 꾼 기억이 다시 되살아났다. 그러자 그림자처럼 여러 가지 형태의 전체가 함께 미끄러져 내려가며 비밀 속으로 빨려 들어갔다.

안제름은 조용히 노래하기 시작했다. 그가 가는 샛길은 조용히 고향 쪽으로 뻗어 있었다.

발코니가 있는 집(헤르만 헤세, 1922)

# 이웃 사람 마리오

햇빛이 곱게 내리쬐는 어느 날 오전, 나는 숲속에 혼자 앉아 있었다. 여기저기에 아카시아 나뭇가지가 연초록빛으로 물들어 있고 밝은 노란색의 작은 나뭇잎들이 떨리는 금빛 물방울처럼 흔들거리고 있었다.

나는 가을이 시작되는 계절의 작은 연습처럼 빨갛고 은회색이 나는 버섯, 아직 완전히 익지 않아 흰빛이 도는 초록색 밤송이 속에 박혀 있는 엷은 갈색의 밤알들, 그리고 돼지풀과 토끼풀에 둘러싸인 채 앉아 있었다. 게으름을 피우는 것이 아니라 아주 열심히 일을 하고 있었다. 몇 해 동안을 계속 그림만 그리고 난 다음, 요즈음 나는 갑자기 스케치에 빠져버렸으며, 그 후로는 가끔 꿈을 꿀 정도로 이 새로운 일에 몰두하고 있었다.

그래서 나는 화판을 무릎에 올려놓은 채 조용한 자세로 앉아서 한 조각의 숲을 화폭에 담고 있었다. 한 마리의 볼품 없는 뱀처럼 천천히 기어가는 듯한 늙은 밤나무가 열두 그루쯤 모여 서 있는 그 사이로 밝은 갈색의 아카시아

나뭇가지가 가느다랗고 곧게 뻗어 있었다.

또한 나무줄기 사이와 껍질에는 수관이 엉켜 있고 그 밑에는 돌과 양치식물과 나무뿌리들이 그물처럼 뒤엉켜 있었다. 그 나무들 사이의 중간쯤에 암벽 지하실 입구가 약간 허물어진 채 드러나 있었는데, 담벽을 떠받친 두 개의 기둥 사이로 서까래를 엮어 만든 작은 문이 있고, 그 서까래 뒤로 바위 굴이 검고 깊게 뚫려 있었다.

그것을 그린다는 것은 수수께끼처럼 자신이 없었다. 그러나 이것이 열심히 하지 않게 할 어떤 이유는 못 되었다. 우리가 할 수 있는 일만을 행하는 것은 지루하고 자기의 정신세계를 스스로 말살시키는 행위이다.

경찰관이나 여권국 관리들은 모두 이러한 점에 대해서는 너무나 쉽게 터득하고 있다. 알파벳순으로 이름 등을 읽는 법을 배우며, 그렇듯 여러 해 동안 이 어려운 일을 수행하는 것이 마치 인생의 급선무라도 된 듯 긴장하며 호기심을 가지고 끊임없는 노력으로 개개의 여권을 기록하고 통제하는 일을 마치 처음 해 보는 것처럼 착실하게 행하는 것이다.

나는 양치식물과 싸움을 하고 나무줄기에 그림자로 선을 그려 넣었다. 두 개의 돌기둥 사이로 어둡고 뒤엉킨 나무줄기와 산속의 요정들에게는 신비에 가득 찬 동화처럼 호기심이 발동하고 있다. 깊은 암흑이 깃든 이 막막한 심연을 종이 위에 연필로 검게 그려 넣는 것은 나에게 가장 큰 즐거움을 가져다주었다.

이 어두운 그림자의 선을 긋는 작업으로부터 다시 한번 눈을 들었을 때, 그림의 모습이 갑자기 변했기 때문에 나는 깜짝 놀랐다. 즉 작은 판자문이 활짝 열리면서 짙은 암흑과 같던 지하실 구멍에서는 따스한 불빛이 흘러나오고 있었다. 그러자 불빛이 꺼지면서 그 심연으로부터 키가 크고 바싹 마른 사나이가 밖으로 나왔던 것이다.

이미 여러 번 스케치를 했었던 이 암벽 지하실이 누구의 것인지를 나는 모르고 있었다. 그러나 이제서야 비로소 그것을 알게 되었다. 저기 굴속에서 기어 나오는 사람은 다름 아닌 몬타뇰라에 사는 늙은 치오 마리오였다. ─문을 다시 닫기도 전에 그는 내가 누구라는 것을 알아차리고는 펠트 모자에 손가락을 갖다 댔다.

테씬의 나이 많은 사람들 사이에 사랑스럽고도 우아한 예의를 지키며 이웃 간의 교제를 베푸는 친절함으로 정중히 나에게 인사를 했다. 그의 뼈만 남은 갈색 얼굴은 진정으로 미소 짓고 있었으며 내가 하고 있는 일에 대해 예의 바른 말씨로 물어보았지만, 가까이 다가와 화판을 들여다보지는 않았다.

한 세대 전만 해도 로만 민족이 사는 지방에서는 이토록 정중한 예의범절은 나이 많은 사람들 사이에서 여전히 계속되고 있었다. 이와 같은 사소한 것들이 남쪽에서의 생활을 가볍고도 명랑하게 해주는 몇 가지의 일에 속하는 것이다. 우리가 간단한 인사를 나눈 뒤 내가 다시 종이 위에 몸을 굽히고 그림 그리기에 열중했다면, 그는 더이상

한마디의 말도 하지 않고 나의 일에 대한 존경을 표했을 것이다.

곧 나는 자리에서 일어나 그에게로 걸어가서 악수를 청하고 포도와 염소들에 대해서 이것저것을 물어보았다.

우리가 그의 지하실에 아주 가까이 있었기 때문에 그가 나에게 인사치레로 포도주 한 잔쯤은 권하리라는 것을 미리 짐작하고 있었는데, 사실 그는 곧 진심으로 그렇게 했다.

나는 그에게 감사의 인사를 하고, 일을 하는 동안에는 전혀 술을 마실 수 없다는 것을 설명해 주었다. 그러나 그의 지하실을 한번 구경하고 싶다고 청했다.

우리는 오래되어 둥글게 닳은 계단을 내려갔고, 지하실 문과 심연처럼 비밀에 싸인 문이 내 앞에서 열렸다. 어둠 속에서 노인이 익숙한 솜씨로 주위를 더듬거리더니 요술을 부리듯 촛대를 끄집어내어 불을 붙였다. 그러자 아련히 교회당과도 비슷하게 아름답게 벽돌을 쌓아 올린 지하실이 자랑스럽게 불빛 속에 떠올랐다.

작은 통로가 30미터쯤 산속으로 뚫려서 숙련된 솜씨로 돌벽돌을 사용하여 잘 쌓여 있고, 그보다 훨씬 뒤쪽에서 아치형으로 끝나면서 통로는 모래와 자갈을 깔아 깊게 뻗어 있었다.

나는 그 돌벽 공사와 지하실의 냉기를 칭찬하였다. 그가 포도주를 마셔보라고 다시 권했으나 내가 또다시 사양을 하자 우리는 촛불 빛을 받으며 천천히 되돌아 나와서 깊숙한 땅속으로부터 황금색의 아침 햇빛 속으로 걸어

나왔다. 그리고는 거기에 한동안 서서 이야기를 나누었다.

마리오는 외관상으로 볼 때 모르는 사람에게는 나와 완전히 다른 사람으로 여겨질 수도 있을 것이다. 그는 천성적으로 타고난 농부인데, 그것도 살아가기가 매우 어려운 가난한 농부이다. 옛날에 테씬에 사는 가난한 농부의 아들들이 모두 그러했듯이 그도 어려서부터 미장이 일을 배웠고, 젊은 시절 오랜 세월 동안 일을 찾아 키일과 제네바와 프랑스 등 타향에 가 있었다.

그다음에 다시 고향으로 돌아와서 그는 아버지의 얼마 안 되는 초라한 땅을 상속받았고, 절약한 것으로 약간의 산을 샀으며, 다른 사람의 도움 없이 자신의 손으로 수십 년간 열심히 일을 하여 초원과 포도원을 만들었던 것이다.

소 한 마리와 염소 다섯 마리, 자기 소유의 산 밑에 길쭉하게 옥수수와 메밀을 심은 자갈밭, 밤나무숲과 잘 가꾼 포도원으로 그는 오랜 세월 동안 수확에 따라 때로는 검소하게 또 때로는 보다 풍족하게 한 해 한 해 살아갔다.

마리오에게 나는 '선생님'이라는 이름으로 불리었다. 사실 나는 이곳 그의 마을에 머물면서 그 어떤 알 수 없는 일을 하고 있는 낯선 이방인에 불과했다.

왜냐하면 내가 스케치나 하고 수채화나 그리는 것으로는 살아갈 수 없다는 것을 그는 너무나도 잘 알고 있었기 때문이다. 그는 거의 매일매일을 내가 그림을 그리고 스케치를 하면서 산보를 하고 카네이션과 용담꽃 다발을 들고 집으로 돌아가는 것을 바라보았다.

마리오는 이따금씩 나와 이야기를 나눌 뿐, 그 이외에는 나에 대해서 아무것도 모르고 있었다. 그에게 있어 내 생활과 내 일은 비밀로 되어 있을 것이다. 그의 눈으로 볼 때 산보나 하는 낯선 이방인을 악의 없는 무위도식가로나 여길 만한 단순하고도 거칠은 농부였다.

하지만, 그것은 완전히 타당성이 있는 말은 아니다. 실제에 있어서 마리오는 나에게 낯선 존재가 아니며, 사람들이 생각할 수 있는 것보다 나와 훨씬 더 많은 유사점을 지니고 있다.

나이 많은 마리오가 마을에 살고 있다고 하지만, 그의 딸은 마을로부터 상당히 멀리 떨어진 곳에 있었다. 거기에다 그는 이미 수십 년 전에 작은 마구간을 하나 세웠는데, 그 오두막집은 아주 낡았으며, 포도 넝쿨과 나무딸기가 지붕을 뒤덮고 있었다.

초록빛의 습기 찬 골짜기엔 작은 냇물이 전설처럼 흐르고 있는 서늘한 장소에 그는 휴식 시간에 이용할 수 있는 조그만 빈터를 마련해 놓고 벤치와 돌로 된 탁자를 세워놓았다.

봄이 되면 하얀 아카시아 꽃잎이 시나브로 떨어져 내리는 그곳에서 우리는 저녁때에 어느 한 친구와 함께, 아니면 혼자서 파이프 담배를 피우며 포도주를 한 잔쯤 마실 수도 있을 것이다.

그는 즐겨 파이프 담배를 피우고, 가을에는 쌀과 식용 버섯으로 만든 요리를 먹으며, 손수 짠 포도주를 마신다.

이러한 모든 일을 그는 아주 즐거운 마음으로 행하고 있으며, 또한 이런 식으로 늙어 가고 노동 이외에 쾌적한 자기의 시간만을 즐길 수 있기를 희망하고 있었다.

그는 1백 그램에 60센테시모(이탈리아 화폐)하는 버지니아 파이프 담배를 피우는데, 이 1백 그램은 정확히 1주일 피울 수 있는 분량이었다. 그는 언제나 신선한 담배를 피우기 위해 결코 그 이상을 사는 법이 없었다. 일요일과 축제일 때에는 동굴집에서 자신이 만든 포도주를 반 리터나 1리터를 마시기도 한다.

옛날에는 나이가 비슷한 마을 사람들과 공놀이도 하곤 했는데, 그는 훌륭한 선수였다. 그러나 지금 이러한 것을 이미 포기해 버린 지 오래였다.

물론 조용하면서도 건전한 인생의 향락에 대한 욕망이 그의 재질과 더불어 취미가 다한 것은 아니다. 나이 많은 마리오는 그 외에도 아주 오랜 옛날부터 보수적인 마을 음악클럽인—진보적인 음악클럽도 하나 있었다—필하모니에서 호른을 불었다. 취주 음악과 시골 축제의 파티에 대해서 그보다 더 잘 아는 사람은 이 마을에는 아무도 없었다. 내가 그를 더 좋아하게 된 것이 또 한 가지가 있었다.

30년쯤이 아니면, 그 이전에 자신의 손으로 세운 낡은 마구간의 앞면을 그는 금년에 새로 단장을 하고 석회로 칠을 하였는데, 벽에 겉칠을 하는 것만으로 만족하지를 않았다. 그는 이웃 마을에 살고있는 화가 페드리니를 초청해다가 문 위에 베들레헴 마구간의 성스런 가족상을 그리도록 했다.

그 후부터 우리가 숲으로부터 내려와서 마리오의 집 쪽으로 다가가게 되면, 붉은 복숭아나무 가지 사이로 부드럽고 밝은 마돈나와 조용한 갈색의 요셉 모습, 성스러운 아기와 구유 곁에 있는 다정한 동물들이 사랑스럽게 그려진 즐겁고도 아름다운 그림이 반짝이는 것을 볼 수 있다.

마리오가 나의 삶과 일생을 올바로 상상할 수 없다고 할지라도, 또 나 자신이 그의 힘든 노동과 절약과 검소함으로 가득 찬 인생에 대해 피상적인 것만 상상할 수 있다 할지라도—그는 내가 그의 심오한 취미와 즐거움을 아주 잘 이해하고 있다고 생각하고 있을 것이다. 그 점에 있어서는 우리 두 늙은이가 다 함께 비슷하다는 것을 정확히 느끼고 있었다.

1주일에 피우는 1백 그램의 버지니아 파이프 담배, 훌륭한 식용 버섯 요리를 먹은 다음 고독하고 은밀한 숲속에서의 해후, 전설처럼 흐르는 작은 시냇가의 나무 아래 놓인 돌 탁자 앞에 앉아 있는 저녁 시간, 일요일의 마을 음악회에서 호른을 연주하는 것, 그리고 푸른 나무 빛깔로 우거진 문 위에 그려진 새롭고 신선한 아름다운 빛깔의 마돈나 그림을 보는 기쁨이 모든 것들을 나는 누구보다도 더 잘 이해하고 있었다.

"네, 선생님……"

하고 마리오가 내게 말하였다.

"인생은 가혹하게 마련이죠. 누구에게도 쉽게 성취되는

일은 없습니다. 그러나 보십시오. 저녁에 포도주를 한 잔 마시고 일요일에 가질 수 있는 약간의 여유와 음악을 즐기게 되면 내 인생의 모든 것이 잘 되어간다고 생각하면 틀림없습니다."

우리는 즐거운 마음으로 악수를 했다. 그리고 나는 다시 내 캔버스 위에 몸을 굽혔다. 만일 이것이 실패작이 된다 하더라도 마리오의 지하실 문이 그려진 이 그림은 내게 즐거운 삶의 기념이 될 것이다.

포도원에서 본 경치(헤르만 헤세, 1920)

포도밭에서 바라본 경치(헤르만 헤세, 1922)

# 회상의 소나타

　헤드비히 딜리니우스 부인은 서둘러 부엌일을 끝내자
앞치마를 벗고 손을 마른 수건으로 닦고 머리를 매만진
다음에 남편을 기다리기 위해 거실로 갔다.

　그녀는 무료함을 달래려는 듯 몇 장의 뒤러 그림을 뒤
적거리다가, 코펜하겐의 도자기 상을 매만지다가 가까
이에서 종탑의 정오를 알리는 종소리가 들려오자 끝내
는 피아노 뚜껑을 열었다. 거의 잊어버린 멜로디를 기억
해내면서 몇 개의 건반을 두드리고는 잠시동안 하모니를
이루며 사라져가는 음률에 귀를 기울였다.

　가냘프게 공기를 타고 발산하는 진동 소리는 차츰
약해지더니 결국은 들리지 않게 되었다. 그런 다음에는
음조의 화음이 아직도 울리고 있는지, 아니면 귓가에 울리
는 가냘픈 매혹의 선율이 그저 회상일 따름인지를 알 수
없는 순간이 밀어닥쳤다.

　이제 그녀는 더이상 피아노 건반을 두드릴 것을 중지한
채 손을 무릎에 내려놓고 또다시 생각에 잠겼다. 그러나

지난날의 한때처럼 시골 고향에 살던 처녀 시절처럼 생각할 수가 없었다. 뿐만 아니라, 어느 정도 실현되었고 체험해 보았던 조금은 미묘하거나 감동적인 작은 일들이었지만, 그것들을 제대로 생각할 수가 없었다. 그보다도 사실은 오래전부터 다른 일들을 생각했다. 현실 자체가 그녀에게는 의심스러웠던 것이다.

처녀 시절의 불확실하게 꿈꾸어 온 소원과 기대감의 흥분 속에서 그녀는 언제인가는 결혼을 하여 남편과 가정을 갖게 되어 독립된 생활을 하게 되리란 생각을 늘 가지고 있었다. 그리고 그와 같은 아름다운 변화가 오기를 몹시 기대하고 있었다.

또한 무엇보다도 깊은 애정과 따뜻한 사랑의 감정뿐만 아니라 세상을 확실하게 살아갈 수 있는 보장과 생활에 대한 끊임 없는 유혹과 불가능한 소원으로부터의 적당한 보호를 갈망하고 있었다. 끊임없는 환상 속에서 꿈꾸는 것을 너무나 즐겨했기 때문에 그녀의 동경은 언제나 현실로, 즉 넓고 밝은 길 위에서 확실한 걸음걸이로 향하고 있었다.

그녀는 남편에 대한 생각에 빠졌다. 하지만 현실은 그녀가 꿈꾸어 왔던 것과는 너무나 달랐다. 이제 남편은 약혼 시절의 다정다감했던 사람이 아니었다. 점점 달라지고 있었다.

오히려 그녀가 그 당시에, 지금은 꺼져버린 광명 속에서 그를 염려하며 바라보았던 것이다. 그는 그녀와 비슷한 가문에서 태어났으므로 남다른 우월감과 기대 속에서 때로는 친구로 반려자로 그녀와 함께 인생의 길을 걸을 수 있으리라고 생각했었다. 그러나 지금은 그를 너무 과대평가했었다는 아련한 생각이 그녀의 깊은 곳에서 남모르게 싹트고 있었다.

남편은 천성적으로 착하며 사려 깊고 폭넓은 애정으로 그녀에게 자질구레한 집안일로부터 벗어날 수 있는 해방감을 갖게 해주었으며, 여건이 허락하는 한 자유를 즐기게 해주었다.

이렇듯 그는 그녀와 그의 인생의 모든 것, 일과 식사와 약간의 즐거움으로 만족했지만, 그녀는 이런 생활로 행복할 수가 없었다. 그녀의 내면에는 끊임없는 유혹의 위험과 야비하고 춤을 추려는 망령의 혼을 지니고 있으며 동화를 지으려는 몽상가의 정신을 가지고 있었다.

그리고 일상적인 작은 일까지도 멀리한 채 하루하루의 생활을 노래와 그림, 아름다운 책들과 숲과 바다의 폭풍우 속에서 장엄하게 울리고 있는 듯한 화려한 생활과 결부시키려는 동경을 품고 있었다.

한 송이의 아름다운 꽃은 그저 자연 속에 있는 꽃일 따름이며, 하나의 조용하고 외로운 산책 역시 그저 산책일 따름이라는 것으로써 만족할 수가 없었던 것이다. 그녀에게 있어 하나의 꽃은 요정이요, 변신을 하는 아름다운 정령이어야만 했던 것이다. 그리고 산책은 당연스런 운동이요, 휴식이 아니라 예감에 가득 찬 미지에 대한 끝없는 여행이며, 바람과 시냇물을 찾아가는 방문이며 말 없는 사물들과의 대화이어야만 했다.

늦은 밤에 아름다운 음악이라도 들었을 때면 그녀는 오랫동안 낯설은 정령의 세계에 머물러 있었다. 반면에 그녀의 남편은 오래전부터 슬리퍼를 신고 거실 안을 왔다 갔다 하며 끊임없이 담배를 피우고 음악에 대한 이야기를 건성으로 하고는 잠자기를 재촉했다.

이제 그녀는 자주 그를 놀라운 시선으로 바라보게 되었고, 더이상 남편과 결혼 생활에 대해 꿈꾸기를 갈망하지 않았다. 또한 그녀가 언제고 자기의 내면생활에 대해 진지하게 이야기를 하려고 하면 그가 관대한 표정으로 미소 짓는 것을 이상스럽게 여기지 않을 수 없었다.

그럴 때마다 그녀는 깊은숨을 몰아쉬며 화를 내지 말자, 인내심을 갖고 아내의 도리를 다하자, 그리하여 그가 편안한 마음을 갖도록 해주자 하고 결심을 하곤 했다. 지금 그는 자신의 삶에 피로를 느끼고 있을는지도 모를 것이며, 그가 진정으로 벗어나고 싶은 직장에서의 일들이 그를 괴롭히고 있을지도 모른다는 생각에서였다.

사실 남편은 그녀가 감사를 해야 할 정도로 관대하고 헌신적이었다. 그러나 그는 더이상 그녀의 백마를 탄 왕자도 아니고 친구도 아니며, 주인도 오빠도 아니었다. 그녀는 오직 홀로 회상과 환상의 모든 사랑스런 길을 걸어가기로 마음먹었다. 그 끝에는 이제 신비와 밝은 기대 속의 미래가 없었기 때문에 그 길은 더욱 고독했다.

초인종 소리가 울리자 그의 발소리가 현관 쪽에서 들려

오고 문이 열리면서 그가 들어왔다. 그러자 그녀는 그를 맞이하며 그의 입맞춤에 답례했다.

"여보, 별일 없었소?"

"네, 당신은 어땠어요?"

두 사람은 식탁으로 갔다.

"여보!"

그녀가 작은 음성으로 정답게 말했다.

"오늘 저녁에 루드비히가 오겠다고 했어요. 당신 승낙하시는 거죠?"

"당신이 좋다면야 괜찮겠지."

"그럼 이따가 오라고 전할께요. 그런데 전 기다릴 수 없을 정도로 마음이 조급해져 있어요."

"대체 무슨 일인데 그러오?"

"새 음악 말예요. 요즘 루드비히가 새로운 소나타를 배워 연주할 수 있다고 하잖아요. 굉장히 힘들었대요."

"그렇다면, 그 신인 작곡가의 곡 말인가, 그렇지?"

"네, 맞아요. 그 작곡가의 이름은 레거예요. 아주 주목할 만한 곡이라는군요. 전 지금 몹시 긴장하고 있어요."

"하지만 새로운 모차르트는 되지 못할 거요."

"그럼 오늘 저녁에 식사를 같이하자고 할까요?"

"뭐, 당신 좋을 대로 해요."

"당신도 레거에 대해 관심은 있으시죠? 루드비히는 아주 열광적으로 그를 칭찬했어요."

"사람들은 늘 새로운 것을 동경하고 그에 대해 말하

기를 좋아하지. 루드비히는 약간 지나치게 열정을 갖고
있긴 하지. 여보, 그렇지 않소? 그러나 처남은 나보다
음악에 관해선 훨씬 더 많은 것을 알고 있는 것은 사실이야.
하루의 반을 피아노와 씨름하고 있으니 당연한 일이
아니오?"

진한 블랙커피를 마시면서 그녀는 오늘 아침 공원에서
본 두 마리의 멧새에 대한 이야기를 했다. 남편은 호의적
으로 귀를 기울여 듣고 있었다.

"당신의 상상력은 굉장해. 정말 당신은 여류 작가가 될
수 있을 정도야!"

그런 다음, 그는 직장을 향해 집을 나섰다. 그가 좋아
하기 때문에 그녀는 창문에 서서 남편의 뒤를 지켜보았다.
그리고 나서 그녀도 늘 되풀이되는 일상적인 일을 시작했
다. 지난 한 주일 동안의 가계부를 정리하고, 남편의 침실을
치운 다음, 베란다와 현관에 있는 관상수를 물로 씻어주고,
다시 집 안팎을 돌아본 후에 뜨개질감을 앞에 놓고 앉아
있었다.

언제나 그렇듯 고요와 한가함이 그녀의 깊은 곳에서
야릇한 충동감을 불러일으켜 주었다. 뭔가 꼬집어 말할 수
없는 허전함, 그녀는 뜨개질 손놀림을 빨리했다.

저녁 8시경에 남편이 정확히 돌아왔고 뒤를 이어서
그녀의 남동생인 루드비하가 도착했다. 그는 누나의 손을
잡아 가볍게 흔든 다음 매형에게 인사를 했다.

저녁 식사를 하면서 두 남매는 활발하고도 만족스런

대화를 나누었다. 이따금씩 남편은 질투가 난다는 듯이 장난으로 말참견을 했다. 루드비히는 그것을 감지했지만, 그녀는 그에 대해 아무런 말도 하지 않았으며, 오히려 우울한 표정을 짓고 있었다. 그녀에게는 자기 남편이 이방인인 것처럼 생소한 느낌마저 들었다.

루드비히는 누나와 거의 같은 성격을 지니고 있었다. 그는 그녀와 똑같은 기질과 정신, 똑같은 회상을 지니고 있었으며, 똑같은 뉘앙스로 이야기를 하고 사소한 농담 까지도 모두 이해하고 응답했던 것이다.

그가 이 집 안에 있을 땐, 고향의 아련한 공기가 그녀를 감쌌으며, 모든 것이 옛날처럼 보였고 회상할 수 있었다. 그리고 그녀가 자기의 부모로부터 지니고 온 것들에 대해 남편이 친절하게 받아주기는 하지만, 바르게 응답하지는 못했다. 그러므로 근본적으로 이해할 수 없는 것들이 동생 루드비히가 곁에 있으면 진정해지고 생생해졌던 것이다.

그녀가 경고를 보낼 때까지 남편은 붉은 포도주를 마시고 있었다. 그들은 응접실로 갔다. 그녀는 촛불을 켜놓은 다음 피아노 뚜껑을 열었다. 그러자 그녀의 남동생이 담배를 치우고 악보를 펼쳤다. 남편 딜레니우스는 팔걸이가 달린 낮은 의자에 몸을 펴고 눕다시피 기대었으며 담배 재떨이를 옆에 갖다 놓았다. 그녀는 남편과 좀 떨어져서 창문가에 조용히 자리를 잡았다.

루드비히는 그 신인 음악가와 그가 연주할 소나타에 대해 몇 마디를 주고받았다. 잠시동안 아주 조용한 시간이 흘렀다. 이윽고 그가 연주하기 시작했다.

그녀는 첫 소절을 아주 주의 깊게 들었다. 연주곡은 그녀를 미지의 세계 속에서 감동시켰다. 그녀의 시선은 촛불을 받아 검게 빛나고 있는 루드비히의 머리카락에 닿아 있었다. 그러자 곧 그녀는 이 이상스런 음악의 물결에 강하고도 보드러운 정령을 느꼈으며, 그것은 그녀를 긴장시키고 환상의 날개를 달아주었다.

그녀는 알 수 없는 산골짜기를 넘어 벼랑길을 아스라이 걸어가는 듯 그 작품을 이해하고 체험할 수 있었다. 그 끝을 짐작할 수 없는 음률이 온 집 안을 가득 채웠다.

루드비히는 연주를 계속했고, 그녀는 음악의 흐름을 타고 넓고도 검은 수면이 커다랗게 물결치는 것을 보았다. 그러자 어디선가 거대하고 강력한 수천 마리의 새가 일제히 날아오르는 듯 쏴아쏴아 하는 무엇인가 비밀스런 소리가 가득히 울렸다. 때로는 타오르는 격정으로 또 가냘픈 어린아이 목소리로 사랑스런 멜로디가 되어 울려 나왔다.

마침내 음악은 검은 구름이 찢겨진 자락처럼 펄럭거렸고 그 틈 사이로 경이로운 섬광이 깊은 하늘에 금빛으로 타올랐다. 그러자 격랑의 파도를 타고 무시무시한 형상의 바다 괴물이 질주했다. 그런가 하면 작은 물결 위에서는 이상하게 생긴 뚱뚱한 어린아이 같은 어린 천사들의 달콤하고도 감동적인 윤무가 벌어지고 있었다. 그 무시무시한 것들은 점점 커지다가는 변화무쌍한 마력을 지닌 사랑스런 것에 의해 하나씩 무너져 갔다. 그 광경은 가볍고도 투명하여 사방으로부터 어떠한 공격도 받지 않은 공간으로 변하였다.

그러자 형용할 수 없는 달빛과도 흡사한 빛 속에서 아주 사랑스럽게 움직이는 작은 요정들이 공중 윤무를 추었으며 곁들여 순수하고도 수정 같은 목소리로 황홀하도록 신비스럽게 들려 오는 노래를 불렀다.

그러나 이제는 하얀빛 속에서 노래하고 율동하며 춤추는 것이 천사와도 같은 빛의 요정들이 아니라, 그들에 대한 이야기를 하고 꿈을 꾸는 인간들인 것처럼 보였다. 이처럼 인간의 환희와 행복은 어린아이와 같은 즐거움에 의해서 탄생되고, 밝고 명랑한 웃음은 사라졌지만 떠도는 공기는 너무나 은밀하고 마음이 슬플 정도로 달콤했다.

이윽고 사랑스런 요정들의 노랫소리는 천천히 빛과 빛 사이를 물결치듯 흐르다가 다시금 힘차게 부풀어 오르는 바다가 포효하는 소리로 변했다. 전쟁의 아비규환과 공포, 생명의 벅찬 충동이 울려 퍼졌다. 그리고는 마지막으로 격정의 파도가 멀리 물러가면서 해조음을 길게 남기며 노래가 끝났다. 그러자 피아노 어디선가에는 물결 소리가 머물듯 서서히 사라지면서 그 음조 역시 모두 끝났다. 이제 깊고 푸른 고요가 깃들었다.

루드비히는 몸을 구부린 채 귀를 기울이며 그대로 꿈꾸듯 앉아 있었고, 그녀는 깊은 잠에 빠진 듯 의자에 기대 앉아있었다. 드디어 남편 딜레니우스가 몸을 일으켜 식당으로 가서 처남에게 포도주 한 잔을 가져다주었다.

그러자 루드비히가 의자에서 일어나며 감사의 말을 하고는 건네준 포도주를 한 모금 마셨다.

"매형! 내 연주를 어떻게 생각하세요?"

"아주 재미있었어. 아주 멋지게 연주를 했어. 많은 연습을 한 모양이야."

"그리고 소나타는 어땠어요?"

"응, 그건 각자의 판단에 맡기겠어. 새로운 곡을 무조건 반대하는 것은 아니지만, 이 곡은 너무나 비약적이야. 난 바그너를 더 마음에 두고 있지만……"

루드비히가 대답하려 했다. 그때 누나가 그에게로 다가와서 손을 동생의 어깨 위에 올려놓았다.

"그만두렴. 그건 개인의 취미에 관한 문제야."

"그렇잖아?"

하고 그녀의 남편이 기쁜 음성으로 말했다.

"무엇 때문에 말다툼을 해야 하나? 처남, 담배 피우지 않겠어?"

루드비히는 돌연 어리둥절한 나머지 누나의 얼굴을 바라보았다. 곧 그는 누나가 음악에 감동되어 있으며, 거기에 대해 이야기를 계속하면 괴로워하리라는 것을 깨달았다.

그와 함께 누나의 가슴 깊숙이 형성되어 있는 감성이 남편에게는 결여되어 있기 때문에 그녀가 그를 보호하고 감싸주어야만 한다는 사실을 처음으로 깨닫고는 아무런 말도 하지 않았다. 그리고 누나가 너무나 슬퍼 보여 그는 떠나기 전에 살며시 물어보았다.

노란코(헤르만 헤세, 1922)

"누나! 뭔가 말 못 하는 게 있지?"

그녀는 머리를 가로저었다.

"넌 다시 나에게 그 곡을 연주해 주어야만 돼. 나 혼자만을 위해서 말야. 그래 줄 수 있겠지?"

그런 다음에야 그녀는 안심하며 만족한 것처럼 보였다. 잠시 후에 루드비히는 떠나갔다.

그날 밤 그녀는 쉽게 잠을 이룰 수가 없었다. 남편이 자기를 쉽게 이해할 수 없으리란 점을 그녀는 알고 있었으며, 그래서 그것을 인내해 낼 수 있기를 스스로 갈망했다. 그러나 동생 루드비히의 의문에 찬 시선이 자꾸만 떠올랐다. 그리고 그의 물음은 더욱 강렬하게 들리는 것 같았다.

'누나! 뭔가 말 못 하는 게 있지?'

그리고 그녀는 생전 처음으로 동생에게 거짓말을 했다는 것을 생각했다.

이제 그녀는 자기의 꿈이 자라고 있던 고향과 화려하기만 했던 젊은 날의 자유와 괴로움과 고통이 없는 밝은 미래만 있던 그 길을 완전히 잃어버렸다는 생각을 했다.

# 밤의 노래

쇼팽의 야상곡 E장조
높다른 활모양을 한 창이 빛에 젖어 있었다.
엄숙한 너의 얼굴도
원광에 싸여 있었다.

달빛의 잔잔한 은빛 물결이
이렇게 나를 감동시킨 밤은 없다.
내 마음의 가장 깊은 곳에서
이 노래를 말할 없이 감미롭게 느꼈기 때문이다.

너와 나는 말이 없었다.
침묵의 먼 풍경은 달빛 속에 사라져 갔다.
호수에 떠 있는 한 쌍의 백조와 머리 위 별의 운행 외
에는 목숨 있는 것이라고는 하나도 없었다.

너는 활모양으로 된 창으로 다가갔다.

내민 네 손 가에
가냘픈 목덜미에
달빛이 은으로 섬을 이루었다.

내 사랑하는 말<sup>馬</sup>이 멈춰 서서 아름다운 갈색의 목을 길게 뽑으며 울고 있다. 화려한 노을에 젖은 저녁 무렵이다.
지금 난, 내 사랑하는 이에게 하루만의 위안의 인사를 보낸다.
'사랑하는 이여! 인사를 전합니다. 따뜻한 어둠 속에 자리잡고 있는 마음의 보금자리여! 당신은 늘 나에게 위안과 안식의 시간들을 가져다주었습니다. 또한 당신은 이 세상 가장 멀리서 빛을 주었고, 그곳은 누구의 손길도 닿지 않은 신비의 성입니다.'
깊고 드넓은 삼나무 숲속에는 전설처럼 하나의 호수와 화강암으로 된 산이 행복한 이웃처럼 아주 은밀하게 자리 잡고 있었다. 호수와 산이 있는 그곳에 거대한 성이 하나 있었는데, 노르만풍의 탑이 영원히 허물어지지 않을 듯 높이 솟아 있었다.
성안으로 들어가기 위해서는 오직 하나의 문만을 통과 하게 되어 있었다. 넓은 나무 계단이 벌어지면 문이 열려지게 되어 있었는데, 이 계단은 끝이 없어 보이는 호수까지 이어져 있었다.
바로 그 계단의 문 옆에 백발이 성성한 늙은 파수병은 말발굽 소리만 듣고도 누구인가를 알아차렸다. 그 경계

하듯 사방을 살피면서 굳게 닫혀 있는 청동 문을 열고 푸른빛이 감도는 계단으로 모습을 나타냈다.

　그는 검은 닻줄에 매여 있는 영주의 작은 배를 풀어 호수에 띄우고 소리 없이 어두운 수면 위를 헤치며 내게로 왔다. 이윽고 나를 태우고 그는 다시 오던 길로 되돌아와 노를 저었다. 침묵 속에 가볍게 배에 와 닿는 잔물결 소리며 노 젓는 소리가 어둠보다 더 무겁게 내 가슴을 타고 내렸다.

　우리는 뭍에 닿자, 다시 검은 닻줄에 배를 묶어 놓았다. 나는 늙은 파수병과 함께 성문 앞에 편한 자세로 앉았다. 물기를 머금은 밤바람이 속삭이듯 불어왔다. 호숫가에 장막을 두르듯 늘어서 있는 삼나무숲 가에 노을이 잿빛으로 어두워가고 있었다.

　파수병은 백발의 머리를 두 손으로 괸 채 어두운 하늘을 공허하게 바라보았다. 우리 앞에는 이끼 낀 계단과 잔잔한 호수가 펼쳐져 있을 뿐이다. 양옆으로는 영주의 병사들처럼 엄숙한 숲이 뻗어 있는 저쪽 수천 년의 비바람을 견디어 온 성벽이 높이 솟아 있고, 그 건너편에는 둥근 원처럼 어둠 속에 침묵하는 호수가 막 잠에 빠져들고 있었다. 시간은 소리 없는 날갯짓으로 우리 곁을 지나가고 있다.

　그러자 호수 너머 어두운 밤하늘을 아주 작게 밝히며 솟아오르고 있는 빛이 시야에 들어왔다. 그것은 위로 떠오를수록 점점 더 밝은 빛을 내뿜었다. 그리고는 둥근 달처럼 커지면서 한편으로는 서서히 빛을 잃어갔다. 마치 끝없는 거울처럼 호수 위를 넓게 빛으로 일렁이면서 침몰하고 있었다.

이제 깊은 심연에서 빠져나온 은빛 달만이 거짓 없이 빛을 뿌리고 있을 뿐이다. 파수병은 변함없이 흐린 눈빛으로 한가로이 떠 있는 달무리를 바라보고 있었다. 그의 얼굴엔 슬픈 빛이 달빛보다 더 하얗게 부서지고 있었다.

나는 그가 무슨 말인가를 하고 싶어 한다는 것을 금방 알아차렸다. 나는 재빨리 속삭이듯 낮은 음성으로 물었다. 그러나 내 목소리는 숲의 정적을 깨뜨릴 만큼 컸다. 그래서 더욱 낮은 목소리로 말해야만 했다.

"슬픈 표정이시군요? 무슨 생각을 하고 계시죠?"

그는 시선을 바꾸지 않고 머리를 조금 떨구며 탄식하는 신음소리를 냈다.

그리고는 다음과 같은 말을 들려주었다.

"옛날에도 나는 지금처럼 성문 앞에 앉아서 밤이 짙게 내린 어두운 호수를 바라고 있었다오. 저기 달빛이 비추는 호수 한가운데에 사람의 시체를 실은 배 한 척이 떠 있었는데, 언제나 밤이 되면 불꽃을 피웠지요. 그래서 어두운 밤을 밝히듯 불타고 있는 배의 불빛이 반사되어 호수를 온통 붉게 물들어 버렸습니다. 그 배에 타고 있는 사람은 다름 아닌 나의 마지막 왕이었습니다."

노인은 괴로워하며 옷으로 머리를 감쌌다. 그리고는 다시 얼굴을 내밀었다. 그의 수염이 온통 눈물에 젖어 있었다.

그가 계속해서 말을 이었다.

"그런 다음, 얼마 후에 또 하나의 배를 이 계단에서 호

꿈의 정원(헤르만 헤세, 1919)

수에 띄웠습니다. 배 위에 꽃 자주 빛깔의 옷을 화려하게 차려입은 아름다운 여인이 누워 있었습니다. 그분은 내가 모시던 마지막 왕비였습니다."

삼나무숲에 바람이 불어오자 깊은 슬픔의 소리를 냈다. 깊고 어두운 수면 위로 은빛의 달이 쓸쓸하게 흩어지고 있다.

"난 그녀를 사랑했었소!"

"!"

"그 후부터 오랜 세월을 보내면서 나 혼자 이 성을 지키고 있었다오. 그래서 조용한 밤이면 이렇게 앉아 있곤 한답니다. 당신도 잘 알겠지만, 오랫동안 이곳을 찾아준 사람은 당신밖에 없었습니다. 지금껏 당신은 방문 열쇠까지 간직하고 있는 소중한 사람이 아닌가요! 자, 그럼 들어가시겠습니까?"

우리는 청동의 문을 들어섰다. 그러자 파수병은 문을 잠그고 횃불을 밝히며 앞장서서 계단을 올라갔다.

오랜 세월 동안 잊고 있었던 고향을 다시 찾아온 듯한 느낌을 주는 계단이며 청동의 등잔! 왕의 발걸음 소리가 울리던 석판이 깔린 복도!

맨 끝방의 문 앞에 다다르자 노인은 걸음을 멈추더니 허리를 굽히며 나를 그 자리에 남겨두고 사라졌다.

나는 옛날의 그 방으로 들어갔다. 부끄러움을 잘 타고 철없는 소년이었던 과거의 시간들이 저마다 인사를 하는 것 같았다.

우리들의 마지막 여왕의 침실. 진홍색 양탄자와 사자 모양을 한 높은 의자, 그리고 금과 보석으로 만들어진 노리개, 전리품으로 갖다 놓은 이교도의 신상이 침실 한가운데에 있었는데 황금 띠를 머리에 두르고 여왕의 작은 하프를 손에 들고 있었다.

밤이 되면 여왕의 침실에서 하프를 타는 소리가 들려왔는데, 선율은 호수 위에 긴 여운으로 퍼졌고 백조들의 영혼을 달래 주었다. 그것은 한밤중에 여왕과의 사랑을 나누었던 금발의 애인이 반주하던 하프가 아닌가!

여왕의 애인이었던 그는 검은 구름이 잔뜩 낀 폭풍우가 몰아치던 밤, 호수는 미칠 듯 날뛰었다. 쏟아지는 폭우를 그대로 맞으며 잠이든 시종들을 피해 여왕의 침실로 스며들었다. 그리하여 마침내 긴 칼을 뽑아 옆에서 자고 있는 여왕의 가슴에 꽂았다. 폭풍우가 더욱 미친 듯이 날뛰었다. 그는 사랑하는 여왕의 붉은 입술에 죽음의 이별을 위한 입맞춤을 했다.

검은빛의 나무로 만들어진 하프가 침묵에 잠겨 있는 이교도 신상의 팔에 매달려 있다. 이빨은 진주로, 눈은 에메랄드로 장식된 용머리 형상을 하고 있는 가냘프고 이색적인 악기를 유심히 살펴보았다. 너무나도 섬세한 모양을 하고 있어서 지나간 시대를 초월한 정열과 운명이 살아 숨 쉬는 듯했다.

커튼이 처져 있지 않은 창문 밖으로 층계와 호수가 내려다보였다. 나는 벽난로 옆의 발코니에 드러누웠다.

그러자 내 시선은 슬픔에 잠겨 층계에 앉아 있는 늙은 파수병의 모습에 닿았다. 그는 사랑했던 사람이 잠들어 있는 그 옛날의 불타던 호수를 바라보고 있었다.

백발의 파수병과 호수, 그리고 삼나무숲, 죽음의 세월을 초월한 듯한 화강암 산, 그것들 위로 고요한 달빛이 물결치고 있다. 나의 호흡은 영원의 무궁무진한 술잔의 들이킴이고, 침묵하는 호수에서 일고 있는 잔잔한 파문은 우리들의 맥박 소리가 아닌가!

그때 수면 위로 한 줄기 띠와 같은 흰빛이 솟아올랐다. 자세히 바라보니 커다란 한 마리의 백조였다. 백조는 천천히 호수 한가운데로 헤엄쳐 갔다. 그리고는 멈추는가 싶더니 금세 시야에서 사라져갔다. 거만하게 한 번 고개를 쳐들었다가 이내 물속으로 가라앉았다.

어디선가 부드러우면서도 신비스런 소리가 성과 호수 주위를 감싸듯 은은히 들려왔다. 그것이 백조의 노래인지, 아니면 하프가 연주하는 사랑의 선율인지 알 수 없었다.

그러나 파수병은 그림자처럼 조용히 앉아서 머리를 든 채 어떤 한 곳을 응시하고 있었다. 그리고는 두 팔을 벌려 그 감미로운 선율에 귀를 기울였다. 나 역시 그런 자세로 뭔가를 기다렸다. 그러자 행복에 젖은 아름다운 선율의 고요함이 내 가슴 속을 깊이 울렸다.

파수병이 위를 올려다보며 뭔가를 묻는 듯싶었다. 나는 고개를 끄덕이며 여왕의 침실을 따라서 넓은 층계를 내려왔다.

이미 작은 배는 물 위에 떠 있었고 백발의 파수병은
나를 기다리고 있었다. 내가 배 위에 오르자 노인은 말없이
검은 물 한가운데로 노를 저어갔다.

다리(헤르만 헤세, 1925)

# 피리의 꿈

"자아!"

아버지는 이렇게 말하고 내게 상아<sup>象牙</sup>로 된 작은 피리를 넘겨주었다.

"이걸 가져가거라. 그리고 낯선 먼 나라에서 이걸 불어 사람들을 기쁘게 할 때 늙은 아비를 잊지 말아라. 이제는 너도 넓은 세상을 직접 보고 뭔가를 배워야 할 때이니라. 네가 다른 일은 하려 들지 않고, 항상 노래하는 것밖엔 생각지 않기 때문에 이 피리를 만들게 한 것이다. 다만 언제나 맑고 사랑스러운 노래를 연주해야 한다는 것을 잊지 말아라. 그렇지 않으면 모처럼 하느님께 받은 천분이 아깝잖겠느냐?"

아버지는 학자여서 음악에 대한 것은 잘 몰랐다. 아들은 작은 피리를 불고 있기만 하면 되는 것이다. 그것으로 만족하고 있는 것이다. 아버지는 이렇게 생각하고 있었다. 나는 아버지가 모처럼 그렇게 믿고 있는 것을 실망시키고 싶지가 않아 고맙다고 말하고 피리를 주머니에 넣고 작별을 고했다.

　고향 마을의 골짜기에 대해서 나는 커다란 농장 물레 방아간 근처 밖에는 모르고 있었다. 그 저쪽에 넓은 세상이 시작되고 있는 것이다. 그 드넓은 세상이 내게는 매우 즐거운 것으로 생각되었다. 날마다 지친 꿀벌이 내 곁에 멈췄다. 이윽고 최초의 휴식을 했을 때, 당장 고향으로 인사를 보내는 심부름꾼으로 삼고자 나는 그 꿀벌을 몸에 살며시 올려놓은 채 힘차게 앞으로 나아갔다.

　숲이며 들판이 내가 가는 길 좌우에 끊임없이 이어져 있었다. 맑은 개울은 나의 발걸음과 더불어 세차게 흘러내려 갔다. 넓은 세상은 고향하고 별로 다르지 않다고 나는 생각했다.

　나무, 꽃, 보리 이삭, 개암나무가 쉴 새 없이 내게 말을 걸었다. 나는 그들의 노래를 함께 불렀다. 그런 나의 심정을 그것들도 이해해 주고 있었다, 고향과 마찬가지로, 그 노래에 꿀벌도 잠이 깨어 천천히 어깨 위로 기어 와서는 파드득 날개를 치고 깊고 달콤한 환성을 올리며 내 주위를 두어 번 맴돌더니 이제껏 걸어왔던 고향 쪽으로 곧장 날아가는 것이었다.

　어느 숲에 이르러 한 소녀를 만났다. 그녀는 팔에 망태기를 들고 있었고, 금발의 머리에 차양이 넓은 밀짚모자를 쓰고 있었다.

　"안녕하세요? 어딜 가시나요?"

　나는 그녀에게 말했다.

"추수하고 있는 식구들한테 도시락을 가지고 가는 길이예요."

그녀는 이렇게 말하고 나와 나란히 걸었다.

"당신은 지금 어디로 가시나요?"

"넓은 세상으로 가는 길입니다. 아버지가 가라고 하셨지요. 모든 사람들에게 피리를 불어 들려주라고. 그렇지만 난 아직 잘 불지는 못해요. 좀 더 배워야 합니다."

"아, 그래요. 그럼 당신이 할 줄 아는 건 뭐지요? 무언가는 할 줄 알아야 될 테니까."

"제대로 할 줄 아는 것은 없어요. 노래를 부르는 것밖엔."

"무슨 노래요?"

"무슨 노래라뇨? 아침 노래, 저녁 노래, 나무나 짐승, 꽃의 노래 다 할 수 있습니다. 가령 숲속에서 나와 추수를 하는 식구들한테 도시락을 가지고 가는 소녀에 대한 것을 아름다운 노래로 부를 수도 있죠."

"그런 것도 할 수 있어요? 그럼 어디 한번 불러 보세요."

"그러죠. 그런데 이름이 뭐지요?"

"브리기떼."

그래서 나는 밀짚모자를 쓴 아름다운 브리기떼의 노래를 불렀다. 그녀가 망태기 안에 넣어 가지고 있는 것, 풀이며 꽃이 그녀를 전송하는 모습, 울타리의 파란 메꽃이 그녀에게 손을 뻗치는 모습, 그 밖에 그녀에 대한 여러 가지를 노래했다.

그녀는 열심히 귀를 기울이고 듣더니 정말 좋은 노래라고 말했다. 내가 배가 고프다고 하자, 그녀는 망태기 안에서 빵 한 덩어리를 꺼내 주었다.

나는 빵을 받아 입에 넣으면서 계속 걸었다. 그러자 그녀가 말했다.

"걸으면서 먹으면 안 돼요."

그래서 우리는 풀밭 위에 앉았다. 나는 빵을 맛있게 먹었고, 그녀는 곁에 앉아 햇볕에 그을은 두 손을 무릎에 올려놓고 나를 바라보았다.

"또 노래를 불러요."

그녀는 내가 먹는 것을 마치자 기다렸다는 듯 말했다.

"나도 그럴 생각이에요. 무슨 노래를 할까요?"

"애인에게 배신당해 슬퍼하고 있는 소녀의 노래는 어때요?"

"아니, 그런 건 못해요. 그게 어떤 것인지 모르거든요. 게다가 그렇게 슬퍼하는 것은 좋지가 않고, 아버지는 언제나 사랑스러운, 남에게 호감을 줄 수 있는 노래만 부르라고 하셨어요. 그런 노래 대신 뻐꾹새나 나비의 노래를 들려드리지요."

"그럼 당신은 사랑에 대해서는 아무것도 모르시나요?"

그녀는 의아한 듯이 물었다.

"사랑에 대한 거요? 물론 알고 있죠. 그거야말로 세상에서 제일 아름다운 거잖아요."

나는 곧 노래를 부르기 시작했다.

론코 소프라 아스코나(헤르만 헤세, 1923)

햇빛이 빨간 양귀비 꽃을 사랑하고 함께 장난치는, 기쁨에 넘친 모습을 노래했다. 또한 암새가 숫새를 애타게 기다리고 있다가 막상 숫새가 오자 놀래서 허둥지둥 도망치는 모습을 노래했다.

또한 갈색 눈의 소녀와 그곳에 와서 노래를 하고, 답례로 빵을 받은 젊은이의 노래를 했다. 젊은이는 이제 빵은 필요치 않다, 키스를 해주었으면 싶다, 다갈색의 눈을 들여다보고 싶다고 말하며 오랫동안 노래를 했고, 그녀가 웃음을 보이기 시작하며 그녀의 입술로 그의 입을 막을 때까지 줄곧 노래했다는 그런 내용의 노래였다.

그러자 브리기떼는 나를 향해 몸을 굽히더니 내 입을 자신의 입술로 막고는 눈을 감았다 떴다 했다. 나는 그녀의 갈색과 금빛 눈동자를 고즈넉이 들여다보았다. 그 속에 나 자신과 들꽃이 몇 가닥 비치고 있었다.

"세상은 너무 아름다워요."

나는 진지하게 말했다.

"아버지가 말한 대로야. 자아, 그럼 당신이 식구들에게 가져갈 도시락 나르는 일을 도와야지."

나는 그녀의 망태기를 들었다. 우리는 걷기 시작했다. 그녀의 발소리가 나의 발소리와 그녀의 명랑함이 나의 명랑함과 조화되어 울려 퍼졌다.

숲은 산속에서 정답게 수런거리고 있었다. 나는 일찍이 이렇게 즐거운 마음으로 걸은 적이 없었다. 나는 줄곧 힘차게 노래를 계속했는데, 나중에는 온통 마음 속이 너무나 뿌듯해져서 노래를 할 수가 없었다. 너무나 많은 것이 산속 골짜기에서, 풀, 나뭇잎, 개울, 우거진 숲속에서 속삭이고 있었다.

나는 이렇게 생각하지 않을 수 없었다. 이 세계의 숱한 노래를—풀과 꽃과 사람과 구름과 숲, 그리고 모든 동물의 노래를, 그리고 머나먼 바다와 산과 별의 노래를 남김없이 동시에 이해하고 부를 수 있다면, 그런 모든 것이 일시에 내 가슴에서 울려 퍼질 수 있다면, 나는 하나님이 되고, 새로운 노래 하나하나는 별로 탄생하여 하늘에서 반짝이게 되리라고!

그렇게 생각하자 여지껏 한 번도 느껴보지 못한 일이어서 나는 무어라 형용할 수 없는 경건한 마음이 되었다. 그때 브리기떼가 걸음을 멈추며 내가 들고 있는 망태기를 잡았다.

"이제 저 위쪽으로 가야 해요."

그녀는 서운한 듯이 말했다.

"저 위쪽 밭에서 식구들이 일하고 있어요. 당신은 어디로 가실 거죠? 저하고 함께 가실래요?"

"아니, 같이 갈 수는 없어요. 나는 넓은 세상으로 나가야 합니다. 브리기떼, 빵하고 키스 고마워요. 난 당신을 잊지 못할 겁니다."

그녀는 도시락과 망태기를 들었다. 그녀의 갈색 눈은 다시 한번 내게로 기울어졌다. 그리고 그녀의 입술은 다시 내 입술에 살포시 닿았다. 그녀의 키스는 너무 달콤하고 사랑스러워 나는 행복한 나머지 슬퍼질 것 같았다. 그래서 나는 급히 작별 인사를 하고는 허둥지둥 언덕길을 내려갔다.

그녀는 천천히 산을 올라가더니 늘어져 있는 너도밤나무 잎 그늘에 멈춰서서 밑을 내려다보며 나를 살펴보았다. 내가 모자를 흔들어 신호를 하자 그녀는 다시금 고개를 끄덕이고 나서 그림처럼 조용하게 너도밤나무 숲속으로 사라져 버렸다.

그곳엔 물레방아가 있었다. 물레방아 옆에는 배가 한 척 물에 떠 있었다. 배 안에는 한 남자가 홀로 우두커니 앉아 있었다. 마치 나를 기다리고 있는 듯이. 내가 모자를 벗고 배에 오르자 배는 곧 움직이기 시작했다. 강물을 따라 내려갔다.

나는 배 한가운데에 앉아 있었고, 그 남자는 물 쪽으로 앉아 있었다. 내가 어디로 가느냐고 묻자 그는 얼굴을 들고 그늘진 눈으로 나를 바라보았다.

"어디건 자네 좋은 곳으로."

그는 낮은 소리로 말했다.

"강을 따라 내려가 바다든 항구든 자네 자유대로 고르게나. 그 모든 것들이 다 내 것이니까."

"모두 당신 거라구요? 그럼 당신은 임금님인가요?"

"그럴 수도 있지."

그는 또 말하는 것이었다.

"보아하니 자넨 시인 같구먼? 그렇다면 뱃길 여행의 노래나 불러 주시게!"

나는 은근히 긴장했다. 이 위엄 있는 사람이 어쩐지 무서워졌다. 아무튼 이 배가 소리 없이 빠른 속도로 즐거운 여행을 마치게 해줄 강물에 대해서 노래했다.

그 사람의 얼굴은 노상 변함이 없었다. 내가 노래를 마치자, 그는 꿈을 꾸는 사람처럼 조용히 고개를 끄덕였다. 그리고는 놀랍게도 그 자신이 노래를 부르기 시작했다. 그 역시 강물에 대해, 골짜기를 흐르는 강물의 여행에 대해서 노래했다. 그의 노래는 내 노래보다 훨씬 아름답고 힘찼다. 나와는 전혀 다른 울림을 내고 있었다.

그가 노래하는 강물은 거친 파괴자로 산의 힘을 빌려 어둡고 사납게 달려 내려오는 것이었다. 그리고 물레방아에 막히고, 다리가 보이면 이를 거친 물거품으로 덮쳤다. 강물은 자기가 운반해야 하는 배를 모두 미워했다. 강물은 물에 빠진 사람을 보면 거친 물결과 긴 물풀로 미친듯 휘감았다.

그 모든 것이 나와는 맞지 않았다. 그러나 목소리만은 아름답고 신비적인 울림을 지니고 있었기에 그만 어리둥절해지고, 그래서 숨이 막혀오는 것이었다. 나는 잠자코 있었다. 이 친절하고 현명해 보이는 늙은 사람이 낮은 목소리로 노래한 것이 사실이라고 한다면, 나의 노래는 모두가 어리석고 하찮은 어린애의 장난에 지나지 않았다.

이 모든 것이 사실이라면 세상은 하나님의 마음처럼 좋

지도 않고, 밝지도 않으며, 어둡고 답답하고 심술궂었다. 숲이 쏴아하고 소리치는 것은 즐거워서 그러는 것이 아니라 도저히 못 견디게 답답해져서 토해내는 소리였다.

우리가 탄 배는 계곡 아래쪽으로 내려갔다. 그림자는 길어져 갔다. 나는 다시금 노래를 시작했지만 전처럼 명랑하게 울리지는 않았다.

나의 목소리는 힘을 잃고 가늘어져 갔다. 그때마다 그 사람은 야릇한 고통에 찬 나를 더욱 어리둥절하고 슬프게 만드는 노래로 응수해 왔다. 나는 괴로움의 물결에 휩싸여 시골의 풀숲이나, 아니면 아름다운 브리기떼 곁에 남지 않았음을 뉘우치고 있었다. 나는 마음을 달래려고 다시금 큰 소리로 노래하기 시작했다. 브리기떼와 그녀의 키스를 저녁놀 속에 노래했다.

땅거미가 지기 시작하자, 나는 입을 다물었다. 그러자 키를 잡고 있는 그 사람이 노래를 했다. 그 역시 사랑에 대해서, 키스를 하는 기쁨에 대해, 갈색의 눈과 젖은 입술에 대해 노래했다.

어두워지는 강물 너머로 토하는 그의 노래는 아름답고 감동적이었다. 그 노래 속에서는 사랑도 어둡고 불안하고 목숨에 관계되는 것 같은 비밀이 숨어 있었다.

인간은 그 비밀을 손으로 더듬어 고통과 동경을 위해 망설이고 헤매고 상처받는 것이다. 그 비밀 때문에 인간은 서로를 괴롭히고 죽이고 있다.

그 사람의 노래에 귀를 기울이다 보니 벌써 몇 년

동안이나 나그네로서 비참한 불행만을 겪어 온 것처럼 피로해지고 슬퍼졌다. 그 사람한테서는 슬픔과 우울의 어렴풋한 차가운 흐름이 끊임없이 흘러 들어와 내 마음에 스머드는 것이었다.

"그렇다면 삶이 아니라 죽음이 인생의 가장 아름다운 것이란 말씀이군요?"

나는 마침내 큰 소리로 외쳤다.

"그렇다면 슬픔의 임금님, 제발 죽음의 노래를 들려 주십시오."

그러자 키를 잡고 있던 사나이는 죽음에 대해서 노래했다. 그는 내가 여지껏 이 세상에서 들어 본 일이 없을 만큼 아름답게 노래했다. 그러나 죽음 역시 가장 아름다운 것도, 최고의 것도 아니었다. 죽음에도 위안은 없었다. 죽음이 삶이었고, 삶이 죽음이었다. 삶과 죽음은 변함없이 격렬한 사랑의 싸움을 하면서 뒤엉켜 있었다. 그것이 궁극적인 것이고, 세상의 뜻이었다.

그리고나서 그 어떤 불행마저도 찬미할 수 있는 빛남이 찾아왔다. 동시에 거기엔 그 어떤 기쁨이나 아름다움을 흐리게 하고, 암흑으로 감싸는 그림자가 있었다. 한편 그 암흑 속에서도 기쁨은 한층 강하고 아름답게 불타 오르고, 사랑은 더더욱 깊이 열을 띄우는 것이었다.

나는 입을 다문 채 귀를 기울이고 있었다. 그 사람의 의지 외에는 그 어떤 의지도 내 가슴 속에는 없었다.

그의 눈길은 나에서 강하게 쏠려 있었다. 거기엔 일종의 슬픈 부드러움이 어려 있었고, 그의 잿빛 눈은 세상의 괴로움과 아름다움에 넘쳐 있었다. 그는 웃어 보였다. 그래서 나는 마침내 용기를 내어 그에게 부탁했다.

"이제 그만 돌아가세요! 이런 어둠 속에 갇혀 있는 것은 도무지 조심스러워 견딜 수가 없습니다. 나는 돌아가고 싶어요. 브리기떼를 다시 볼 수 있는 곳으로 말입니다. 아니면 고향의 아버지 곁으로요."

그 사람은 뱃머리에서 일어서서 말없이 어둠 속을 가리켰다. 그가 들고 있는 등불 빛이 그의 맑고 엄한 얼굴을 환하게 비추었다.

"돌아가는 길은 없다네."

그는 진지하나 부드럽게 말했다.

"세상을 알아보고 싶은 사람은 앞으로 나아가야 한다네. 갈색 눈의 소녀한테서 자네는 이미 가장 아름답고 훌륭한 것을 얻었네. 그러나 그녀에게서 멀리 떨어지면 떨어질수록 그녀는 더한층 아름다워질 걸세. 그러니 어디로건 좋을 대로 가보게. 키를 자네에게 맡길 테니까!"

나는 몹시 슬펐지만, 그의 말이 아주 당연하다고 생각했다. 나는 안타까운 그리움으로 브리기떼와 고향의 일을, 그리고 불과 얼마 전까지만 해도 가까이에 있었으며 내 것이었는데, 이제는 잃어버리고만 모든 것을 생각했다. 그렇지만, 그 낯선 사람의 자리로 가서 배의 키를 잡으려 했다.

나는 말없이 일어서서 이물 쪽으로 걸어갔다. 사나이도

말없이 내 쪽으로 왔다. 서로 몸을 스쳤을 때, 그는 내 얼굴을 한동안 보고는 등불을 나에게 넘겨주었다.

그런데 키 앞에 앉아 등불을 곁에 놓고 보니 배 안에 나 혼자 남아 있었다. 나는 그 사실을 깨닫고 몸을 부르르 떨었다. 그 낯선 사나이는 어디론가 사라져 버린 것이다. 그러나 나는 놀라지 않았다. 그것을 이미 짐작하고 있었던 것이다.

아름다운 방랑의 나날도 브리기떼도 아버지도 고향도 한낮의 꿈에 지나지 않았던 것처럼 나는 나이를 먹었고, 벌써 오래전부터 힘없이 이 밤의 강물을 노상 달려온 것 같은 생각이 불현듯이 들었다.

나는 그 낯선 사나이를 불러서는 안 된다는 것을 깨달았다. 그리고 그 사실을 깨닫자 오싹 소름이 끼쳤다.

어렴풋이 느끼고 있었던 것을 분명히 알기 위해서 나는 물 위로 몸을 내밀고 등불을 들었다. 그러자 검은 수면에서 날카롭고 진지한 눈이 잿빛으로 내 쪽을 보고 있었다. 세상사를 모두 겪은 노인의 얼굴이었다. 그것은 바로 나였다.

다시는 되돌아갈 길이 없었으므로, 나는 어둠을 뚫고 물 위를 그대로 따라 흘러내려 가고 있었다.

세레시오에서 본 카스라노(헤르만 헤세, 1928)

# 픽토르의 변신

픽토르는 천국에 들어서자마자 한 그루의 나무 앞에 서게 되었는데, 그 나무는 남자인 동시에 여자였다.

픽토르는 나무를 향해 공손하게 인사를 하고는 물었다.

"당신이 생명의 나무입니까?"

그러나 나무 대신 그곳에 있던 뱀이 대답을 하려 하자. 픽토르는 몸을 돌려 계속 걸어갔다. 그러면서 그는 사방을 두리번거렸다. 모든 것이 그의 마음을 사로잡았다. 그는 고향과 삶의 이웃에 와 있다는 것을 분명히 느낄 수 있었다.

다시 그는 한 그루의 나무를 보았는데, 그것은 태양인 동시에 달이었다.

"당신이 생명의 나무입니까?"

픽토르가 물었다.

태양은 고개를 끄덕이고 웃었으며, 달도 고개를 끄덕이며 미소 지었다.

몹시도 신비로운 꽃들이 여러 가지 빛깔과 광채로써

제각기 다른 눈과 얼굴을 지니고, 그를 바라보았다.

어떤 꽃들은 고개를 끄덕이고 웃었으며, 또 어떤 꽃들은 고개를 끄덕이며 미소 지었다.

그런데 어떤 꽃들은 고개를 끄덕이지도 않았고 미소를 짓지도 않았다. 그 꽃들은 몽롱한 채 침묵을 지켰으며 자신의 향기 속에 빠져버린 듯 조용히 자리를 지키고 있었다.

하나의 꽃은 담자색의 노래를 불렀고, 다른 꽃은 어두운 푸른 빛깔의 자장가를 불렀다. 여러 꽃들 중의 한 송이는 크고 파란 눈을 가졌고, 다른 한 송이는 픽토르에게 첫사랑을 생각나게 했다.

또 한 송이 꽃은 어린 시절의 정원 냄새를 풍겨 주었고 그 꽃의 달콤한 향기는 어머니의 음성처럼 울려 퍼졌다.

다른 한 송이 꽃은 미소를 머금고 그를 쳐다보았는데 빨갛게 구부러진 혀를 그를 향해 길게 내뻗었다. 픽토르는 그것을 조심스럽게 핥아 보았다. 그것은 강하고도 거친 맛으로 송진과 꿀맛 같기도 했고, 어쩌면 어느 여인과의 키스맛 같기도 했다.

이 모든 꽃들 사이에서 픽토르는 그리움과 근심스런 기쁨에 가득찬 채 서 있었다.

그의 심장은 마치 하나의 종을 무겁게 두들기는 것처럼 몹시도 심하게 고동치고 있었다. 그의 욕구는 미지의 것을, 불가사의하게 예감된 것을 열망하여 불타고 있었다.

픽토르는 또 한 마리의 새가 앉아 있는 것을 보았다. 풀섶에 앉아 있는 그 새는 갖가지 색깔로 빛났다. 그 아름다운 새는 모든 색채를 다 지닌 듯이 보였다. 그 아름다운 형형색색의 새에게 그는 물었다.

"오, 새여! 행복이란 어디에 있습니까?"

"행복이라고요?"

그 아름다운 새는 되묻고 황금색의 부리로 미소 지었다.

"오, 친구여! 행복은 어디에나 다 있답니다. 산과 계곡에도 있고 꽃과 수정 속에도 있지요."

이렇게 말하고 그 새는 즐거운 깃털을 흔들며 고개를 두리번거리고 꼬리를 위아래로 움직이고는 눈을 깜박거렸다. 그리고 다시 한번 웃고 나서는 조용히 풀섶에 앉더니 꼼짝도 하지 않았다.

보아라! 그 새는 이제 가지각색의 꽃이 되었다. 깃털은 꽃잎이 되었고 발톱은 뿌리가 되었다. 찬란한 색채 속에서, 무도舞蹈의 한가운데서 새는 식물로 변하였다. 이것을 픽토르는 놀란 얼굴로 바라보았다.

그러자 곧 이 새꽃은 꽃잎과 꽃술을 움직이기 시작했으며 꽃의 존재에 대해 다시 싫증을 느꼈는지 더이상 뿌리를 갖지 않고 가벼이 몸을 움직여 천천히 날아올라서는 반짝반짝 빛나는 나비가 되었다.

그 나비는 훨훨 날아다니며 몸을 흔들었는데, 무게도 갖지 않은 것 같았으며 빛으로 반짝이는 얼굴이 되었다. 놀란 픽토르는 눈을 부릅떴다.

이 새롭게 탄생한 나비는, 형형색색의 즐거운 새꽃의

나비는, 그의 밝은 색채의 얼굴로 놀란 픽토르의 주위를 빙빙 돌면서 날아다녔고, 햇빛 속에 반짝거리며 눈송이 같이 사뿐히 땅바닥에 내려앉았다.

그리고는 픽토르의 발 가까이에 머물러 보드랍게 숨을 쉬면서 반짝이는 날개를 파르르 떨었다. 그러자 나비는 화려한 색깔의 수정으로 변하였고, 그 모서리에서는 빨간 빛이 흘러나왔다.

그 빨간 보석은 초록빛의 풀과 잡초 사이에서 축제일의 밝은 종소리와도 같이 경이롭게 반짝거렸다. 그렇게 보석의 대지가 그를 부르는 것처럼 보이는 순간 그 보석은 재빨리 작아지면서 사라지려고 하였다.

이에 픽토르는 거역할 수 없는 욕구에 사로잡혀 이 사라져가는 보석을 얼른 집어 들었다. 황홀한 마음으로 그는 보석의 마술적인 빛을 바라보았다. 그 빛은 픽토르의 가슴속에 행복의 예감을 비추어주는 것 같았다.

죽어버린 나뭇가지에 갑자기 뱀 한 마리가 또아리를 틀면서 픽토르의 귓전에 속삭였다.

"그 보석은 네가 원하는 대로 너를 변형시켜 줄 것이다. 너무 늦기 전에 빨리 네 소원을 말하여라!"

픽토르는 깜짝 놀랐으며 행운을 놓칠까 봐 두려워졌다. 그는 재빨리 소원을 말했고, 한 그루의 나무로 변하였다.

모든 나무는 그에게 고요와 활력과 품위로 가득찬 것처럼 생각되었으므로 빅토르는 이미 여러 번 나무가 되기를

형형색색의 집들(헤르만 헤세, 1925)

희망했었던 것이다.

픽토르는 한 그루의 나무가 되어 대지 속으로 깊숙이 뿌리를 박았고, 하늘 높이에까지 기지개를 켜면서 잎과 가지를 뻗어 나갔다.

이것에 그는 대단히 만족했다. 목마른 실뿌리는 서늘한 대지 깊숙이에서 물을 빨아들였고, 나뭇잎들은 푸른 창공에서 바람에 나부꼈다. 그의 껍질 속에는 딱정벌레들이 살았고 발치에는 토끼들과 고슴도치가 앉아 있었고 가지에서는 새들이 깃을 폈다.

나무 픽토르는 행복했으며 그후로는 세월이 가는 것을 헤아리지 않았다. 그렇게 많은 세월이 흘러간 다음에야 그는 자신의 행복이 완전하지 못하다는 것을 알게 되었다. 그는 그저 나무의 눈으로 세상을 보는 법을 배웠던 것이다. 드디어 그는 눈을 뜨게 되었고, 슬퍼지고 말았다.

이를테면 그는 자기 주위에 있는 천국의 모든 존재가 몹시 자주 변신하고 있다는 것을, 즉 모든 것들이 영원한 변화의 마술적인 흐름 속에서 흐르고 있음을 깨달은 것이다. 그는 꽃들이 보석으로 변화하거나 반짝이는 벌새가 되어 날아가는 것을 보았다. 자기 옆에 있는 많은 나무들이 갑자기 사라져버리는 것도 보았다.

한 나무는 샘물이 되어 흘러갔고 다른 나무는 악어가 되었으며, 또 다른 나무는 환희의 감정에 휩싸여 활기찬 물고기가 되어, 새로운 모습으로 유희를 하면서 즐겁고 냉담하게 헤엄치며 떠나갔다.

코끼리들은 암벽과 옷을 바꿔 입었으며, 기린들은 자신의 모습을 꽃들과 바꾸었다.

그러나 나무 픽토르는 변함없이 그대로 머물러 있었으며, 더이상 변신할 수가 없었다. 이런 사실을 알아차린 후부터 픽토르의 행복은 사라지고 말았다. 그는 늙어 가기 시작했고, 점점 고목이 된 많은 나무들에게서 볼 수 있는 것처럼 피곤하고 근심에 가득찬 모습을 지니게 되었다.

말馬과 새와 인간 모든 존재에서 우리는 매일 매일 이런 사실을 볼 수 있다. 즉 변신變身의 재능을 소유하지 못하면 모든 것은 세월과 더불어 슬픔과 근심 속에 빠지게 되며, 그들의 아름다움조차 사라져 버리고 만다.

그러던 어느 날, 금발에 하늘색 옷을 입은 처녀가 길을 잃고 천국인 그곳으로 들어왔다. 그녀는 노래를 부르고 춤을 추면서 숲 아래를 뛰어다녔으며, 변신의 재능을 가져보고 싶다는 생각을 해 본 적이 없는 여인이었다.

영리한 원숭이들은 그녀의 뒤를 따르며 미소 지었고, 많은 덤불은 덩굴손으로 보드랍게 그녀를 쓰다듬었으며, 숲속의 나무들은 그녀의 뒤에다 꽃잎을 뿌리고 호도와 사과를 던져 주었다. 그러나 그녀는 그런 것에 아무런 주의도 기울이지 않았다.

나무 픽토르는 그 처녀를 보았을 때 이제까지 결코 느껴보지 못했던 커다란 그리움이, 행복에 대한 욕구가 그를 사로잡았다. 동시에 그는 깊은 사색에 빠져들었다. 왜냐하면 그 자신의 피가 이렇게 외치는 듯한 기분이 들었기 때문이다.

"정신을 차려라! 이 시간에 너의 인생에 대한 희망을 가져 보아라. 그리고 의미를 찾아라. 그렇지 않으면 너무 늙어 버릴 것이며, 행복은 결코 두번 다시 너를 찾아오지 않을 것이 다!"라고,

픽토르는 이에 복종하였다. 그는 자신의 탄생과 인간으로서의 세월, 이곳 천국으로 오게 된 과정, 그리고 그가 나무로 변신하게 된 순간, 그가 마술의 보석을 손에 들고 있던 그 경이에 찬 순간을 생각해냈다. 그에게 모든 것으로의 변신이 가능했었던 당시에는 그 어느 때보다도 삶이 그의 내면에서 불타오르고 있었다.

그는 그 당시에 미소를 짓던 새를 생각했고, 나무를 생각해냈으며, 태양과 달을 기억해냈다. 그리고 그때 그가 무엇을 게을리했으며, 그리고 뱀의 충고가 좋지 않았었다는 생각을 하기에 이르렀다.

그 처녀는 나무 픽토르의 잎에서 속삭이는 듯한 소리를 듣고 그를 올려다보았다. 그리고 갑자기 마음이 아파오며 새로운 생각을, 새로운 욕구를, 새로운 꿈이 내면에서 꿈틀거림을 의식했다.

그녀는 어떤 강력한 힘에 이끌려 나무 밑에 앉았다. 나무가 너무 외로워 보인다는 생각이 들었다. 고독하고 슬픈데다가 아름다우며, 그 말 없는 침묵 속에서도 감동적이며 고귀하다는 생각이 들었다. 나지막하게 살랑거리는 수관(樹冠)의 노래 소리는 그녀를 현혹하는 듯 울려 왔다.

그녀가 거친 그 나무에 몸을 기대자, 그 나무는 깊은 곳에서 몸을 떨고 있는듯 했다. 순간 그녀는 자신의 마음속에서 그와 같은 전율을 느꼈다. 그러면서 마음이 아파왔다.

그녀 영혼의 하늘에 구름이 몰려왔으며, 그녀의 눈에서는 서서히 무거운 눈물이 흘러내렸다. 대체 이게 어찌 된일인가. 무엇 때문에 이렇게 괴로워하는 것일까? 무엇 때문에 가슴을 파괴시켜 버리고, 아름다운 고독자에게로 녹아 들어가려고 갈망하는 것일까?

나무는 잎에서부터 뿌리에 이르기까지 조용히 몸을 떨었다. 나무는 이제 그녀와 하나가 되고자 하는 타는 듯한 열망으로 그녀를 향해 모든 생명력을 격렬하게 집중시켰다.

"아, 뱀의 속임수에 넘어가서 영원히 홀로 나무 속에 잡혀있다니. 아, 그는 얼마나 안식이 없고 얼마나 바보스러운가. 도대체 그는 그렇게도 아무 것도 몰랐던가! 인생의 비밀에 그다지도 소원疏遠하였던가? 아니다. 어쩌면 당시에 어렴풋이나마 느끼고 예감했을지도 모른다."

아, 이제 그는 깊이 슬퍼하고 이해하면서 남자와 여자로 된 나무를 생각하고 있었다.

그때 한 마리의 새가 날아왔다. 빨갛고 파란 새였다. 그 아름다운 새는 활처럼 곡선을 그리며 다가왔다. 처녀는 새가 날아오는 것을 보았고, 그 부리에서 무엇인가가 떨어지는 것을 보았다.

그것은 파란 풀숲에 떨어졌고, 그 파란 풀숲에서 친밀하게 반짝거렸다. 그 빨간 빛은 그녀에게 그것을 집도록 권유하였다. 그것은 홍옥紅玉이었다. 그 홍옥이 있는 주위는 어두워질 수가 없었다.

처녀가 이 마술 보석을 하얀 손에 주워 들자마자, 그녀의 마음을 가득 채우고 있었던 소원이 곧 실현되었다. 그 아름다운 여인이 몸을 움직여 사라지자, 나무로 변했다. 그리고 강하고 젊은 가지를 뻗어 옆의 나무만큼 높이 자라 올랐다.

그러자 모든 것이 편안해졌다. 세상은 정연해졌다. 비로소 천국이 발견된 것이다. 픽토르는 이제 옛날의 슬퍼하던 나무가 아니었다. 이제 그는 픽토리아, 빅토리아(승리) 하고 소리 높이 노래 불렀다.

그는 변화하였다. 이번에는 올바른 변화를, 영원한 변화를 성취했기 때문에 반半에서 완전한 하나가 되었다. 그는 이 시간부터는 그가 원하는 대로 계속 변신할 수 있었다. 생성生成의 마법적 흐름은 끊임없이 그의 핏속을 흘렀으며, 그는 매시간 소생하는 창조創造에 영원히 참여하게 되었다.

그는 사슴이 되었다. 그는 물고기가 되었다. 그는 인간과 뱀, 구름과 새가 되었다. 이런 모든 형상 속에서도 그는 완전하였고 한 쌍이 되어 있었다. 달과 해가, 남자와 여자가 자신의 내부에 있었다. 그래서 쌍둥이 시냇물로 시골 땅을 흘렀으며, 쌍별로 밤하늘에 떠 있었다.

해바라기가 핀 집들(헤르만 헤세, 1932)

# 어느 별에서 전해 온 이상한 소식

우리들의 아름다운 별의 남부, 어느 주에 소름이 끼치는 끔찍한 일이 일어났다. 무서운 폭풍과 뇌우 그리고, 홍수가 곁들인 지진이 세 마을과 그 고장의 뜰과 들판, 숲이나 나무들을 모조리 집어삼키고 말았다.

사람이나 가축들도 많이 죽었지만, 가장 슬픈 것은 사망자를 덮어 주고 그 묘지를 아늑하게 장식하는 데 필요한 꽃이 송두리째 없어졌다는 사실이었다.

다른 것들은 금방 준비가 갖추어졌다. 무서운 한때가 지나자, 곧 사자使者들이 사랑의 손길을 찾아 소리 높이 외치면 서 이웃 고을들을 뛰어다녔다.

온 고을의 모든 탑에서 선창자들이 그 눈물겹고 감동적인 시구詩句를 노래하는 소리가 들려 왔다. 그것은 옛부터 동정의 여신에게 보내는 인사로 알려져 있었으며, 그 울림에는 누구도 거역할 수가 없었다.

여러 고장, 모든 마을에서 이내 동정자나 구원자가 속속 몰려왔다. 집을 잃은 불행한 사람들에게는 여기저기

친척이나 친구, 미지의 사람들에게 자기 집에서 묵으라는 친절한 초대며 바램이 온정과 더불어 쇄도했다. 먹을 것과 입을 것, 수레, 말, 돌, 재목 등이 구제를 위해 여러 곳에서 모여들었다.

또한 노인이나 부녀자, 아이들이 친절하고 자비로운 사람들에게 뜨거운 동정으로 받아들여졌고, 부상자는 꼼꼼하고 신중한 간호를 받았으며, 무너진 집더미 속에서 시체가 발굴되고 있는 사이에 다른 사람들은 무너진 지붕을 가려내거나 흔들리고 있는 벽을 나무 기둥으로 받치는 등 빠른 복구를 위한 모든 것이 이루어졌다.

지진이 일어난 이래 공포의 숨결은 아직도 공중에 떠돌고 있었고, 사자死者에게서는 초상을 치르고 경건히 침묵하라는 경고가 나오고 있었지만, 모든 사람의 얼굴이나 목소리에는 기꺼운 마음가짐과 일종의 부드러운 축제 기분이 느껴졌다. 그것은 부지런히 일을 하고 있다는 늠름한 확신에 넘쳐 있었기 때문이다.

처음 얼마 동안은 불안과 침묵 속에서 일을 했지만 차츰 시간이 지나자 여기저기서 명랑한 목소리로 공동의 일을 위해 낮게 노래하는 소리가 들려 오게 되었다. 누구나 생각할 수 있듯이 여러 노래 가운데서도 두드러진 것은 오래된 두 가지 민요 귀절이었다.

그 하나는 '무릇 재난을 당한 자에게 구원의 손길을 뻗치는 자는 행복하도다. 그 사람의 마음은 마른 뜰이 최초의 빗물을 빨아들이듯이 자비를 받아들이고 감사의 꽃으로 대답하지 않겠느뇨'라는 것이었고, 또 하나는 '신의 웃음은 공동의 행위에서 흘러나오느니'라는 것이었다.

그런데 하필이면, 슬프게도 그 꽃이 모자랐다. 처음에 발견된 시체는 그래도 황폐한 뜰에서 모은 꽃이나 나뭇가지로 장식되었다. 이어 이웃 고장에서 쓸만한 꽃은 모두 가져왔다. 그 어디에도 비길 수 없이 넓은 꽃밭을 가지고 있는 세 고을이 하필이면 꽃이 만발한 시기에 지진의 피해를 받았다는 것은 참으로 기막힌 불행이었다.

그곳에는 해마다 숱한 사람들이 수선화나 사프랭을 구경하려고 찾아오곤 했다. 그 어느 곳을 가보아도 그렇듯 많은, 또 손질이 잘 된 아름다운 꽃은 없었다. 그 꽃이 이제 모조리 엉망이 되어버린 것이었다. 그래서 사람들은 사자死者들에게 대대로 내려오는 풍습을 지키려면 어떻게 해야 좋을지 방도를 모르고 있었다.

풍습대로 하자면 죽은 사람이나 가축은 모두 계절의 꽃으로 아름답 고 화려하게 장식되지 않으면 안 되었다. 그리고 목숨을 잃은 것이 갑작스럽고 비참하면 할수록 매장은 더한층 성대히 거행되지 않으면 안 되었다.

이 고을의 첫째가는 장로長老도 구원자의 최초의 한 사람으로서 마차를 타고 왔다. 그는 도착하자마자 숱한 질문과 호소를 받는 탓에 미처 진중함과 명랑함을 지키기가 힘들었다.

그러나 그는 가슴을 두 손으로 단단히 누르고 있었다. 눈은 여전히 맑고 상냥했으며 목소리는 분명하고 정중했다. 수염 밑의 입술은 한순간도 현자와 조언자에게 알맞은 조용하고 친절한 미소를 잃지 않았다.

"여러분, 우리를 엄습한 불행은 신이 우리를 시험하신 결과입니다. 이 고장에서 파괴된 것을 우리는 이내 부흥시켜 동포들에게 돌려줄 수가 있을 겁니다. 나는 이 나이가 되어서도 여러분이 자기 일을 제쳐놓고 동포를 도우려는 모습을 변함없이 볼 수 있음을 신에게 감사드리고 있습니다. 그런데 이들 사자를 그 전생에 알맞도록 아름답게 장식할 꽃을 어디서 조달해야 할지 걱정이 될 따름입니다. 우리가 이렇게 살아 있는 한 피로한 순례자의 단 한 사람이라도 격식을 갖춘 꽃의 공물 없이 매장되어서는 안 되는 겁니다. 이는 여러분의 뜻이기도 합니다."

그는 진지하게 말했다.

"그렇습니다. 그것은 저희들의 의견이기도 합니다."

모두들 이렇게 외쳤다.

"알고 있습니다. 그런즉 나는 여러분에게 어떻게 할 것인가를 말하고자 합니다. 오늘 매장할 수 없는 죽은 사람들은 모두 산중의 여름 신전으로 모셔야 합니다. 그곳엔 아직도 눈이 쌓여 있습니다. 그곳이라면 안전할 것이고, 꽃이 갖추어질 때까지 변하지 않을 겁니다. 헌데 이 계절에 그토록 많은 꽃을 수중에 넣을 수 있고, 그리하여 우리를 도와줄 사람은 오직 한 사람밖에 없습니다. 그것을 할 수 있는 것은 임금님뿐입니다. 그러니 우리들 중에서 한 사람을 임금님께 사자使者로 보내 원조를 부탁드리지 않으면 안 되겠습니다."

장로는 어버이 같은 음성으로 말했다.

그러자 모두들 고개를 끄덕이며 외쳤다.

"그렇소, 그렇소. 임금님한테로!"

"그 말이 맞소."

장로는 이렇게 말하고 웃었다. 모두들 수염 밑에서 그의 아름다운 미소가 빛나는 것을 보고 기뻐했다. 장로는 만족한 듯이 고개를 끄덕이고 나서 말했다.

"그러면 누구를 임금님께 보내면 될까요? 그 사람은 젊고 튼튼해야 합니다. 갈 길이 너무도 먼 곳입니다. 우리는 그 사람한테 제일 좋은 말을 주어야 합니다. 그리고 동시에 깨끗한 사람으로 마음도 상냥하고 눈에는 풍요로운 빛남을 지니고 있어야 합니다. 임금님의 마음이 움직일 수 있도록 말입니다. 굳이 많은 말을 할 필요는 없지만 눈은 웅변이어야 합니다. 가장 좋은 것은 마을의 제일 아름다운 아이를 보내는 일일 테지만, 어린 아이가 그런 힘든 여행을 어찌 할 수가 있겠습니까? 여러분, 내게 힘을 주시요. 이 심부름을 맡겠다는 사람이 있다면, 혹은 누군가 그럴만한 사람을 알고 있다면 서슴없이 내게 말해 보시오."

장로는 입을 다물고 밝은 눈으로 주위를 돌아보았으나 아무도 나서는 사람이 없었다.

그가 거듭 묻자, 그때 여러 사람 속에서 한 소년이 나왔다. 16세쯤 되어 보이는 소년이었다. 그는 고개를 숙이고 얼굴을 붉히면서 장로에게 인사했다.

장로는 그를 보자마자 안성맞춤인 사자使者라고 생각했다. 장로는 웃으면서 말했다.

"네가 사자가 되겠다는 것은 고마운 일이다. 그렇지만, 많은 사람 중에서 네가 나선 것은 어떤 까닭이냐?"

그러자 소년은 눈을 들고 말했다.

"가겠다는 분이 없다면 저를 보내주십시오."

그러자 군중 속에서 한 사람이 외쳤다.

"그를 보내십시오, 장로님. 우리는 그 애를 잘 알고 있습니다. 이 마을 태생이예요. 그의 꽃밭도 지진으로 엉망이 됐습니다. 우리 마을에선 제일 아름다운 화원이었습니다."

노인은 친근하게 소년의 눈을 들여다보며 물었다.

"꽃을 잃은 것이 아깝다고 생각하나?"

소년은 낮은 목소리로 대답했다.

"아깝다고 생각합니다. 하지만, 그 때문에 나선 것은 아닙니다. 저는 절친한 친구와 한 마리의 사랑하는 말을 가지고 있었습니다. 그런데 이번 지진으로 모두 잃어버렸습니다. 지금은 회당에 누워 있어요. 그들을 매장하려면 꽃이 있어야 합니다."

장로는 두 손을 소년의 머리에 얹고 축복했다. 그리고 그를 위해 가장 좋은 말 한 마리를 준비시켰다.

소년은 지체없이 말에 올랐다. 말의 목을 툭툭 두드리고는 머리를 끄덕여 작별 인사를 한 다음 마을을 달려 나가 황폐해진 들판을 가로질러 달렸다.

소년은 온종일 말을 달렸다. 머나먼 서울의 임금님 곁

으로 속히 달려가고자 산길을 택했다. 그리고 저녁나절이 되어 어두워졌을 때, 그는 말고삐를 끌고 숲과 바위 사이를 빠지는 험준한 산길을 올라갔다.

여지껏 본 적이 없는 크고 검은 새가 그의 앞을 날았다. 그 뒤를 따라가니, 새는 열려 있는 작은 신전의 지붕 위에 앉았다. 소년은 말을 숲속에 놓아두고 나무의 원주 사이를 지나 간소한 신전 내부로 들어갔다.

그곳에는 제물을 바치는 작은 바위가 놓여져 있을 뿐이었다. 그가 사는 지방에서는 볼 수 없는 검은 돌이었다. 게다가 지금껏 전혀 본 일이 없는 우상偶像의 이상한 상징으로 사나운 새에게 파먹히고 있는 모습이었다.

그는 그 우상을 향하여 공손히 예배를 하고 나서 산기슭에서 따서 옷에 꽂고 온 파란 풍령초를 바쳤다. 그리고는 한 구석에 누웠다. 너무나 피로에 지쳐 잠을 자려고 한 것이다.

그러나 여느 때 같으면 자려고 생각지 않아도 눕기만 하면 잠이 왔는데, 도무지 잠을 이룰 수가 없었다. 그 풍령초에서인지 아니면, 검은 돌에서인지, 혹은 다른 그 무엇에선지 고약하고 역한 냄새가 풍겨왔다.

그 우상의 기분 나쁜 상징이 어두운 신전 속에서 유령처럼 번쩍번쩍 빛나고 있었다. 지붕 위에는 이상한 새가 앉아 있어 이따금 거대한 날개를 퍼덕이는 바람에 숲은 마치 폭풍처럼 소리 내어 흔들렸다.

그래서 소년은 한밤중에 일어나 신전에서 나와 그

새를 올려다보았다. 새는 날개를 퍼덕거리면서 소년을 내려다보았다.

"왜, 여태 잠을 안 자는가?"

새가 이렇게 물었다.

"모르겠어. 아마 내가 겪은 슬픔 때문일 테지."

소년은 대답했다.

"어떤 슬픔을 겪었는데?"

"내 친구와 사랑하는 말이 모두 죽었어."

"죽는 것이 그렇게 나쁜 일인가?"

새는 비웃듯이 물었다.

"아니야, 큰 새야. 죽는 것이 그렇게 나쁜 것은 아니야. 죽음은 이별에 지나지 않으니까. 나는 결코 그것을 슬퍼하는 게 아냐. 꽃이 하나도 없어 친구와 말을 매장할 수 없다는 것이 더 슬픈 거지."

"그보다 더 나쁜 일도 있어."

새가 말했다. 기분이 언짢은 듯 날개를 퍼덕거렸다.

"아냐, 새야. 그보다 더 나쁜 일은 없어. 꽃을 받지 못하고 매장되는 자는 소망대로 다시 태어날 수 없거든. 죽은 사람을 장사지내면서 꽃의 축제를 행하지 않는 사람은 꿈속에서 죽은 사람의 환영을 보게 된단 말야."

새는 구부러진 주둥이로 앙칼지게 외쳤다.

"이 어린애야, 너는 그보다 더 슬픈 일을 맛본 일이 없기 때문에 슬픔이라는 것이 진정 어떤 것인지를 모르는 거다. 너는 큰 죄에 대해서 들어 본 적이 없지? 증오와 살인,

그리고 질투 따위에 대해서도."

소년은 새가 그런 말을 하는 것을 듣고도 자기가 꿈을 꾸고 있는 것이라고 생각했다. 그래서 마음을 바꿔 공손하게 말했다.

"새야, 그러고 보니 생각이 난다. 옛날이야기에 그런 것이 있어. 그렇지만, 그것은 실제로 있었던 일은 아니야. 혹시 아득한 옛날, 아직 꽃도 없고, 훌륭한 신들도 없었을 무렵엔 그런 것이 있었는지도 몰라. 하지만, 누가 그런 것을 지금 생각하겠니?"

새는 날카로운 목소리로 웃었다. 그리고는 가슴을 내밀고 소년에게 말했다.

"그래서 너는 임금님한테 가는 모양이지? 내가 길을 안내해 줄까?"

"아니, 어떻게 그 사실을 알고 있지? 그래, 데려다 주겠다면 부탁하겠어."

소년은 반가워서 소리쳤다.

그러자 큰 새는 소리 없이 땅으로 내려앉아 조용히 날개를 펼치더니, 말은 여기에 남겨두고 자기와 함께 임금님한테로 가자고 했다.

소년은 새 위에 올라탔다.

"눈을 감아라!"

새는 이렇게 명령했다. 그는 시키는 대로 했다. 그들은 암흑의 하늘을 꿰뚫고 부엉이가 나는 것처럼 소리 없이 날아갔다. 다만 차가운 바람이 소년의 귀에 울려왔다. 그들은 밤새도록 하늘을 날았다.

이튿날 아침이 되자, 새는 나는 것을 멈추고 소리 질렀다.

"이젠 눈을 떠도 된다!"

소년은 눈을 떴다. 그러자 그는 숲 끄트머리에 서 있고, 밑에는 밝아오는 새벽 속에 빛나는 평원이 누워 있었다. 그 빛에 그는 눈이 부셨다.

"이 숲에서 다시 만나자."

새는 이렇게 외치더니 화살처럼 날아올라 순식간에 하늘 속으로 사라졌다.


숲에서 넓은 평원을 향하여 걷고 있노라니, 젊은 사자는 이상한 느낌이 들었다. 주위의 것이 온통 변해 있었기 때문에 그는 꿈인지 생시인지 분간을 할 수가 없었다.

초원이나 나무들은 고향의 모습과 비슷했고, 태양도 빛나고, 바람은 다투어 피어난 꽃들을 어루만지고 있었다. 그러나 사람이나 가축 같은 것은 보이지가 않았다. 집도 뜰도 없었다.

소년의 고향과 마찬가지로 이곳에서도 지진이 맹위猛威를 떨친 것 같았다. 그럴 것이 건물이 무너져 내린 곳에 부러진 나뭇가지, 부서진 울타리에 마구 흐트러진 농기구 등이 땅에 수북히 쌓여 있었던 것이다.

그러자 밭 한가운 데에 죽은 사람이 누워 있는 것이 눈에 띄었다. 시신은 매장이 안된 채 놓여 있어 절반은 썩어가고 있었다. 소년은 그것을 보자 심한 공포와 구역질이 치밀어 올라와 견딜 수가 없었다.

그런 광경을 일찍이 본 적이 없었다. 죽은 자는 얼굴 조차 가리워져 있지 않아 새가 파먹고 썩어들어가 그 형상이 거의 뭉개져 있었다. 소년은 외면을 하고 녹색의 나뭇가지와 몇 그루의 꽃을 꺾어 죽은 사람의 얼굴을 가려 주었다.

무어라고 말할 수 없는, 가슴을 답답하게 조이는 썩은 냄새가 들판 전체에 미적지근하게 그리고 끈질기게 떠돌고 있었다. 또 다른 시체가 풀 속에 누워 있었다.

불길한 까마귀가 그 둘레를 날아다니고 또 머리가 없는 말이며 사람과 동물의 뼈들이 사방에 흩어져 있었다. 그 모두가 돌보는 사람 없이 밝은 햇볕 아래 드러나 있었음에도 꽃축제나 매장을 하는 사람이라곤 전혀 찾아볼 수가 없었다.

소년은 뜻밖의 재난으로 이 지방 사람이 모두 죽어 버린 탓인지도 모른다고 생각했다. 죽은 사람이 너무 많아 그는 꽃을 꺾어 얼굴을 가려 주는 일도 그만둘 수밖에 없었다.

그 광경이 너무나 무서워 눈을 절반쯤 감고 걸었다. 사방에서 살과 썩은 악취가 풍겨 왔다. 숱한 집더미와 시체의 무더기 속에서는 이루 형용할 수 없는 비참함과 고뇌의 물결이 격렬하게 밀려왔다.

소년은 악몽에 사로잡혀 있는 것이라고 생각하고, 고향의 죽은 사람들에게 아직 꽃축제도 매장도 거행시키지 않고 있어서 신들이 경고한 것이라고 느꼈다. 그러나 그때

어젯밤 신전 지붕 위에서 검은 새가 하던 말이 생각났다.

"세상엔 더 나쁜 일도 있어."

마침내 그는 새가 자신을 다른 곳으로 데리고 왔다는 걸 알았다. 그리고 자신의 눈에 보이는 것은 모두가 현실에 실제로 있는 일이라는 것을 알아차렸다.

어린 시절 무서운 옛날 이야기를 듣던 때의 그런 느낌이 되살아났다. 그래도 그때의 느낌은 소름 끼치는 두려움었지만, 그 속에는 즐거운 위안 같은 것이 있었다.

그러나 이곳에 있는 모든 것은 그 무시무시한 옛날 이야기가 살아서 움직이는 것이었다. 시체와 썩은 살코기를 먹는 새, 온 세상이 질서 없이 야릇한 법칙을 따르는 기괴한 이야기 같은 광경이었다.

아름다운 것과 착한 것 대신 사악함과 불결하고 추함만이 생기는 미치광이 같은 법칙만이 작용하는 세계인 것 같았다.

그때 한 사람이 풀밭을 걸어가고 있는 것이 보였다. 농부 같기도 했고 하인 같기도 했다. 소년은 급히 그에게로 뛰어가며 소리쳐 불렀다. 그러나 가까이 가서 보고는 깜짝 놀라고 말았다.

그 사람은 너무나 얼굴이 추하게 생겨 도무지 이 세상 사람처럼 보이지 않았다. 그 사람은 자기만 생각하는 것에 익숙할뿐더러 거짓과 추악함과 악이 행해지고 있는 모든 것에 익숙한 사람처럼 보였다.

그의 눈이나 얼굴, 태도 그 어디에도 선량함이나 감사나 신뢰 등은 찾아볼 수 없고 지극히 단순한 덕성<sup>德性</sup>조차도 모조리 결핍 된 사람처럼 보였다.

하지만 소년은 마음을 굳게 먹고, 불행의 낙인이 찍힌 사람을 대할 때와 같은 상냥한 마음으로 그에게 다가가 형제처럼 인사를 하고 미소를 지으며 말을 걸었다.

그러자 그 사람은 굳은 듯이 우뚝 멈춰서서 큰 눈으로 수상쩍은 듯이 그를 보았다. 그의 목소리는 천한 짐승의 으르렁대는 소리였으나, 소년의 눈길 속에 서려 있는 명랑함과 순수함에 거역할 수는 없었다.

소년의 시선을 한동안 받은 그는 거칠고 주름이 많은 얼굴에 미소라고 할 수 없는 기묘한 표정이 나타났다. 비록 추하기는 했지만 어두운 지하에서 갓 태어난 영혼의 첫 미소처럼 상냥했으며 경이로움에 넘쳐 있었다.

"내게 무슨 볼일이라도 있느냐?"

그 사람은 소년에게 물었다.

소년은 고향의 풍습에 따라 대답했다.

"안녕하세요, 아저씨. 도움이 될 만한 일이 있으면 부디 일러 주세요."

그 사람이 말없이 어리둥절한 미소를 띠었다.

"이 고장의 모습은, 이 소름 끼치는 무서운 모양은 어찌 된 일인가요? 말씀해 주세요."

그리고 손으로 주위를 가리켰다.

그 사람은 소년의 말에 영문을 모르겠다는 듯이 잠시 멍하니 있다가 입을 열었다.

"너는 이런 광경을 본 적이 없는 모양이구나. 이것은 전쟁이야!"

그는 허물어진 집터를 가리키며 외쳤다.

"저기에 내 집이 있었다."

낯선 소년이 진심으로 안 됐다는 눈빛으로 그의 탁한 눈을 들여다보자, 그 사람은 고개를 숙여 땅을 내려다 보았다.

"임금님은 대체 어디 계십니까?"

소년의 물음에 그 사람은 멀리 막사가 보이는 곳을 손으로 가리켰다. 이에 소년은 그 사람의 이마에 손을 얹어 작별을 하고는 앞으로 나아갔다. 농부는 이마를 만지면서 우두커니 낯선 소년의 뒷모습을 바라보았다.

소년은 흙더미 위를 달리고 또 달려 마침내 막사에 닿았다. 그곳에는 무장을 갖춘 사람들이 사방에 서 있었으나 아무도 그를 거들떠보지 않았다.

그는 사람들과 천막 사이를 빠져나가 막사 중에서 가장 크고 아름다운 막사를 발견했다. 임금님의 막사였다. 안으로 들어가 보니, 낮은 침대 위에 임금님이 걸터 앉아 있었다. 곁에는 벗은 망토가 놓여 있었고, 안쪽 어두운 그늘에 심부름꾼이 쪼그리고 앉아 잠들어 있었다.

임금님은 이마에 손을 얹고 깊은 사색에 잠겨 있었는데, 무척이나 슬퍼 보였다. 한 움큼의 백발이 햇볕에 그을린 이마에 늘어져 있었다.

소년은 자기 나라의 왕에게 하듯이 공손하게 경례를

켄티리노(헤르만 헤세, 1923)

하고 팔짱을 가슴에 끼고 기다리고 있었다. 이윽고 임금
님이 소년을 보았다.

"넌 누구냐?"

임금님은 엄하게 물으며 두꺼운 눈썹을 찌푸렸다. 눈길
은 낯선 소년의 맑은 얼굴에 쏠린 채였다. 소년은 다정스런
눈길로 임금님을 바라보았다. 그러자 임금님은 부드러운
목소리로 말했다.

"너를 보니 내가 어렸을 때 알던 누군가와 닮았구나."

"저는 다른 지방 사람입니다."

소년은 말했다.

"그럼 꿈속에서 보았던 얼굴과 닮은 모양이군."

임금님은 낮은 소리로 중얼거렸다.

"너를 보고 있으려니까 어머니가 생각난다. 그래 여기
찾아온 영문을 말해 보거라."

"큰 새가 저를 이곳으로 데려왔습니다. 우리 나라에 지
진이 일어나서 사람들이 많이 죽었고, 그 죽은 이들을 매
장하려고 해도 꽃이 없습니다."

"꽃이 없다고?"

임금님은 물었다.

"그렇습니다. 한 송이도 없습니다. 죽은 이를 매장하
려 해도 꽃축제를 행할 수 없으니 어찌해야 할지를 모르겠
습니다. 죽은 이는 화려하고 즐겁게 다시 태어나야 하는 데
도요."

이 말을 마치자, 소년은 문득 조금 전에 봤던 그 무서운

싸움터에 매장되지 않은 시신이 많았음을 생각하고는 그만 입을 다물었다.

임금님은 그를 보고 고개를 끄덕이고는 깊은 한숨을 내쉬었다.

"저는 저희 임금님께 가서 많은 꽃을 부탁드리려 했습니다."

소년은 말을 계속했다.

"그런데 산 위의 신전으로 가자 큰 새가 와서 저를 임금님께 데려다주겠다고 말하고는 하늘을 날아 임금님이 계신 이곳에 데리고 왔습니다. 아아, 임금님, 그 새가 지붕에 앉아 있던 곳은 모르는 신의 신전이었습니다. 그 신의 우상은 묘한 상징으로 돌 위에 놓여 있었습니다. 무슨 심장처럼 생겼는데, 그 심장을 사나운 새가 쪼고 있었습니다. 바로 그날 밤 그 큰 새와 저는 얘기를 나누었습니다. 이제서야 간신히 그 새의 말뜻을 알 것 같습니다. 새는 제가 알고 있는 것보다 훨씬 많은 슬픔이나 나쁜 일이 있다고 말 했습니다. 저는 커다란 들판을 넘어왔습니다. 그사이 끝 없는 슬픔과 불행을 보았습니다. 아아, 우리의 가장 무서운 옛날 이야기에 있는 것보다 훨씬 많은 슬픔과 불행이었습니다. 그리하여 임금님 곁에 왔습니다. 임금님, 무언가 도움이 되어 드릴 것이 있는지요?"

조심스럽게 듣고 있던 임금님은 미소를 지으려 했다. 그러나 그의 아름다운 얼굴은 슬픔 때문에 아주 엄숙하고 고통스럽게 굳어져 있어서 웃음을 지을 수가 없었다.

"고맙구나. 나를 위해서 네가 할 일은 없다. 하지만 너는 내게 어머니를 생각나게 해줬어. 그것만으로도 고맙구나."

임금님은 말했다.

소년은 임금님이 묻지 못하는 일을 슬퍼했다.

"임금님께서 몹시 슬퍼하고 계시는데, 그건 전쟁 탓인가요?"

"그렇단다."

임금님은 쓸쓸하게 대답했다.

깊이 고민하고 있는 중에도 기품이 느껴지는 임금님에 대해 예의에 어긋난다고 생각하면서도 소년은 묻지 않을 수 없었다.

"그런데 이 별에서는 어째서 그런 전쟁을 하나요? 제발 말씀해 주십시오. 대체 누구에게 죄가 있는 겁니까. 임금님 자신의 죄인가요?"

임금님은 한동안 소년을 바라보고 있었다. 그는 소년의 무례한 질문에 기분이 좀 상한 듯한 표정을 지었다. 자신의 어두운 눈길을 타국 소년의 맑고 사심 없는 눈에 언제까지나 보낼 수는 없었다.

"너는 아직 어리다."

임금님은 말했다.

"이 모든 걸 너로선 아직 모른다. 전쟁은 누구의 죄도 아니다. 전쟁은 폭풍이나 번개처럼 스스로 찾아오니까. 전쟁을 하지 않으면 안 되는 우리도 전쟁의 장본인이 아니라 그 희생에 지나지 않다는 게다."

"그러면 임금님의 백성들은 그렇게 어이없이 죽는 건가요? 저희 고향에서는 죽음을 그렇게 두렵게 생각지는 않습니다. 죽음을 통해서 다시 태어나는 것이라서 죽음을 마다 않습니다. 기뻐하는 사람도 많이 있지요. 이 별에서는 그렇지 않은 모양이지요?"

소년이 물었다.

임금님은 고개를 가로 흔들었다.

"우리 나라에서는 살인도 드문 일은 아니다."

하고 임금은 입을 열었다.

"그렇지만. 그걸 가장 무거운 범죄로 여기고 있다. 그 러나 전쟁 때만은 그것이 허용되고 있지. 전쟁터에서는 그 누구건 미움이나 질투나 자기 이익을 위해서 살인을 하는 것이 아니다. 모두 위에서 요구하는 행동을 하는데 지나지 않으니까. 하지만, 우리가 툭하면 죽길 좋아한다고 생각하면 그건 오해다. 죽은 자의 얼굴을 보면 그걸 알 수 있다. 그들은 괴로워하면서 하는 수 없이 마지못해 죽는 것이니까."

소년은 임금님의 이야기를 듣고 이 별에서 살고 있는 사람들의 비참한 삶에 놀랐다. 그는 더 많은 것을 묻고 싶었으나, 이 어둡고 무서운 일을 도저히 알 수 없다는 것을 분명히 느꼈다. 아니, 그것을 이해하려는 충분한 의지조차 자신에게 없다고 느꼈다.

이 한심한 백성들은 어떤 잘못된 질서에 매어 있거나,

아니면, 아직 광명의 신을 가지지 못하고 마귀에게 지배되어 불운과 잘못에 의해 지배되고 있는 것처럼 보였다.

이런 생각에 미치자, 임금님에게 그 이상 꼬치꼬치 묻는 것은 임금님으로 하여금 굴욕을 느끼게 할 뿐만 아니라, 너무나 잔인할 일이라고 생각했다.

또 죽음에 대한 어두운 공포 속에 살면서 서로 살인을 일 삼는, 앞서 만난 농부의 얼굴처럼 천하고 거치른 표정을 짓거나 임금님처럼 심각하고 무서운 슬픔의 표정을 지을 수 있는 것이 한심하면서도 동시에 부끄러울 정도로 어리석은 것으로 생각되었다.

그렇기는 해도 소년은 한 가지의 의문만은 누를 수가 없었다. 이곳의 가엾은 사람들이 남겨진 자들이고, 평화를 혜택받지 못한 뒤늦게 온 별의 말세末世의 자손이었다 하더라도, 또한 이들의 생활이 상처가 삐끗삐끗 경련하듯이 지나가고, 자포자기한 살해로 끝날지라도 그들이 시신들 을 싸움터에 버려둠으로써 짐승이나 새에게 먹히게 할지라도 그런 일이 옛날의 무서운 몇 가지 이야기에 있거니와 미래의 예감, 신들의 꿈, 영혼의 싹 같은 것이 그들 마음 한구석에 존재할 것은 틀림없을 것이다. 그렇지 않다면 이 아름답지 못한 세계는 온통 잘못된 것이거나 무의미한 것에 지나지 않을 테니까.

"죄송합니다만, 임금님."

소년은 부드러운 목소리로 말했다.

"임금님의 이상한 나라를 떠나기 전에 한 가지 더

여쭤보는 것을 허락해 주십시오."

"말해 보거라."

임금님은 이 타국 소년을 상대하고 있노라니 미묘한 기분이 들었다. 소년은 지혜가 남달라 보였고 드높은 정신을 지니고 있는 것 같았다. 그러나 한편으론 적당히 부드럽게 다루어야만 되는 아이처럼 느껴졌다.

"낯선 나라의 임금님!"

소년은 다시 말하기 시작했다.

"임금님을 만나 뵙고 저는 슬퍼졌습니다. 보시다시피 저는 타국에서 왔습니다. 신전 지붕 위에서 큰 새가 말한 대로입니다. 임금님 나라에는 미처 제가 생각조차 못한 비참한 실상들이 있습니다. 이 나라 백성들의 생활은 악몽과도 같다는 생각이 듭니다. 임금님과 임금님의 백성들이 과연 신에게 지배되고 있는지, 마귀에게 지배되고 있는지, 저로서는 알 수가 없습니다. 우리 나라에도 한때는 전쟁으로 인한 비참한 역사가 있었다고 들었습니다. 오래전부터 거의 잊혀진 그런 무서운 옛날 이야기를 책으로 읽노라면 소름이 끼치기도 하고 한편 우습기도 했습니다. 그런데 저는 오늘 그런 모든 것이 현실임을 알았습니다. 또한 제가 무서운 옛날 이야기로 알았던 것을 당신의 신하들이 행하고 있는 것을 보았습니다. 그런데 임금님은 이런 것들이 올바르지 않다는 것을 마음속으론 느끼고 계신 것이 아닙니까? 밝고 명랑한 신들이나, 분별 있는 명랑한 지도자나 지휘자에 대한 동경을 품고 있지는 않나요? 여러 사람이 바라지 않는 것은 아무도 바라지 않는 것 같은, 이성과 질서가 지배하고 있는 것 같은 인간이 서로 명랑함과 동정으로 사귀는 것 같은, 다른 아름다운 생활을 잠자코 있는 사이에 꿈꾸는 일은 한 번도 없었나요? 세계는 하나의 전체이고, 전체를 예감하고 숭배하고 사랑하면서 이것에 봉사하는 것이야말로 행복이고 구원이라는 생각을 품어 보신 일은 한 번도 없었습니까? 저희 나라에서 음악, 예배, 정복淨福이라고 불리우고 있는 것에 대해선 전혀 모르시나요?"

임금님은 이 말을 듣고 있는 사이에 머리를 숙였다. 고개를 들었을 때, 그의 얼굴은 달라지고 미소의 어렴풋한 빛에 싸여 있었다. 눈에는 눈물이 글썽였다.

"아름다운 소년아."

임금님은 입을 열었다.

"네가 어린애인지, 현자인지, 아니면 신인지, 나는 잘 모르겠구나. 그렇지만, 나는 네가 말한 모든 것을 알고 있고, 마음속에 품고 있다고 대답할 수가 있다. 우리들 역시 행복이나 자유나 신들을 어렴풋이 느끼고 있지. 우리도 옛 현자의 전설을 가지고 있단다. 그 현자는 세계의 통일을 우주의 조화적인 해음諧音으로 들었다는 거다. 이 대답으로 만족하냐? 너는 피안에서 온 성자인지도 모르겠다. 아니면 신인지도 모르지. 아무튼 너의 마음속에 있는 행복이나 힘이나 의지로써 우리 마음속 예감이랄지, 반영이랄지 나아가서 그림자로써 살아 있지 않은 것은 하나도 없는 거란다."

그리고 임금님은 갑자기 벌떡 일어났다. 소년은 깜짝 놀랐다. 그 순간 임금님의 얼굴에는 새벽녘 미명에 비추어진 것처럼 그늘 없는 밝은 미소가 어려 있었기 때문이다.

"자아, 이제 가거라."

임금님은 소년을 향해 말했다.

"그리고 우리가 전쟁을 하고, 살인하는 것을 내버려 두거라! 네 덕에 나는 잊었던 어머니를 생각하게 되었다. 하지만 그런 감상만으로 족하다. 귀여운 소년아, 이제 그만 가거라. 새로운 전투가 시작되기 전에 어서 피해라! 피가 흐르고 온 거리가 불에 탈 때 나는 너를 생각하마. 세계가 하나의 전체이고, 우리의 어리석음이나 노여움, 야만스러움도 우리를 그것에서 떼어 놓을 수 없다는 것을 나는 되새길 것이다. 잘 가라. 너희들의 별에게 안부를 전해다오. 새가 쪼고 있는 심장을 상징으로 하는 그 신에게도 부탁한다. 나는 그 심장도 새도 잘 알고 있지. 먼 곳에서 온 아름다운 벗아, 기억해다오. 네가 친구를, 전쟁을 하고 있는 가없은 왕을 생각할 때에는 침대에 걸터앉아 슬픔에 잠겨 있던 그가 아니라, 눈에 눈물을 흘리고 두 손을 피로 물들이고 웃음 짓는 그를 생각해다오!"

임금님은 잠들어 있는 하인을 깨우지 않고 친절하게도 손수 천막을 젖혀 이국 소년을 밖으로 내보내 주었다.

소년이 새로운 생각에 잠기면서 평원을 걷고 있으려니, 저녁 노을을 받고 있는 지평선 쪽의 큰 거리가 불길에 싸여 있는 것이 보였다. 그는 숱한 시체를 넘어 앞으로 나아갔다.

그러자 마침내 주위는 어두워지고 숲에 덮인 산록에 닿게 되었다.

그러자 재빨리 커다란 새가 구름 사이에서 내려와 그를 날개에 태웠다. 그들은 부엉이가 날 듯 소리도 없이 어둠을 뚫고 훨훨 날아갔다.

소년이 편치 않은 잠에서 깨어났을 때 산속의 작은 신전 안에 누워 있었다. 신전 앞 이슬에 젖은 풀숲에 그의 말이 서서 아침 햇살을 받으며 울고 있었다. 소년은 큰 새에 대한 것도, 다른 별로 갔던 여행에 대한 것도, 임금님에 대한 것도 그리고 전쟁에 대한 것도 벌써 잊고 있었다.

그것은 그의 마음속에 다만 하나의 그림자로 남아 있을 뿐이었다. 그것은 작은 가시처럼 숨겨진 고통이었으며 안타까운 동정의 고통과 흡사했다. 그것은 사랑을 나타내고, 그 기쁨을 나누고, 그 미소를 보는 것이 우리의 소망인 것 같은 사람을 만날 때까지 꿈속에서 우리를 여전히 심란하게 만드는 채워지지 않는 작은 소망 같은 것에 지나지 않았다.

소년은 말을 타고 종일 달려 마침내 그가 본래 찾아가려던 임금님 곁에 이르렀다. 그러자 그의 말을 듣기도 전에 임금님은 그가 알맞은 사자使者임을 즉시 알았다. 임금님은 그의 이마를 자비롭게 어루만지며 이렇게 말했다.

"너의 눈이 내 가슴에 말을 했고, 내 가슴은 벌써 좋다고 승낙을 했다. 그래서 너의 소망은 내가 듣기도 전에 모두 이루어졌구나."

소년은 온 나라의 꽃을 필요한 만큼 마음대로 가져
가도 좋다는 임금님의 허가장을 받았다. 안내인과 하인
들이 말이며 수레를 가져와서 그를 도왔다.

소년이 산과 들을 돌아다니며 채집한 꽃을 수레에 가득
싣고, 며칠 후 평탄한 국도를 지나 자기 고장으로 돌아왔을
때 그의 수레에는 이미 온갖 꽃들이 만발해 있었다. 수레마
다 산과 들이나 북국에 있는 온실에서 따낸 가장 아름다운
꽃들이 실려 있었다.

죽은 시신에 꽃다발을 바치고 무덤을 장식할 뿐만 아
니라, 풍습에 따라 죽은 사람을 기념하기 위한 꽃나무를
심는 데는 충분한 꽃이었다. 그리고 소년은 자신의 죽은
친구와 말을 그 꽃으로 장식하고, 무덤에 두 그루의 꽃나
무와 과일 나무를 심어 그들을 추모하면서 조용히 추억에
잠겼다.

이리하여 자신의 마음을 만족시킬 만큼 의무를 마치자
소년은 그날 밤의 나그넷길의 기억이 되살아나기 시작했
다. 그는 이웃 사람들에게 잠시 혼자 생각하면서 살고 싶
다고 말하고 기념으로 심은 나무 밑에 온종일을 앉아 다른
별에서 본 광경을 기억 속에 펼쳤다.

그 후 어느 날, 그는 장로를 찾아가서 밀담을 청하고
모든 이야기를 해주었다. 장로는 귀를 기울이고 그의 이야
기를 심각하게 듣더니 한동안 생각에 잠기고 나서 물었다.

"그때 그것을 분명 눈으로 봤단 말이지? 혹시 꿈은
아니었느냐?"

"저로서는 알 수가 없습니다. 꿈이었는지도 모른다고 생각합니다. 그렇지만, 설령 그것이 제 오관五官에 실제로 닿은 것이 아니라도 별 차이는 없다고 생각합니다. 슬픔의 그림자가 아직도 제 마음속에 남아 있습니다. 행복한 생활 속에서도 그 별에서 부는 찬 바람이 들려옵니다. 그러니 장로님, 저는 어떻게 하면 좋겠습니까?"

장로는 한동안 생각하고 나서 말했다.

"내일 다시 산속으로 가서 신전을 발견한 곳으로 올라가거라. 그 신의 상징은 아무래도 묘하다. 나는 여지껏 그런 얘기를 들은 적이 없구나. 다른 별의 신인지도 모르지. 또는 그 신전이나 신은 아주 오래된 것으로 우리에게도 무기나 공포 죽음의 불안이 존재하고 있었다던 우리 조상들의 먼 옛날에서 비롯된 것인지도 모른다. 그러니 그 신전으로 다시 가서 꽃과 벌꿀과 노래를 바치도록 해라."

소년은 감사의 인사를 올리고 장로의 말을 따랐다. 그는 초여름 최초의 꿀벌 축제 때에 언제나 귀한 손님을 대접하는 꿀을 넣은 그릇과 비파를 준비했다. 그는 산속에서 그때 파란 풍령초를 딴 장소를 찾아냈다. 숲속의 언덕인 험준한 바윗길도 찾아냈다. 불과 며칠 전에 말을 끌고 올라간 곳이었다.

그러나 신전이 있었던 자리도, 신전도, 신전에 받쳐 있던 검은 돌도, 나무로 된 둥근 기둥도, 지붕 위의 큰 새도 그는 다시 찾아낼 수가 없었다. 그날도 그다음 날도. 그가 설명하는 그런 신전을 아는 사람도 아무도 없었다.

그리하여 그는 고향으로 돌아왔다. 그리운 추억의 성당을 지나갔을 때 그는 안으로 들어가 벌꿀을 바치고 비파에 맞추어 노래를 불렀다.

그는 그리운 추억의 영령에게 그의 꿈을, 신전의 새를, 가엾은 농부를, 싸움터의 시체를, 특히 진영 천막 안의 임금님을 보살펴 달라고 부탁했다. 그런 다음 그는 가벼운 마음으로 집으로 돌아가 침실에 세상 통일의 상징을 걸고는 깊은 잠에 빠져 며칠 사이의 고단함을 달랬다.

그리고 그 이튿날 아침부터 밭에서 노래를 부르면서 지진의 마지막 뒤치다꺼리를 하고 있는 이웃 사람들의 심부름을 시작했다.

# 어느 별에서 전해 온
# 이상한 소식

초판 인쇄 2021년 3월 10일
초판 발행 2021년 3월 15일

헤르만 헤세 지음
홍석연 옮김
홍철부 펴냄

펴낸곳 문지사
등록 제25100-2002-000038호
주소 서울특별시 은평구 갈현로 312
전화 02)386~8451/2
팩스 02)386~8453

ISBN 978-89-8308-561-0 (03840)

값 16,000원